Melhores Contos

Orígenes Lessa

Direção de Edla van Steen

 Melhores Contos

Orígenes Lessa

Seleção e Prefácio
de Glória Pondé

© Condomínio indivisível dos proprietários dos direitos de
autor de Orígenes Lessa – Direitos cedidos por Solombra Books
(solombrabooks@solombrabooks.com)

1ª Edição, Global Editora, São Paulo 2003
1ª Reimpressão, 2012

Diretor Editorial
Jefferson L. Alves

Gerente de Produção
Flávio Samuel

Coordenação de Revisão
Ana Cristina Teixeira

Revisão
Solange Martins
Rinaldo Milesi

Capa
Eduardo Okuno

Editoração Eletrônica
Antonio Silvio Lopes

Dados Internacionais de Catalogação na Publicação (CIP)
(Câmara Brasileira do Livro, SP, Brasil)

Lessa, Orígenes, 1903-1986.
  Melhores contos : Orígenes Lessa / seleção e prefácio
Glória Pondé – São Paulo : Global, 2003. – (Coleção
Melhores contos / direção Edla van Steen)

ISBN 978-85-260-0855-7

1. Contos brasileiros. I. Pondé, Glória. II. Steen, Edla van.
III. Título. IV. Série.

03-5105   CDD-869.93

Índice para catálogo sistemático:
1. Contos : Literatura brasileira   869.93

Direitos Reservados

Global Editora e Distribuidora Ltda.

Rua Pirapitingui, 111 – Liberdade
CEP 01508-020 – São Paulo – SP
Tel.: (11) 3277-7999 – Fax: (11) 3277-8141
e-mail: global@globaleditora.com.br
www.globaleditora.com.br

Obra atualizada conforme o
Novo Acordo Ortográfico da Língua Portuguesa

Colabore com a produção científica e cultural.
Proibida a reprodução total ou parcial desta obra
sem a autorização do editor.

Nº de Catálogo: **2370**

Glória Pondé é carioca e admira a obra de Orígenes Lessa desde a época em que adotava seus livros infantis, na escola pública. Depois, trabalhou com o universo lessiano em sua Dissertação de Mestrado, e ampliou a pesquisa no nível de Doutorado, especializando-se nos aspectos relacionados à leitura e à formação do leitor.

Professora de Literatura Brasileira, aposentada pela Faculdade de Letras da Universidade Federal do Rio de Janeiro, como também pela Faculdade de Educação da Universidade Federal Fluminense, onde trabalhou com Didática de Língua e Literatura.

Foi, durante vários anos, pesquisadora do CNPq e fez Pós-Doutorado em Sociologia da Literatura, na *École de Hautes Études en Sciences Sociales* em Paris.

Participou de vários projetos institucionais de incentivo à leitura e formação de professores, para a iniciação do leitor em literatura.

Publicou livros e ensaios sobre leitura, ensino de literatura e literatura infantil.

O HUMOR COMO DENÚNCIA

Orígenes Lessa comprovou seu talento narrativo, deixando-nos um extenso e variado acervo. Experimentou diversos gêneros, tais como a novela, o romance, a reportagem e o ensaio; mas, no panorama de nossa literatura, notabilizou-se sobretudo com o conto, cuja dimensão da obra e mestria do cultivo da linguagem encontrou paralelo em Machado de Assis, de influência notória, e, modernamente, em Dalton Trevisan. Revelou-se um grande contador de histórias, não só quando tratou dos conflitos mais relacionados ao universo adulto, como também quando dedicou-se ao público infantil, ao final de sua carreira de escritor.

Seus textos foram traduzidos para o inglês, espanhol, romeno, tcheco, alemão, polonês, árabe, hebraico e, ainda, ganharam diversas adaptações para o rádio e a televisão.

Em 1929, publicou *O escritor proibido*, sua primeira coleção de contos, e foram de contos seus últimos títulos. Como intelectual atuante e profissional de letras, sua rica biografia misturou-se a sua obra, fornecendo-lhe amplo material para contar.

Filho de pastor protestante, nasceu em Lençóis Paulista, a 12 de julho de 1903, e com pouco mais de três anos mudou-se com os pais para São Luís do Maranhão, onde viveu até os nove anos. Dessa vivência resultou o romance *Rua do Sol* (Editora José Olympio, 1955) que mereceu o Prêmio Carmen Dolores Barbosa. Voltou para o Sul, em 1912, fixando-se na capital paulista.

Aos 12 ou 13 anos, estreou em jornaizinhos escolares, distinguindo-se na juventude mais pelas muitas leituras do que pelos estudos regulares. Com 19 anos, depois de uma crise espiritual, ingressou num seminário teológico, abandonando-o dois anos depois. Em 1924, transferiu-se para o Rio de Janeiro, separando-se voluntariamente da família de formação religiosa. Para se sustentar, dedicou-se ao pequeno magistério e fez tentativas em várias direções. Tendo completado um curso de educação física, chegou a ser instrutor de ginástica na Associação Cristã de Moços. Tentou, sem continuidade, vários cursos superiores. Em 1928, matriculou-se na Escola Dramática e saudou Coelho Neto, seu diretor, em nome dos colegas, quando o romancista foi aclamado "Príncipe dos Escritores Brasileiros". Ainda em 1928, voltou para São Paulo, onde ingressou como tradutor no Departamento de Propaganda da General Motors, que teria grande influência na sua vida profissional: tornar-se-ia um dos publicitários de maior renome no País. Da publicidade podemos creditar sua grande comunicabilidade com o grande público, o que transformou facilmente seus livros em *best-sellers*, reconhecidos não só pelos numerosos leitores, como também pela crítica especializada.

Em 1929, começou a escrever no *Diário da Noite* de São Paulo e, encorajado pela boa acolhida de *O escritor proibido* por Medeiros e Albuquerque, João Ribeiro, Menotti Del Picchia e Sud Menucci, lançou *Garçon, garçonnette, garçonnière*, que obteve menção honrosa da Academia Brasileira de Letras, e *A Cidade que o diabo esqueceu*.

Em 1932, tomou parte ativa da Revolução Constitucionalista, que fixou em dois volumes de reportagens:

Não há de ser nada e *Ilha Grande*, jornal de um prisioneiro de guerra. Voltou aos contos, em 1935, com *Passa-três* e, em 1937, publicou a novela *O joguete*. Nesse mesmo ano, arrebatou o Prêmio Antônio de Alcântara Machado com o romance *O feijão e o sonho*, que já teve mais de três dezenas de edições e superou 600 mil exemplares vendidos, tendo sido várias vezes adaptado para o rádio e a televisão.

Fundou e dirigiu *Planalto* (1941-1942), quinzenário de cultura com repercussão internacional, na época. Em 1942, fixou-se em Nova York, onde trabalhou no Coordinator of Inter-American Affairs, tendo sido redator da NBC em programas irradiados para o Brasil. Regressou em meados de 1943, passando a residir no Rio de Janeiro.

Com *O evangelho de Lázaro*, publicado pela José Olympio em 1972, retornou às inquietações que o aproximaram e o afastaram do seminário teológico, na mocidade. Voltou-se, então, para os mistérios da morte, do bem e do mal, que são uma constante em toda a sua obra, mesclando-os à aventura da condição humana.

De acordo com Mário da Silva Brito,[1] Orígenes Lessa é fruto das inovações instauradas pela Semana de Arte Moderna, a começar pela linguagem, desempenada e desembaraçadamente brasileira, com aproveitamento eficaz do coloquial e a plena independência dos sestros lusitanos. Longe dele a preocupação com a frase ornamental, caprichada e caprichosa, dos muitos autores que o antecederam.

Às pesquisas formais, Orígenes Lessa preferiu a prospecção do conteúdo ficcional. Em vez da aparência pretendeu a essência. Daí ter buscado sempre compreender o homem – esse ser contingente, sujeito a erros,

---

[1] BRITO, Mário da Silva. "Um contista incômodo". In: LESSA, Orígenes. *10 contos escolhidos*. Brasília: Horizonte; INL, 1984.

dominado por paixões, vítima, na maioria das vezes, de um contexto social e econômico que corrói e destrói sentimentos, debilita a alma, torna as criaturas, já assim estigmatizadas, mais pequenas ainda. Por isso, explorou, com frequência, em suas narrativas, o desvalimento individual diante das forças mais poderosas que envolvem e sufocam as pessoas.

Em decorrência disso, a literatura de O. Lessa vem marcada pelo pessimismo, pela ironia e pelo humor, quando transpõe para o plano literário, com tamanho e incômodo verismo, o drama da existência humana. É um mundo feito de dor e frustração; de miséria e angústia; de solidão, egoísmo e desespero; de ingratidão e falácia; de parcas e fugidias esperanças; de insanáveis e irremediáveis conflitos. Por tudo isso, sua literatura é de denúncia; revela os subterrâneos do indivíduo e da sociedade; descarna e exibe recônditas mazelas; desmascara vaidades e orgulhos, ambições e invejas; revolve, em suma, o ambiente social em que, apesar de tudo, podem vicejar, às vezes, algumas flores.

A literatura de Orígenes Lessa é, toda ela, de comunhão. Ele sai sempre de si mesmo, do seu mundo pessoal, para ser o outro. Para ser no outro. Absorve o semelhante e até o absolve, por senti-lo dependente, sem forças mesmo para mudar a rota do seu injusto destino. Descobre o outro tal qual é – ou tal qual lhe foi possível ser, em virtude das invencíveis deformações que lhe desestruturaram a personalidade. Daí a necessidade que tem, como homem simplesmente e como religioso também, de aspirar a que os frutos da terra, as suas magníficas benesses, sejam um bem comum, nunca privilégio de uns poucos. Por essa razão, o seu conto desemboca sempre no coletivo, sobretudo porque movimenta personagens típicas, desentranhadas do todo social: os humildes, os desprotegidos, os desgarrados, os párias do amor e da fraternidade, os abandonados à própria sorte.

Para alertar é que escreve, não para distrair. Orígenes Lessa quer despertar o espírito crítico no leitor, aproximá--lo e irmaná-lo às demais criaturas, sem nunca levá-lo ao conformismo. Por isso, machuca. Dilacera. Faz humor contundente. Pratica a sátira e o sarcasmo, empregando largamente a ironia, que permite o meio-tom e se coaduna mais com a sua formação francesa. Da sua literatura ninguém se aproxima impunemente. Como todo grande escritor, é inconfortável e inconformada força moral.

A presente antologia procurou selecionar os contos mais representativos do autor, levando em consideração os temas e os estilos mais recorrentes no conjunto da sua obra. Assim, foram agrupados em cinco grandes vertentes. A primeira diz respeito às questões relativas à mulher, na cultura ocidental cristã, sempre pela óptica do desvio à norma estabelecida. Na segunda vertente, predomina a crítica às relações de poder, em que se confrontam personagens humildes com poderosos. A terceira vertente voltase especificamente para o trabalho com a linguagem. A penúltima focaliza o imaginário e os tipos populares, finalizando com aspectos estilísticos voltados para a sátira, a paródia, o humor e a ironia, característicos da obra lessiana.

Os tipos femininos, carregados de sensualidade, povoam grande parte de seu universo ficcional e estão problematizados nas narrativas iniciais deste volume.

O conto "A vida de José de Melo Simão", analisa o aspecto demoníaco da beleza feminina, relacionado à fatalidade e à maledicência, que corroem a existência das mulheres capazes de assumir o desejo que possuem e despertam nos homens, tais como a Marquesa de Santos, a Messalina e a protagonista Sara, vencedora de vários concursos de beleza. Porém, o que mais chama a atenção é a mestria com que se desenvolve o conto, cujo final inesperado e inconcluso denota uma das características mais marcantes do estilo lessiano.

A propósito da inconclusão, o crítico Ivan Cavalcanti Proença[2] observa que as narrativas de Orígenes Lessa não prescindem de finais impressionantes, nem de apoteose, nem de moral da história; pois as temáticas se encarregam, a partir da seleção do material, do recado maior: o cotidiano das cidades e gentes, flagrantes de vida, paixões e morte, em que a verossimilhança sai ganhando, resultante da tensão real x imaginário.

Poderíamos afirmar que o realismo predomina nos contos de Orígenes Lessa, tanto em estilo quanto em substância, conforme verificamos no conto "Valdomiro". Da ótica masculina, o narrador estabelece o contraponto entre duas gerações de conterrâneas: a mãe, viúva que se mantém dignamente como costureira, e a filha, que sucumbe, fatalmente, ao carreirismo apoiado na beleza. Nesse conflito de valores, mais uma vez a sedução feminina destrói a vida da personagem, uma atualização da rebelde Lilith. A par da ironia e da crítica social, que beiram ao naturalismo, o texto se vale de imagens altamente poéticas, para expressar o decorrer do tempo e desvelar as emoções das personagens.

Um outro perfil de mulher, igualmente desviante, é apresentado no conto "A freira de Joinville", em que o jogo malicioso com o ser e o parecer prendem magistralmente a atenção do leitor, num relato em primeira pessoa muito próximo da reportagem.

"Nazareth, telefonista" também explora o erotismo, com muito humor e um final inesperado. Pela galeria de

---

[2] PROENÇA, Ivan Cavalcanti. "A importância da inconclusão". In: LESSA, Orígenes. *16 de Orígenes Lessa*. Rio de Janeiro: Tecnoprint, 1976. Introdução e seleção de Ivan Cavalcanti Proença.

tipos apresentados, podemos dizer que as transgressões femininas atravessam grande parte da obra de Orígenes Lessa, constituindo-se numa de suas vertentes de crítica à sociedade patriarcal, que marginaliza a mulher, transformando-a ora em vítima do sistema, ora em heroína, por resistir e conseguir sobreviver a ele.

Um segundo grupo de contos centraliza-se na crítica ao poder econômico e suas relações autoritárias de dominação e exploração a pessoas e países. Denunciar o autoritarismo constitui uma constante na obra de Orígenes Lessa, que busca desmascará-lo através da ironia, da sátira e do sarcasmo. Assim, discute a ideologia nos mais variados níveis. No plano cotidiano, a dominação se manifesta das formas mais sutis às mais perversas, como verificamos entre dois soldados de uma mesma patrulha, um pobre e outro rico; ou, ainda, nas relações hierárquicas mais corriqueiras, tais como a do chefe e seu subordinado numa empresa; ou mesmo a irresponsável pilhéria de um ricaço paulista ao manipular o sucesso de um artista humilde e talentoso.

"Patrulha noturna" relata as agruras de um jovem soldado que participa de uma patrulha noturna, durante a Revolução Constitucionalista de 1932, em São Paulo. Subjaz ao conto-reportagem a denúncia da falta de solidariedade entre os soldados, minada pela arrogância do mais rico.

A política externa imperialista e as estratégias hipócritas de sua diplomacia são denunciadas pelo conto "O incidente Ruffus". Nele, observamos o cinismo com que se fomenta a guerra num pequeno país, para se apropriar de suas riquezas; tema ainda de extrema atualidade.

Em âmbito nacional, o conto "Antônio Firmino" mostra a ignorância de nossos políticos diante da miséria popular. Criticando o clientelismo e o assistencialismo, que dão suporte à desigualdade e à exclusão, coloca em ação dois personagens antagônicos na pirâmide social: um político no Sul que se depara, numa viagem, com o abandono e as doenças tropicais do povo nordestino e, para se redimir, resolve levar um jovem desenganado a São Paulo para tratar da saúde. Publicado, inicialmente, em 1946, continua atualíssimo, confirmando a permanência de nossas mazelas sociais e da obra desse escritor tão perplexo diante das injustiças.

"Hoje, seu Ferreira não trabalha" destila uma fina ironia perante a alienação no cotidiano de um gerente, que introjeta o autoritarismo do sistema e o transfere para seus quarenta subordinados, interrompendo a exploração somente com a sua morte.

Outro tema recorrente à obra de Orígenes Lessa é o trabalho com a linguagem e a dificuldade de reconhecimento do artista, um operário também à margem da distribuição da riqueza, cujo sucesso muitas vezes depende da especulação do mercado de arte. O consagrado romance *O feijão e o sonho* ilustra essa vertente, que aqui está representada pelos textos "A aranha" e "Shonosuké". O primeiro volta-se, ludicamente, para a própria composição do conto e demonstra a genialidade de Orígenes Lessa, no trato com esse gênero, pelo emprego do humor, de diálogos ágeis e final aberto. O segundo satiriza o processo de legitimação do artista, no sistema capitalista, através da brincadeira irresponsável de um pseudomecenas, que o projeta no mercado, somente para seu próprio divertimento, provocando, por isso, o suicídio do sensível japonês.

"Milhar seco" e "A herança" focalizam tipos populares com seus desejos e suas fantasias que compõem grande parte do universo lessiano, encarnado por párias esquecidos e desvalidos da sociedade.

Os três últimos contos ilustram a vertente estilística, que explora a linhagem do fantástico, do absurdo e do maravilhoso, muito próxima da sátira de Jonathan Swift e seus heróis liliputianos de *Viagens de Gulliver* e da ironia e do *humour* d'*O alienista* de Machado de Assis, sempre para reforçar a crítica social.

Enveredando pela fábula de teor fantasmagórico, põe pelo avesso a realidade banal, transformando-a em situação inverossímil, para demonstrar o absurdo dos desequilíbrios sociais. Um real imaginário a que infunde tons de angustiante veracidade, como na história de uma obsessão, que desencadeia um surto paranoico no protagonista de "Um número de telefone".

"Roteiro de Fortaleza" explora, com humor negro, a situação insólita de um tuberculoso – já desenganado pela doença – que decide encontrar a morte num acidente de avião, com o objetivo de deixar o seguro de vida para a família.

Com o conto "A desintegração da morte", subvertem-se todos os valores e os sistemas vigentes até então, já que a vida passa a ser eterna em consequência de uma descoberta científica. Entretanto, os problemas, ironicamente, continuam e até mesmo se avolumam, uma vez que nem a dor nem a fome foram eliminadas. Utilizando os recursos da sátira e da paródia, o texto vira o mundo pelo avesso, fazendo cair todas as máscaras sociais. Realista como os demais contos, tanto pelo enfoque das coletividades humildes, quanto pela preocupação com as mazelas sociais, imprime ainda a marca da antirreligiosidade, através da crítica a um tipo de enfoque religioso que promete o céu após a morte, para manter a esperança e o conformismo das pessoas na terra.

A literatura de Orígenes Lessa critica os problemas sociais, na tentativa de alertar e aperfeiçoar a sociedade, objetivando reconstruir a utopia da união. Perdido o paraíso, após o pecado original, restaram o sofrimento e as injustiças, denunciados pelo inconformismo da obra lessiana. Assim, sua religiosidade transcende o mero desejo de compreensão entre os homens, para aspirar à comunhão dos tempos originais. Nesse sentido, o autor tenta recuperar a concepção original de todas as religiões, que visa à religação do humano com o divino, para superar a fragmentação da existência terrena.

Glória Pondé

CONTOS

O FEMININO TRANSGRESSOR

A VIDA DE JOSÉ DE MELO SIMÃO*

D. Sara enchia o bairro. Antes de casada, arrebatara três prêmios de beleza no Íris-Cinema. Diziam as amigas da casa que fora causa de um suicídio, um pobre rapaz encontrado no Tietê certa vez com vários litros d'água no estômago. Não deixara declaração. Mas os sonetos que dirigira inutilmente, durante dois anos, à então Sarinha, eram indício seguro. O próprio programa do Íris incluíra uma noite um dos sonetos em que o poetinha cantava o brilho noturno dos olhos e a leveza da cútis da três vezes rainha de beleza.

"Oh! Beijar-te a cútis juvenil, sorrindo,
Oh muitas vezes bela inspiração!"

E como coincidiam os versos do poeta e a indiferença da musa, o seu encontro no Tietê foi logo atirado à conta dos pecados de Sarinha. Constava mesmo que ela recebera no dia seguinte, num pedaço de papel amarrotado, uma carta do moço, parte em verso, parte em prosa, culpando-a pela sua desgraça e pedindo a Deus que a não castigasse. Não havia certeza, porém,

---

* In: *10 contos escolhidos*. Brasília: Horizonte; INL, 1984.

porque, se a carta fora recebida, Sarinha não a mostrara a ninguém nem lhe fizera a menor referência.

Mas não seria preciso o suicídio do bardo para criar a auréola que a cercava. A sua rua fora sempre a mais movimentada do bairro. Quando ia para a janela, às seis em ponto, começava o desfile. Pedestres e automobilistas, de pescoço virado, passavam suspirando pelos seus olhos. Sarinha, involuntariamente, provocara vários atropelamentos graves perto de casa. De um, saíra uma testa partida. De outro, um caixeirinho perdera as duas pernas que mais usava. Um terceiro estava ainda no hospital. Mas que fazer? O rapaz da baratinha esquecia o volante para olhá-la. O pedestre não ouvia a buzina, de olhos na janela encantada. O desastre era fatal!

Depois de casada, já D. Sara, o Íris-Cinema não conseguia solteirinha em que se embevecer e continuava a carregar nela a votação anual para Miss Íris-Cinema. Duas mil garotas em idade e necessidade matrimonial diziam horrores sobre D. Sara. Mulher sem coração, monstro de saias, vergonha do bairro, criatura sem linha, sirigaita, escandalosa e convencida... Não lhe faltavam defeitos. Uma sussurrava, horrorizada, que D. Sara era tão degenerada, que evitava ter filhos. Outra, maliciosa, lembrava que, "aliás, se ela quisesse era bem fácil..." D. Candinha não permitia que as filhas pisassem na calçada, na simples calçada de D. Sara!

– Não, senhora! Filha minha não pisa lá, não tem perigo!

– Mas que mal há, mamãe?

– Há! Já disse que há! E basta!

Famílias havia que voltavam da porta do cinema ou da igreja, só para não entrar lado a lado com ela.

– Deus me livre dessa Marquesa de Santos!

– Vade retro, Messalina!

Espalhara-se que o padre Vieira, vigário da freguesia, evitava recebê-la em confissão.

– Não diga!

– É fato!

– Como assim?

– Se ela fosse confessar todos os pecados, tomava uma semana inteirinha!

– Ou o padre era arrastado na tentação, comentava perversamente uma voz...

– Grande tentação! chasqueava outra.

Todo esse ódio feminino, de velhas e moças, casadas ou não, era a compensação natural da infinita admiração masculina pela mulher.

– Viu hoje D. Sara?

– Como irá D. Sara?

– Que tal D. Sara, hein?

– D. Sara foi ao Íris ontem?

– D. Sara esteve na missa?

Ela era a prosa de todos. Mal ou bem falada, ridicularizada, acusada, louvada, desejada, sonetizada, ela era o tema eterno.

– Então D. Sara...

Cadeiras em movimento, ouvidos à escuta.

– O que, hein?

E logo um bem informado qualquer contava de nova tentativa de suicídio, de uma indireta na seção livre do jornal, de uma escalada noturna de dois novos automóveis que ingressavam no corso de todas as tardes, de um pequenino atropelamento, do divórcio do casal Soares, da vassourada com que o Pires fora recebido alta noite, dos pileques do Mendes, da sorte do Sales...

No capítulo da sorte, os cigarros caíam, olhos pulavam fora, num interesse mais fundo:

– O Sales? Conte lá!

– O Sales? Não acredito!

Mas o Sales fizera isto e aquilo. Mesmo porque mulher não escolhe.

– Você tem provas?

– Provas, propriamente, não. Mas tenho certeza.

– Felizardo, aquele diabo!

– Quem havia de dizer!

Súbito, acendendo um cigarro, um dos presentes lançava:

– O pior é que o exemplo de D. Sara está pegando.

– O quê?

– Pegando, sim senhor!

Olhava para os lados, a ver se não havia algum parente nas redondezas.

– Não souberam das filhas do Pilotti?

Não. "Mas o quê, hein?"

– Coitadas! Por sinal que são bem bonitas!

– Se são!

– Pois estão no mesmo caminho! Andam por aí aos beijos. Outro dia, no Íris...

O caso vinha. Pormenores, gargalhadas. Mas D. Sara voltava logo.

– Repararam naquele vestido preto que ela está usando?

– Ai, meu Deus! Nem me fale! Aquele decotado?

– E aquele outro, todo aberto do lado?

– E aquele sem manga? Minha Santa Bárbara!

Depois tiravam-se os vestidos.

– E os seios?

– E as pernas?

– E os ombros?

E os seios, as pernas, os ombros, vestidos ou nus, de D. Sara, ganhavam corpo na imaginação febril de toda gente. Eram desejados, mordidos, machucados.

– Que mulher, meu Deus!

*
* *

José de Melo Simão era marido de D. Sara.

VALDOMIRO*

Faz trinta anos que deixei minha pequena cidade do interior. Um modesto emprego público me libertava do monótono trabalho no cartório local. Vim para não voltar. Julgava-me desligado por todo o sempre de amigos, vizinhos e mexericos humildes. Senti-o bem quando me instalei na Rua Bela Cintra, casa de porta e janela, hoje absorvida, com várias outras, por um arranha-céu. Não conhecia ninguém. Não cumprimentava ninguém. Um sossego. É verdade que, com o tempo, outras relações foram surgindo. Mas, pelo menos, acabava Rio Preto.

Acabava, dizia eu. Ou melhor, assim pensava. Eu iria voltar à modesta Rio Preto de então, muito breve. De fato, seis meses depois, justamente na Rua Bela Cintra (a casa também já desapareceu), vinha residir a viúva do meu amigo Matoso, bruscamente empobrecida com a morte do marido. Vendera as pequenas posses, viera para São Paulo, onde tinha parentes que não lhe deram atenção, e ia passar longos anos presa à sua velha máquina de costura, para educar os filhos.

Eram dois. Um, três anos depois, caía com pneumonia dupla. Naqueles idos, pneumonia matava muito. Ficava

---

* In: *16 de Orígenes Lessa*. Rio de Janeiro: Tecnoprint, 1976.

Ângela. Tinha dez anos. Pálida, vagas olheiras, o rostinho lindo, o olhar sonhador. Quando vimos a viúva Matoso, volta de Rio Preto à nossa vida, eu e minha mulher sentimos uma grande alegria. Dalva ajudou-a no que pôde, indicou-lhe freguesas. Tinha paixão por Ângela. E ainda hoje me lembro que, certa noite, já lá vão muitos anos, ouvindo Ângela cantar o "tão longe, de mim distante", voltou-se para mim:

– Estava aí um amor de nora...

E olhando o Carlito, que jogava bola de meia na calçada, assumiu um ar de avó que me assustou.

Foi intuição, creio. Os anos iriam dizer que havia um anjo protetor a impelir Carlito para outros amores prematuros. Primeiro, uma italianinha cujo pai sapateiro acabou milionário. Logo a seguir uma pequenina alemã cheia de sardas, que hoje dirige uma confeitaria em Vila Mariana. Pouco depois (ele tinha 14 anos) uma normalista gorduchinha que já me deu três netos.

Vendo-a, vendo-os, vendo o Carlito hoje quarentão, próspero corretor de imóveis, tremo ainda só em imaginar o que seria o nosso destino, se o garoto, obediente às insinuações maternas, se tivesse lançado rumo à filha da viúva Matoso, porque a vida a esperava de tocaia para estranhas andanças.

Dalva já se foi há muito. Pneumonia também. (Era doença do tempo, muito favorecida pelo clima paulistano). Vivo só há mais de vinte anos. Há mais de vinte anos acompanho, com tristeza de irmão, as agonias de Dona Laura (é a viúva Matoso), lutando sempre, no heroico pedalar da velha Singer, pela educação da filha antes, pelo próprio sustento, depois. E incerta e desarvorada e sem amparo, vendo a vida levar, nos seus descaminhos, a pobre menina pálida, de dedos longos, de olhar distante, que aprendia violão por ser o piano impossível e preferiu ficar em casa, ocupada com uma insignificante enxaqueca de Dona Laura, naquele 7 de Setembro em que se festejava o centenário do Grito do Ipiranga, só porque não tinha vestido condigno para descer à cidade.

Minha mulher ainda viva, era costume nosso ir, quase todas as noites, à casa de Dona Laura. Estava o chão, quase sempre, coberto de retalhos de pano, coloridos e caprichosos, figurinos pelas cadeiras de palhinha gasta, moldes em papel de jornal sobre a mesa de pinho.

— Mamãe, olha essa desarrumação! Que coisa mais triste! Podem até pensar que você é costureira.

Parece de ontem essa exclamação de Ângela, numa de nossas primeiras visitas. Dona Laura olhou-a, surpresa:

— E não sou, minha filha?

O rosto de marfim velho enrubesceu.

— Não é, não senhora! *Está* costurando. É outra coisa...

Falou em tom definitivo e cortante. Dona Laura, um pouco simples, sorriu:

— Ah! É por isso que você não traz aqui as suas amigas, não é? Para que elas não vejam...

Aí a vozinha linda vibrou irritada:

— Porque eu nunca vi casa mais suja, entendeu?

E se abaixou, rubra de humilhação e de cólera, a apanhar os retalhos.

Apanhar retalhos era a preocupação mais viva da menina. Muita vez a surpreendemos naquele apressado esconder da grande vergonha familiar de ter mãe costureira, mãe que ela amava, é preciso reconhecer, com extremos de ternura, de quase idolatria.

Mas Ângela ia crescendo. Cada vez mais pálida, os dedos mais longos, o olhar mais perdido.

Um dia, já minha mulher morrera, Ângela teria seus dezesseis anos, encontrei Dona Laura de olhos pisados. A confidência triste não demorou: Ângela apaixonada!

— Mas que mal há nisso?

– Ele é casado, com o perdão da palavra – disse Dona Laura. – Um tal de Henrique não sei de quê, médico. Felizmente parece que nem sabe da história!

– Ainda bem!

– Mas não é isso o que me desespera – disse Dona Laura, recolhendo apressada alguns retalhos do chão. – O que me assusta é que ela não acha pecado... Acha que o amor está acima de tudo!

Ângela vinha chegando. Dona Laura descobriu, embaixo do sofá de molas cansadas, um retalho vermelho, que escondeu rapidamente. O assunto morreu.

Tempos depois encontrei minha velha amiga novamente chorosa. Recolhi, eu, desta vez, um retalho teimoso.

– Que há de novo, Dona Laura?

– Ângela ficou noiva.

– Parabéns – exclamei.

– Mas eu sei que ela ainda gosta do outro. Ficou noiva de raiva.

E os olhos no céu:

– Deus que me perdoe! Deus que me perdoe!

* * *

Ela me pedira, pelo telefone, que a fosse ver. Os cabelos um pouco desfeitos, aquele ar cansado de sofrimento, que se acentuava dia a dia, Dona Laura nem me estendeu a mão. Foi quase um grito de angústia, quando me viu:

– Ângela vai casar!

Apesar do incontido desespero de sua voz, a notícia me pareceu excelente.

– Ótimo! Quer dizer que o Albertinho conseguiu a promoção que estava esperando?

Os braços largados, o olhar caído, minha amiga explicou:

– É com outro.

Quando soube o caso por miúdo, procurei animá-la. Não havia razão para tamanho horror. Ângela ia fazer um casamento esplêndido. Realmente, semanas antes, numa loja do centro, fora comprar um aviamento para a mãe. Um sócio da casa a atendera. Ângela conseguira um abatimento impressionante na compra. "Para uns vestidos que mandei fazer..." O sócio do armarinho pedira-lhe que voltasse...

– Para a senhorita faremos preços especiais!

No dia seguinte Ângela voltava. No terceiro dia fora, com o sócio, tomar chá na Vienense. No quarto, na Seleta. No quinto, fora ao Alhambra. Segunda-feira o homem irrompera em casa de Dona Laura (Oh! O desespero e a humilhação de Ângela com o chão todo cheio de retalhos). Era amor à moda antiga. Seu Ribeiro – Antônio Ribeiro, seu criado – punha a jovem fortuna aos pés de Ângela Matoso. Que no dia seguinte rompia o noivado com Albertinho, sem explicação maior. Que naquele dia, à hora do almoço, comunicava à mãe o noivado novo.

– Com o tal Antônio Ribeiro?

– Ribeiro & Cia., mamãe – corrigiu Ângela com um sorriso.

* * *

Nunca Dona Laura imaginara que a vida lhe reservaria genro tão bom. Franco, generoso, compreensivo.

– Parece que Deus resolveu esquecer os meus pecados – dizia, quase sem acreditar. – Homem sem orgulho é Seu Antônio.

E Dona Laura não se cansava de cantar-lhe as virtudes.

– Graças a Deus a Ângela acertou! Nunca pensei. O Senhor não imagina como essa menina me preocupava. Foi Santo Antônio que me ouviu. Olhe, seu Caldas, até o nome parece destino. Antônio... Eu só estou costurando porque tenho o meu orgulho. Mas ele não quer. Diz que já estou na idade de descansar... Acha que meu lugar é junto ao netinho que vai nascer...

De fato, meses depois, nascia o neto. Dona Laura e o genro queriam que se chamasse Antônio. Mas o nome foi Olavo, porque Ângela adorava o *Ouvir estrelas* e o *Inania verba*, de Bilac.

Ah! Quem há de exprimir, alma impotente e escrava,
O que a boca não diz, o que a mão não escreve!

Pai e avó aceitaram o nome e se sentiram compensados na adoração da criança linda, de carinha boa, que aprendera a rir numa semana e com menos de um mês já parecia reconhecer toda gente. Mas logo as angústias voltavam. Da modéstia de Rio Preto, da pobreza da Rua Bela Cintra, nada mais restava. Ângela, agora, tinha palacete em Higienópolis, carro à porta, vestidos elegantes, joias caras. E um marido apaixonado que se multiplicava em carinhos e presentes. Mas em vão se multiplicava. Porque Ângela estava insatisfeita.

– Eu odeio comerciante – disse um dia à mãe horrorizada. – Ele só pensa em dinheiro!

Em pouco tempo Ângela percebera que o deslumbramento de Antônio Ribeiro, quando a via cantar, não era por gostar de música. Ele gostava apenas dela. Sim, porque de bom grado comprava os bilhetes para o Municipal, quando tocava Guiomar Novais, mas era Dona Laura quem acompanhava a filha. Ele estava cansado... E às exposições de pintura Ângela tinha de ir sozinha, "porque esse negócio de pintura era para quem tinha tempo a perder"...

Um dia Dona Laura percebeu que não devia acompanhar Ângela aos teatros.

– Ela parece de um outro mundo – explicava-me. – Eu nem acredito que seja a mesma menina que o senhor carregou tantas vezes, lá no interior...

E continuava a pedalar, melancólica, os retalhos pelo chão.

– Deus permita que tudo dê certo...

Ela já não acreditava. Seu coração, pequenino de medo, antevia a desgraça. E foi quase sem surpresa que ouviu um dia, da filha, a triste nova. Ia se desquitar, vida impossível com o marido. Não, não tinha queixa. Ele era ótimo. Até concordara. Até lhe entregara o filho, que tanto adorava. Mas havia uma funda incompatibilidade de gênios....

– E você?

– Vou morar no México...

– Você enlouqueceu, minha filha?

Ângela sorriu. Não era loucura. Simplesmente destino... Ia se casar no México, onde ficaria dois anos.

Minha amiga quis reagir. Precisou resignar-se. Ângela conhecera, num daqueles concertos do Municipal, um senhor de família importante, que se apaixonara. Desquitado também. Vivia sempre no estrangeiro. Ângela ia com ele.

– Artista? – perguntei.

– Negociante – disse Dona Laura.

E seus lábios tremiam.

* * *

Os meses correram. Carta vinha sempre. Ângela adorava a mãe, contava-lhe tudo. Estava feliz, o México era lindo, ia sempre às touradas, fazia cerâmica, o Olavo já andava falando espanhol como gente grande. Dona

Laura começava a aceitar a nova situação. Afinal, "ele" também se chamava Antônio, e, a julgar pelos relatórios semanais, era um escravo de Ângela e tratava o Olavinho como filho. O antigo genro procurava-a sempre, para ter notícias do garoto. Enternecia-se ouvindo os trechos de carta que falavam dele.

– Então ele quer ser toureiro quando crescer? Ora que ideia de menino!

E sorria, as lágrimas descendo.

* * *

Nessa época, uma gripe prolongada de Carlito me afastou de São Paulo por vários meses. Deixei-o no sítio de uns parentes distantes para os lados de Taubaté. Ao voltar fui ver minha amiga. Estava usando óculos, aros de níquel, a vida cada vez mais difícil, a vista cansada, palpitações no coração. Envelhecera muito. Como não falasse de Ângela, perguntei:

– Ângela ainda está no México?

Dona Laura baixou os olhos. O dedal caiu, procurou-o com os dedos trêmulos. E sem me encarar:

– Está em Paris...

Uma freguesa bateu à porta, Dona Laura recebeu-a, afastei-me da sala, que a mulher vinha provar um vestido. Reclamava, rezingava, tinha pressa, o vestido não lhe caía no corpo. Afinal saiu.

– Pode vir, Seu Caldas.

Estendeu-me a última carta recebida, em papel de um grande hotel, cujo nome eu já vira em romance ou jornal. Ângela contava que não podia mais aguentar aquele inferno de vida. Enumerava queixas. Felizmente encontrara um homem que a compreendia. E preferira ser sincera consigo mesma, com a vida. Abrira mão de tudo. Esperava que a mãe entendesse. "Devemos procurar, acima de tudo, a nossa felicidade". Don Ramon de la Barca era dono de enormes plantações de sisal no Yucatán. Um perfeito cavalheiro. Aliás, Paris era um sonho. "A senhora precisava estar aqui, mamãe! Garanto que ia adorar!"

Devolvi-lhe a carta, perguntei, para dizer alguma coisa:

– E o Ribeiro?

– Não se conforma. Pensou até em embarcar, em reclamar o filho, mas não teve coragem. Sabe que Ângela tem loucura pela criança e não quer que ela sofra. Vendeu a parte na loja, foi se encafuar na fazendinha de Descalvado...

Depois me olhou, séria:

– O senhor viu que cruz a minha? E ela tão longe, Seu Caldas, tão longe!

Colocou o dedal, baixou a cabeça de novo, começou a pespontar o vestido. A freguesa tinha pressa.

* * *

– Ângela vai voltar! Chega dia 20!

Nesta minha vida longa tenho visto a felicidade algumas vezes. Nunca tão grande, porém, como na voz e nos olhos de Dona Laura aquela noite. Carta chegara de manhã contando tudo. Estava morta de saudades da mãe. Estava morta de saudades da Rua Bela Cintra, onde jogara "amarelinha" e brincara o "boca de forno!". Estava morta de saudades de tudo. "Até de Rio Preto, mamãe!"

Dia 20 estávamos em Santos. Quase não a reconheci. Paris transforma completamente a doce criaturinha que tanto enlevava a minha boa Dalva, que Deus tenha. Era uma grande dama! Do tempo antigo restavam a palidez, o vago tom de marfim antiquíssimo embaixo dos olhos e o jeito de sonho insatisfeito. Mas as joias, o vestido, o casaco de peles riquíssimo, o perfume que eu sentiria logo depois, o ar de extrema distinção eram de mulher de outra raça. Ficamos interditos, certos de que ela não poderia falar conosco, trêmulos e humildes, os olhos tímidos postos na escada do portaló, enquanto ela descia – Olavo já um homenzinho, dizendo adeus a companheiros de viagem – ela falando alto, em francês, para os amigos. Assim que nos avistou, porém, a menina do boca de forno fez esquecer tudo aquilo. Ângela caiu nos braços da mãe, chorando de emoção. Tenho visto coisas bonitas, nesta longa vida. Nunca vi nada mais bonito que todas aquelas joias e luxos mergulhados nos braços de Dona Laura com seu casaco de lã preta, pelezinha barata na gola e nas mangas, comprado expressamente para a volta da filha.

* * *

Ângela não foi para a casa da Dona Laura (morava agora na Rua Maria Antônia) e nós achamos natural. Hospedou-se no Esplanada, enquanto procurava apartamento.

– Vai ficar em São Paulo! – dizia Dona Laura deslumbrada.

E eram tantas as malas e as toaletes e as joias e a alegria de volta que Dona Laura só dias depois se lembrou de perguntar por Don Ramon de La Barca.

– *Il me fâchait* – respondeu Ângela secamente.

Dona Laura me olhou, sem entender. Confesso que fui incrivelmente vulgar na tradução:

– Ele estava chateando, Dona Laura.

* * *

Dentro em pouco minha amiga voltava à realidade e sofria. Não visitava mais a filha. Sentia-se constrangida entre tanta pompa de espelhos e lustres e quadros e tapeçarias. Teve uma vez a impressão de que os amigos a quem Ângela a apresentara – "minha mãe..." – haviam esboçado um sorriso de ironia, por entre os polidos "muito prazer" com que lhe estenderam a mão. Mas a presença da filha e do neto em sua casa eram frequentes. Ângela a custo se conformara com a resistência da mãe, que fazia questão de ficar no seu quarto da Rua Maria Antônia, teimava em continuar costurando, recusava auxílio.

– Você até me ofende, mamãe.

– Mania de velha, meu bem... Trabalho é distração que Deus me deu...

E a verdade – nunca Ângela o soube – é que os pacotes de maçãs e cerejas e guloseimas que lhe levava, o carro parado à porta da pensão modesta, Dona Laura os distribuía, intocados, entre os pensionistas mais pobres.

– Mas a senhora não quer nem provar? – perguntou alguém.

– Fruta para mim é banana e laranja... o resto é chiquê... Comam vocês, que gostam desses estrangeirismos... Eu sou uma cabocla do interior...

Voltei desde então a procurá-la mais assiduamente. Porque a sabia mais desamparada que nunca, e mais solitária. Assunto agora não faltava. Eu estava a par de tudo o que acontecia na vida de Ângela. As festas, os teatros, as viagens a Santos, as relações importantes. Contava-os à mãe. A mãe me repetia tudo, de olhos baixos, como quem confessava pecados, pedindo perdão. Só comigo se abria. Precisava se abrir. Aquelas coisas pesavam. E só havia um brilho calmo nos seus olhos quando me contava que Antônio viera a São Paulo ver o filho, que o filho o fora visitar em Descalvado, ou os triunfos escolares do garoto, sempre sustentado largamente com a mesada do pai.

– Ele ainda é meu genro, o senhor não acha?

Fora disso, alegrias bem poucas. E a vida de Ângela, para nós dois, passou a ser de uma dolorosa monotonia. Sempre automóvel novo, sempre novas viagens à Europa, já agora de avião, sempre cartões e telegramas de cidades famosas, sempre um novo nome de homem.

Numa das últimas viagens à Europa, cortando um dos longos silêncios que eram nossas palestras, Dona Laura murmurou:

– A vida tem cada ironia...

Suspirou longamente, me olhando:

– Chama-se Antônio outra vez...

* * *

Dona Laura vinha diminuindo. Curvadinha, as mãos engelhadas, o passar dos anos a pesar-lhe nos ombros. Olavo estava terminando o pré-jurídico. E eu vinha notando de há muito: Ângela decaía fisicamente. A distinção de princesa, que nela reconhecíamos, era a mesma. Rugas, porém, marcavam-lhe o rosto. O pescoço também. Já a tintura dos cabelos, que se tornavam ralos, apesar de bem tratados, se denunciava de longe. Apresentava tiques nervosos. Perdera o ar de sonho. Agora a angústia brilhava em seus olhos. Queixou-se uma vez de que já não podia beber. O fígado não lhe permitia. Falava de insônias sem fim, que dominava a poder de entorpecentes. Depois da última viagem a Paris (Rio Preto estava tão longe, no passado calmo), certa manhã o filho a encontrou enregelada, quase dura na cama. Chamou o médico. Chamou a avó, que há muito não lhe pisava em casa. Quando voltou a si, depois de uma heroica luta do médico, Ângela murmurou, num sopro:

– Por que não me deixaram morrer?

Dona Laura se alarmou, instalou-se no apartamento da filha, para melhor cuidá-la. Visitei-as uma tarde. Espantou--me o aspecto de Ângela. Parecia ter cinquenta anos. Estava um frangalho.

– A senhora fica? – disse eu ao sair. Dona Laura ficava. Aliás, já o apartamento luxuoso parecia uma casa assombrada. Os amigos não apareciam mais. E a neurastenia de Ângela cresceu quando o último Antônio, de uma das últimas viagens, desapareceu num desastre de aviação. Era a esse fato, pelo menos, que Dona Laura atribuía os longos hiatos de melancolia em que a filha mergulhava.

* * *

Vi a notícia, já tarde, num jornal, e corri para o apartamento da Avenida Ipiranga. Ângela se precipitara do sétimo andar, clichê em primeira página, o corpo moído na marquise, as pernas descobertas para a rua. Já todas as providências tinham sido tomadas. Antônio Ribeiro, que se encontrava casualmente em São Paulo, cuidara de tudo, amparava o filho, consolava a sogra, a cada passo deixava explodir, em pranto convulso, o longo amor que soubera controlar a vida inteira. O apartamento estava quase vazio. Nenhum dos famosos amigos de Ângela. Ninguém de suas grandes relações. De fora, apenas vizinhas e freguesas de Dona Laura, a costureira, que se movia como sonâmbula, quase sem lágrimas, acariciando a cabeça do genro, passando o braço em volta do neto, procurando acalmá-lo.

Quase à hora de sair o enterro, uma coroa inesperada chegou. Dona Laura fê-la entrar, colocou-a ao lado do caixão, leu em silêncio os dizeres da fita pendente. Aproximei-me também, procurei ler: "Último adeus de Valdomiro". Li e voltei-me para Dona Laura. Quem seria

38

Valdomiro? Minha amiga pareceu penetrar meu pensamento e agitou lentamente a cabeça.

Ela também não sabia. Mas em seus olhos pisados boiava uma doce luz de gratidão.

A FREIRA DE JOINVILLE*

Que é que me custava conhecer Joinville? Bastava fracionar a passagem e ficar dia e meio na pequenina cidade alemã, cuja lenda sempre me fascinou. Eu passara uma semana proveitosa em Porto Alegre, conseguindo abrir a filial da nossa firma em tempo recorde. Meu destino, agora, Curitiba, onde não sabia que fados me esperavam. Fim de semana. Fazer o que, em Joinville? Nada. A praça ainda não interessava a Coelho, Fernandes & Cia. Mas eu queria ver... E na manhã de sábado tomei um avião da Catarinense com destino à cidade que há muito desejava conhecer.

Não vi muito. Um atraso no aeroporto local nos fez chegar já depois de uma hora. Comércio fechado. A cidade limpa e ordenada, cheia de jardins e casas de estilo alemão, arrumadinhas e calmas, cortinas e flores, milhares de bicicletas pelas ruas. Já um morador da terra me contara, no avião, que seria essa a nota mais pitoresca da cidade. Para cerca de 35 mil habitantes, mais de 14 mil bicicletas. E devia haver. Crianças, velhos e moços moviam-se sobre duas rodas. Mulheres passavam, com cestos e sacolas de compras, a uma velocidade impres-

---

* In: *16 de Orígenes Lessa*. Rio de Janeiro: Tecnoprint, 1976.

sionante. Pelos jardins e bairros, casais de namorados conversavam, bicicleta ao lado, encontro casual ou combinado. Quase me atropelou uma senhora loura e pesada, com um filho atrás, um filho no colo, um bebê na cesta de compras.

Para me identificar com a cidade, aluguei também a minha bicicleta e lá saí aos zigue-zagues, fui ao porto fluvial, corri os subúrbios, visitei o cemitério numa encosta de morro. A tarde caía. Belos exemplares humanos, muito louros, contrastavam fortemente com a média de população de todas as cidades que havia percorrido, nos últimos tempos, desde que ingressara no quadro de Coelho, Fernandes & Cia.

Tão empenhado ia em ver coisas, casas e gentes que, numa esquina, quase atirei ao chão uma freira de olhar azul de enseada ao sol, cujo recuo assustado pareceu me chamar de forasteiro. Naquela cidade de exímios ciclistas, de milhares de bicicletas estacionadas à porta das igrejas e dos cinemas, só um estrangeiro se faria atropelar, como eu pouco antes, ou atropelaria, como eu agora.

Seriam cinco horas da tarde quando me lembrei de que não reservara, para o dia seguinte, lugar num ônibus ou automóvel para Curitiba. Pedalei nervoso para a primeira agência. Vagas só terça-feira. Indicaram-me outro. Para lá voei. Minha freira lá se encontrava, reservando passagem. Vaga, só restava uma, no ônibus das sete da manhã seguinte. Meu destino era não participar da vida de Joinville. Comprei a passagem, antecipando assim a partida rumo ao Paraná.

— Aqui está o seu troco!

Um empregado da agência saíra a trocar uma nota de mil cruzeiros, para um senhor moreno do tipo sírio, o rosto largo, os cabelos muito negros, sobrancelhas espessas, atrás das quais parecia esconder-se. Provavelmente um companheiro de viagem.

Era. Quando me aproximei do ônibus, na manhã seguinte, já o estranho passageiro estava aboletado no terceiro banco. Vi, atrás da espessura de suas sobrancelhas ingentes, a testa franzida, que ele me examinava, certamente me reconhecendo da véspera, na agência.

Meu assento era o 16. Ficava à direita, felizmente junto à janela, meu lugar predileto. Poderia ver a paisagem. Acomodei as maletas de mão, sentei-me feliz. Três ou quatro horas de contemplação de campos verdes, de montanhas e vales. O ônibus se enchia, pouco a pouco. A certa altura, surgiu a minha quase atropelada da véspera. Sempre curioso, o sobrancelhudo passageiro mediu-a com o olhar, o mesmo olhar que descia, escuro e penetrante, por todos os passageiros que chegavam.

Ela trazia duas ou três sacolinhas de viagem, passagem na mão, procurando ler os números dos bancos.

– 15? 15? – perguntava, numa voz macia.

O 15 ficava ao meu lado. Encolhi-me para a direita, um pouco para dar espaço, um pouco por envergonhado pela recordação do quase desastre que a minha imperícia lhe causara.

E parte pelo respeito que sempre me provocaram sotainas, batinas e hábitos religiosos, parte pelo desejo de reabilitação, levantei-me, disposto a sacrificar o meu lugar invejável.

– A irmã prefere trocar? É mais cômodo...

Ela recusou, com um jeito austero e bom. Aquilo me convenceu de que devia ser inflexível no gesto esboçado de gentileza. Quase que a constrangi a sentar-se junto à janela. Apanhei pressuroso uma laranja que lhe rolou de uma das sacolas, dispus no alto, cuidadosamente, a bagagem por ela trazida, e confesso que me senti compensado de haver perdido o meu lugar favorito. Começava a chover...

* * *

Cortinas baixadas, quase escuridão no interior, o ônibus sulcava a estrada que eu não via, numa região desconhecida. A estrada era lama. Fazia hora e meia que deixáramos Joinville, já cruzáramos a fronteira, eu tentara combater o frio inesperado da manhã chuvosa degustando uma deliciosa caninha de Morretes, num bar de beira de caminho, entre os dois Estados.

Antes, havia trocado duas ou três palavras com a minha companheira nessas pequeninas atenções ensejadas pelos acasos da viagem. Creio que lhe falei no tempo, lamentando que ele nos roubasse os panoramas e cenários lá de fora. Quase sem me olhar, amável e enxuta, ela respondia sem continuidade, evidentemente desinteressada, os olhos muito azuis postos na sua provável meditação sobre coisas muito além do nosso mundo.

Depois vi-a, de mãos brancas e dedos longos, revolver uma sacola e dela retirar um Livro de Horas.

– Vou dormir – pensei. – Não há outro meio de encher o tempo.

O ônibus derrapou ligeiramente, ganhou de novo o centro da estrada. A freira pareceu assustar-se, quis tranquilizá-la, mas senti que o meu destino era dormir. Falar de quê? Falar com quem? Tudo o que eu dissesse receberia um sim ou não amável, um movimento distante de cabeça, pondo ponto-final.

Curitiba estava, ainda, a uma hora de viagem. Ou mais. Uma sonolência doce me invadia. Fechei os olhos, chamando o sono, embalado pela chuva, cuja regularidade era interrompida, a espaços, pelo espadanar das poças d'água profanadas pelas rodas.

Minutos depois, senti um suave calor junto ao meu joelho direito. Abri os olhos. A freira tinha o livro de orações no colo, a cabeça pendida, os olhos fechados. Dormitava. Seu joelho tocava o meu. Afastei-me, respeitoso, e admirei-lhe as mãos branquíssimas, de dedos delicados e longos, dedos que não haviam sido nunca profanados pelo esmalte, mãos que fariam inveja, sem cremes de amaciar e cosméticos estranhos, às mais cuidadas mãos da terra. Se eu fosse desenhista fixaria aquelas mãos.

Ergui os olhos. Não eram apenas as mãos. O perfil era de uma perfeição rara. E a beleza daquela mulher, beleza pura, sem qualquer ajuda artificial, os cílios longos, a cútis sem mácula, me fazia pensar. Que estranhos caprichos do destino ou do amor, que duras desilusões ou que muito misticismo haviam desviado dos cursos normais da existência aquela criatura ainda jovem para quem tudo pareceria tão fácil nos caminhos da vida?

A cabeça dela pendeu num gesto brusco, seu corpo se movimentou e, de novo, inesperado e macio, seu joelho se aproximou do meu. Macio e quente. Como um criminoso, baixei os olhos. Foi quase com remorso que senti, mesmo prejudicada pelo hábito pesado, a beleza redonda do joelho e a linha suave da coxa daquela mulher roubada ao mundo. E como um ladrão noturno – foi o pensamento acusador que tive – dessa vez não retirei o joelho. Estava cometendo um verdadeiro sacrilégio. Abusava do sono inocente de uma pobre irmã de caridade. E não sei se foi por uma reação de consciência, se por sentir que lá da frente o árabe ou sírio das sobrancelhas estava me olhando e possivelmente adivinhando o que se passava, tomei posição mais digna e resolvi fechar os olhos e tentar dormir.

Não me afastara muito, é verdade. Atormentava-me a ideia daquele joelho tão redondo e tão próximo, carne imaculada de mulher bonita. Quem os haveria tocado antes? Ninguém, com certeza. Mulher assim tão bela, que se afastava do mundo, era seguramente por um ideal muito elevado, por estar muito acima das torpezas da terra e da carne. E um quilômetro ou mais passei, minutos e minutos, estrada afora, chuva adentro, trabalhado pela tentação remordida, agora viva, daquele contato às furtadelas, no boleio da marcha irregular do carro.

Mas a um novo solavanco, os nossos corpos se aproximaram, creio que sem maldade, ou, pelo menos, sem intenção minha. Entreabri os olhos, como cão corrido. Pobre criatura! Mal podia imaginar que tinha ao lado um tal abismo de ignomínia. Mas era difícil resistir. O doce calor daquela carne agitava o meu sangue. Cerrei os olhos para fugir à responsabilidade, caso ela despertasse bruscamente. Procurava analisar a situação e ver o que havia, não somente de ignóbil, mas de idiota do pecaminoso contato. Afinal, no amor, como em tudo mais, só vale a reciprocidade. Se ela não tinha conhecimento, se ela não estava interessada (sim, não, ponto final, fora tudo o que lhe conseguira arrancar), que importância maior podia ter um contato que, para ela, era tão indiferente quanto o encosto do banco? E por que, então, a sensação tão imbecil e solitária que eu provava?

Por mais que raciocinasse, e por mais que me acusasse também, a verdade era outra: havia para mim um estranho e inesperado encanto, um gosto inédito de pecado sem perdão nos dois joelhos unidos lá embaixo, no hábito religioso e na calça tropical aproximados pelas indiferenças do acaso.

Nisso, o carro deu um solavanco maior. Minha companheira abriu os olhos. Fiquei tão assustado ou estava tão absorto, que não me afastei. E quando observei melhor a situação, alguns segundos depois, vi que ela erguera um pouco a cortina e olhava a paisagem sob a chuva, mas o joelho, a coxa e o hábito não haviam mudado de posição. Era tal a sua inocência e estava tão longe das misérias da terra, que não deu pela vizinhança do animal imundo. Que agora, não o nego mais, estava inteiramente tomado pela aventura e não se moveu também. "Seja o que Deus quiser...", pensei, sentindo a hediondez do pensamento, mas irresistivelmente preso àquela carne sem pecado, tão suave e tão boa de profanar.

Mas numa nova patinada do ônibus confesso que me assaltou outra ideia. Talvez não existisse a inocência tão aparente daquela inexplicável mulher. Porque agora estava acordada. Porque o contato de carne não é igual a carroceria de ônibus ou encosto de banco. Positivamente, inegavelmente, não. Eu me limitara, até então, a estar... à ação de presença ou de contato. Não fizera nenhuma tentativa além. Mas assim como eu sentia o calor, a presença de sua carne, ela devia sentir a minha. Era humanamente impossível que assim não fosse. De modo que, daí em diante, comecei a maldar. O sangue passou a ferver, mais ainda, nas minhas veias. E já perdido, resolvi fazer uma experiência, a mesma experiência que todos os homens têm feito em situações análogas. Afastei a perna ligeiramente, para que ela deixasse de sentir o contato. Depois, muito de leve, retornei, para que ela o sentisse outra vez. Devia ter sentido, mas não se alterou. Olhava a paisagem. Corrido, envergonhado, autocensurado, com medo de uma reação, dei o segundo passo, o mesmo que todos os homens conhecem. E premi. Ligeiramente, a princípio. Mais forte, a seguir, já que não houvera recuo. Meu coração ficou aos trambolhões no peito ofegante. Nisso, ela fez um movimento, que me enregelou, endireitou o corpo, tomou o livro de orações e, num movimento natural, sua coxa se emparelhou novamente com a minha. Premi de novo. Não houve reciprocidade nem fuga. Mas a carne lá estava, rija, macia, quente, como costuma ser a carne de todas as mulheres em momentos iguais. E eu adquiri então a certeza de que o sangue daquela mulher devia estar fervendo como fervia o meu e abri uma revista como fizera ela com o Livro de Horas e deixei os quilômetros passarem, indo e vindo naqueles contatos com a carne passiva e entregue, com um vago sorriso de vitória nos lábios, a pensar nas freiras e nos abades libertinos do século XVII, nas orgias do Vaticano da Renascença, em todas as páginas voluptuárias da história eclesiástica, às vezes com ímpetos de largar a revista, de tomar-lhe o Livro de Horas, o qual eu tenho certeza de que ela não lia também, de agarrar-lhe a boca, ou, pelo menos, de falar-lhe em voz baixa e, acreditem ou não, de marcar com ela um incrível, um absurdo, um impossível encontro em Curitiba.

Só me prendia ao lugar e me tolhia os movimentos e me abafava a palavra, o temor de um escândalo, a intervenção dos outros passageiros e a certeza de que, se o caso rebentasse, ela seria apenas choque e ofensa e todos se voltariam contra mim, para me linchar. Porque nunca, na história dos transportes do País, um passageiro se atrevera a liberdades contra uma religiosa.

Era assim que, temeroso, às vezes eu olhava, à sorrelfa, os demais passageiros. Quase todos dormiam. Só o turco, o libanês, o sobrancelhudo lá da frente, de vez em quando me olhava duramente, não sabia por quê...

O ônibus seguia. Percebi que já entráramos pela cidade quando, pela primeira vez em toda a viagem, dessa vez veio dela uma pressão mais forte, íntima e provocante. Depois, se afastou bruscamente. Procurei-a. Foi em vão. Não havia mais contato possível. Descontrolei-me. Fiz um movimento com o braço (que não me atrevera a fazer durante toda a viagem) e dessa vez os claros olhos azuis, com um espanto muito maior do que na hora do quase atropelamento de Joinville, se fixaram em mim, como no estrangeiro absoluto.

Encolhi-me, apavorado. Vi que havia casas, o sol voltara, o ônibus estava parando, passageiros se erguiam, passageiros desciam.

Desci também, atarantado. Táxis se aproximavam. Num deles a freira partia, distante e tranquila. Vi, num relance, que noutro carro embarcava o maometano.

* * *

Segunda-feira, ainda perturbado, abri, lá pelo meio-dia, um jornal da tarde. Na primeira página estava o retrato da freira. Reconheci-o logo. O título me desmantelou por completo: "Vestida de religiosa, acaba de ser presa famosa ladra internacional!" Corri os olhos febris pela notícia. Foi com um sentimento de particular vingança que soube ter sido preso, em outro hotel da cidade, o indivíduo João Aboul Haddad, seu cúmplice.

Devia ser o das sobrancelhas.

NAZARETH, TELEFONISTA*

Pedi a ligação para o Rio, que, segundo a recepcionista, iria demorar duas ou três horas, e subi para o quarto, ansioso por um banheiro e pela barba feita. Oito e meia da noite. Desde seis da manhã andara às voltas com o avião cujo atraso se fora prolongando e só partira às quatro da tarde.

Mal entrei no quarto, o telefone tocou. Numa voz doce e amiga a telefonista me dizia que a ligação demorava normalmente horas, mas havia uma possibilidade imediata. Alguém que esperara desde a tardinha estava falando com o Rio. Ela tentaria reter a linha. Questão de minutos. Alegrou-me a notícia. Queria sair para jantar tranquilamente.

Depus o fone, olhei o *boy*. Fingindo examinar as velhas etiquetas da mala, esperava a gorjeta. A gorjeta agradou, porque ele imediatamente se sentiu na obrigação de elogiar uma cesta redonda, larga, de trançado verde e branco, adquirida dias antes de uma família polonesa na feira de Campina, perto de Goiânia.

– Bonita, não?

---

* In: *16 de Orígenes Lessa*. Rio de Janeiro: Tecnoprint, 1976.

Concordei, ele agradeceu mais uma vez, saiu. Já o telefone tocava. Era a ligação interurbana. Beijos, saudades, atraso de um dia na viagem, o avião retido não sei onde por um temporal. Podia, afinal, tomar o banho e sair. Nisso, o telefone outra vez. "Já falou?". Era a mesma voz doce e risonha, espantada pelo meu laconismo, ditado naturalmente pelo custo por minuto da ligação.

– A linha estava boa?

– Falei perfeitamente. Aliás, quero lhe agradecer a rapidez do serviço... Foi um relâmpago. Muito obrigado.

Não havia de que... Desculpou-se, tinha de atender outro hóspede, fui para o banheiro.

Outro chamado me fez vir ao telefone, já sem camisa.

– O senhor está entrando agora?

– Sim.

– De onde vem?

– De Goiânia.

Adoçou o tratamento:

– Você conhece lá o José Carlos?

– Não.

– O Dr. Matias Limeira?

– Não.

– Nem o Ivo Pessoa?

– Também não.

A voz musical – porque o era – deixou-se tocar por um sorriso:

– Mas você não conhece ninguém?

– Conheço. Mas não são seus amigos. Não sou de Goiânia, sou do Rio.

– Ah, bem... Agora entendi...

– Você é de Goiânia? – perguntei.

– Não. De Uberaba. Mas conheço muita gente de lá...

E bruscamente:

– Espera um momento, sim? Depois eu chamo.

Fiquei arrumando as minhas coisas. Prrrimmm...

– Alô!

– Eu já conheço você?

– Não é possível. É a primeira vez que me hospedo neste hotel.

– Engraçado. Parece que eu já ouvi a sua voz.

– Há muita voz parecida.

– Voz eu conheço muito. É especialidade minha... Ouço uma vez, não confundo mais. Com licença... Espera um pouquinho.

Ela devia estar atendendo algum outro hóspede.

Súbito:

– Me diga uma coisa: você é broto?

– Infelizmente, não.

– Infelizmente por quê? Eu detesto broto...

– Antes assim. Sou coroa e careca.

– Não acredito. Sua voz não é de careca... Um momento...

Pausa.

– Alô...

Era ela.

– O que é mesmo que você estava dizendo?

– Nada. Quem falava era você.

– O que é que você vai fazer agora?

– Tomar um banho... fazer a barba...

– Está se aprontando para alguma conquista, não é?

– Não. Para jantar...

– E depois? Espera um pouquinho. Não desliga.

Vinte segundos mais:

– Hoje está um movimento incrível. Não dão folga. O que é que você estava dizendo?

– Era você quem estava com a palavra.

– Ah! Foi aquele americano do 904 que me atrapalhou. Pediu quatro sanduíches de queijo e dois de presunto. E Coca-cola. Coca-cola não tem. Com licença...

Achei melhor desligar.

O telefone voltou.

– Ficou zangado comigo?

– Não.

– Então por que desligou?

– Pensei que fosse demorar...

– Eu estou incomodando você? Seja franco.

– De maneira nenhuma.

– É que gostei da sua voz.

– E eu estou gostando da sua.

– Palavra?

– Palavra.

– Lisonjeiro... Um momento! É o vizinho seu, do 1.104. Foi rapidíssima.

– Fiquei com medo de você desligar. Escuta: você jura que não é brotinho?

– Desgraçadamente.

– Não repete isso, ouviu? Eu já disse que odeio brotinho. Não é meu gênero.

– E eu serei o seu gênero?

– Pela voz, acho que sim. Escuta: onde é que você está?

– No meu quarto, ora essa! À beira da cama, sentado, telefone na mão.

– Vestido?

– Em parte.

– Ah! – fez ela vagamente.

E de novo:

– Olha! Não desliga!

Confesso que estava me divertindo o inesperado diálogo, intrigado pela voz, realmente bonita e embaladora. Quem seria aquela telefonista? Seria bonita como a voz que retornava?

– Demorei muito?

– Um pouco.

– Você está louco por um banho, não está?

– Confesso que sim.

– Olha: então toma teu banho. Depois eu chamo. Eu fico te controlando daqui, tá bem?

– Está.

Dirigi-me ao banheiro.

Quinze minutos depois, banho tomado e barba feita, a imaginação em trabalho, o telefone chama.

– Já terminou?

– Já.

– Você está vestido?

– Você não acha que está querendo saber demais?

– Diga...

– Ainda não.

– Ah! Que bom. Escuta: você jura que não é barrigudo?

– Com a graça de Deus.

– Com a graça de Deus, sim ou não?

– Com a graça de Deus, não...

– Ah! Que bom...

– E se fosse?

– Eu perdoava a barriga pela voz. Aliás você não tem voz de barrigudo. Um momento...

Cheguei a interceptar parte do outro diálogo. Era o americano reclamando os sanduíches. Ainda não tinham chegado. "Vou providenciar, cavalheiro". Providenciou. E sem transição:

– Tenho um azar com americano... Com eles sai tudo errado. Não sei como é que tem gente que gosta deles. Você gosta?

– De um modo geral eu não gosto de homem.

Ela riu do outro lado, uma risada gostosa.

– Pois olha: eu gosto. Homem é meu fraco. Você está deitado na cama? Estendidinho? Um momento...

Como seria aquela telefonista? Gorda? Magra? Feia? Bonita? Com certeza feia e malfeita, apesar da beleza da voz, que voltava:

– Como é teu nome? Mas diz a verdade. Diz na batata.

– Não adiantaria mentir. Era suficiente você telefonar para a recepção.

– Eu sei. Mas eu queria que você mesmo dissesse. Disse. E o dela? Como se chamava?

– Adivinhe.

– Não sou capaz.

– Eu digo o começo e o fim. Veja se acerta. Começa por N e termina por th...

– Nazareth?

– Logo vi que você não era careca nem barrigudo. Passou bem pelo teste de inteligência...

Realmente ela intrigava. O diálogo banal era vivo e seria impossível negar que a bonita voz não vinha de uma criatura vulgar. E isso me levava a não esperar beleza maior na dona da voz. Que agora, francamente provocante, perguntava:

– Você é tímido, não é?

– Creio que sim. Por quê?

– Porque até agora não me disse nenhum galanteio nem falou em marcar encontro comigo.

– E seria possível? Eu estou de passagem...

– Mas a noite é grande...

Aquela provocação me transtornou. Já de cama e quarto, perguntei-lhe:

– E você é brotinho?

– Você vai ver. É questão de paciência...

– É loura? É morena?

– Surpresa contra surpresa, meu caro!

Insisti. Ela me limitou a adiantar detalhes vagos. Era alta, magra, moreninha. O que eu traduzi logo para varapau seco e mulatinho. Porque toda aquela facilidade inesperada, apesar da voz tão musical, parecia esmola demais para um viajante fatigado.

Mas como as coisas haviam chegado àquele ponto, o melhor seria mesmo marcar a entrevista. Ela saía às dez horas. Encontrar-nos-íamos à meia-noite. Primeiro ela iria até em casa, tomaria o seu banho, preparar-se-ia (ideia mais animadora) e ficaria à minha espera. Rua do Bonfim, número tanto...

– Meia-noite sem falta, ouviu?

Ouvi. Deu-me endereço e telefone. Telefonar não era preciso. Estaria esperando. Mas se quisesse certificar--me, antes de tomar o táxi, era só chamá-la.

Encontro marcado, o diálogo perdeu a razão de ser. Eu devia jantar. Um beijo pra você... Outro pra você... Até logo...

Desci, jantei ligeiramente. O cansaço da viagem sem fim, da interminável espera no aeroporto de Goiânia, os trabalhos dos últimos dias, tudo aquilo me dobrava de sono. Para encher o tempo, ainda assim, resolvi ir a um cinema. Perto do hotel estavam exibindo um famoso abacaxi americano, "Salomé", com Rita Hayworth. Não vira aquilo ainda. Talvez desse para encher o tempo. Estava resolvido a mergulhar no sono, logo em seguida. Não fazia fé no encontro. À meia-noite telefonaria dando uma desculpa qualquer. Mas quando me dirigia para o cinema, consultei o relógio. Faltavam cinco para as dez. Pretendia não ir, mas não custava nada conhecer a minha telefonista... Sentei-me no *lobby*, fiquei esperando dez horas... E um... E dois... E três minutos. E quatro... Quem seria, como seria a mulher que eu não pretendia procurar?

Às dez e quatro – às vinte e duas horas e quatro minutos, para ser preciso – apontou do lado onde ficaria a cabina telefônica, uma figura de mulher, o ar cansado, a cabeleira espavorida. Feia e vulgar. Seria aquela a mulher que começava por N e acabava por th? Com certeza não era. Baixa e não alta, cheinha e não magra, clara e não morena. Ou a telefonista se teria divertido comigo, dando-me um autorretrato inteiramente falso? Não dera.

A pobre criatura ficara à porta da sala, junto ao elevador. Esperava alguém. E às dez e cinco – alta era, porque mais alta que a outra, magra, sim, não de elegância de corpo, mas de meia-fome, e morena também, mas de um moreno que só não era mulato pela falta de sangue – aparecia ela. Deu o braço à primeira e ambas saíram. Vinha alegre, um sabor de vitória nos olhos. Teria 35 anos. Humilde e feia, apenas os olhos brilhavam... alegria de deixar o trabalho, talvez perspectiva da noite... Vi-as passar. Tinha de ir ao cinema. Ainda segui por meio quarteirão, confirmando comigo, ao vê-la de sapato baixo e andar desengonçado, a decisão anterior: à meia-noite inventaria uma desculpa...

* * *

Fui ao cinema e dormi. Despertava assustado a cada passo. Procurava acompanhar a história, sem o conseguir. Acordei no momento preciso em que a ex-esposa de Ali-Kan vivia um vulgaríssimo *burlesque* de segunda ordem. De tal forma a coisa me irritou que despertei de vez. Marchei para o hotel. Era meia-noite. Pedi a ligação. Nazareth estava? Sim... Mas antes que a chamassem, dei o recado. A pessoa que marcara encontro estava comprometida com um grupo de amigos, não poderia vê-la. No dia seguinte telefonaria...

E comecei a me preparar, feliz, para um bom sono merecido. Foi quando o telefone tocou. A bela voz de horas antes estava transtornada pela indignação.

– Você me deu o bolo, não é? Muito bonito! Acha que isso é decente, é direito? Você não sabe que eu trabalho o dia inteiro e não posso perder a minha noite? Você pensa que eu venho aqui para saçaricar? Pensa que é por gosto? Você não sabe que eu sou desquitada e que tenho dois filhos e não tenho tempo para estar com eles e só venho aqui porque preciso? Você pensava que era pelos seus belos olhos – não é? – seu idiota, seu careca, seu barrigudo!

– Mas...

– Não tem mais nem meio mas, entendeu? Idiota!

E bateu com violência o telefone. Custei a dormir de remorso, de pena, pensando na pobre mulher que eu vira sair às dez e cinco, um riso de vitória nos lábios. Solução: no dia seguinte, à hora de sair, enviar-lhe-ia uma boa gorjeta pela rapidez com que fizera a ligação. Talvez a entregasse pessoalmente com um milhão de desculpas.

De fato, à hora de pagar a conta, lembrei-me dela. Separei uma nota, perguntei na recepção se a telefonista da noite anterior já estava de serviço. Estava.

– Quero dar-lhe uma gratificação. Ela foi muito gentil ontem à noite. Em poucos minutos me ligou com o Rio.

E dirigi-me para a cabina. Mas em vez da criatura da véspera, dei com uma jovem espetacular, de impressionante beleza:

– A Nazareth não está?

– Sou eu.

Olhei-a maravilhado, espanto nos olhos. Ela me olhou sem entender. Com a nota na mão, quis identificar-me:

– Eu sou do 1.102.

Uma onda de sangue subiu-lhe ao rosto. De ódio, talvez. Talvez de humilhação. De humilhação parecia. Os olhos negros me olhavam com raiva. Uma ideia me ocorreu. Perguntei:

– A que horas você saiu ontem?

– Às 10 e 15.

– Ah! – fiz eu.

Ela então compreendeu. Um sorriso de vitória iluminou-lhe o rosto:

– Ah! Já sei! Você me confundiu com a Aparecida, não foi?

– Creio que sim – disse, arrependimento vivo e desesperado na voz.

Nazareth já se reconciliara com a vida, vendo o pesar e remorso nos meus olhos. E sorrindo:

– Quis ser curioso demais, não é? Não soube esperar...

E convicta, a doce voz da véspera soando novamente clara e bem vingada:

– Pois olha: foi castigo. Castigo de Deus...

E vendo-me com a nota ainda na mão, o olhar altivo:

– Obrigada... Esmola não!

O AUTORITARISMO E AS DESIGUALDADES SOCIAIS

PATRULHA NOTURNA*

Confesso que nunca havia tocado num fuzil. Coloquei-o no ombro errado.

— Tá me desrespeitando, 811? Perguntou um cabo.

Meia hora depois devia partir o batalhão.

— Viva São Paulo!

— Abaixo a Ditadura!

Partimos. Vi gente cair ao meu lado. Vi gente morrendo. Era briga. Apenas o meu amadorismo, sempre mais interessado no assunto que na guerra, me mantinha, apesar de participante, desligado. Partilhava do risco pelo gosto de assistir, nos outros e em mim, às consequências do drama comum. Ocupei posições, vivi sustos e canseiras. Risco deles e meu, com certeza. Espetáculo, possivelmente, só meu. Até o dia em que fui escalado para uma patrulha noturna.

* * *

Ir e vir. Subir e descer. Tiro. Tiros. Fugas. Mortes. Heroísmo dos outros. Estagiávamos agora na região menos belicosa, de aparência e direito, em todo o mundo:

---

* In: *10 contos escolhidos*. Brasília: Horizonte; INL, 1984.

Campos do Jordão. Era soltar os olhos e ver a paz. Nas montanhas. Nos vales. Nas árvores. No verde. Mas no ar a ameaça pairava. Boatos fervilhavam. Caipiras humildes nos sobressaltavam: espiões ou informantes a serviço das tropas mineiras que deviam invadir São Paulo pelo nosso flanco. Expectativa. Inquietação. E vai e vem e sobe e desce e xinga a mãe e passa fome, quase morrendo de frio. Avançávamos contra boatos. Recuávamos diante de boatos. Inimigo não vinha. As patrulhas voltavam, exaustas de perigos não havidos.

* * *

Lembro-me de que, naquela manhã, o comandante estava escalando as patrulhas que se deviam revezar nos postos avançados. De quatro em quatro horas seriam rendidas. Dois homens em cada. A patrulha que devia servir da meia-noite às quatro da manhã recebia instruções.

– 811...

Apresentei-me.

– Com quem, seu capitão?

– Com o 620.

Olhei-o. Magro, pálido, o jeito emburrado. Nunca nos tínhamos falado. Chamava-se João não-sei-de-quê Filho, herdeiro do nome de um poderoso industrial de São Paulo. O acaso vinha unir, por algumas horas, os nossos destinos. Por volta de 11h30, aquela noite, ganharíamos a estrada, rumo ao posto avançado. Instruções: cautela, olho atento, ouvido apurado. Não atirar, em hipótese alguma. Recuar à pressa para dar o alarme, em caso de penetração inimiga. E um conselho paternal:

– Tomem antes uma cachacinha. Se não, vocês morrem de frio.

Ouvi o conselho com simpatia e desespero. Perdera os últimos níqueis num pôquer de ângulo morto.

– Nem pra cachaça eu tenho, meu capitão!

– Eu tenho conhaque – disse, falando-me pela primeira vez, meu companheiro de aventura noturna. – Pode ficar descansado.

Fiquei.

* * *

De bater queixo. De mãos vermelhas. De dedos duros. Ao meio-dia começou a chover. Guerra improvisada, não tínhamos abrigos. Ir e vir, subir e descer, longa espera de comida pouca, frio doendo, sem deixar dormir. Eu trazia um "déficit" de seis horas de sono por noite. Exausto. Faminto. Feliz quem podia comprar! Ia à cidade ou mandava buscar. Sanduíches. Frutas. Sobretudo bebida, para reativar a circulação. Dia negro, de boatos e terrores, um gole aqui, uma bicada além, na base da homeopatia. De bolso bem provido, meu próximo companheiro de aventura noturna fizera vir duas ou três garrafas de conhaque. E eu assistia, de goela seca, à felicidade do homem de poucas palavras, de olhar fugitivo. Num dado momento, ele deu com a fraqueza dos meus olhos sedentos. E num aceno compreensivo, quase com simpatia:

– Na hora eu não me esqueço...

Estômago vazio. O termômetro de um sargento extremamente equipado confirmava a minha impressão: dois graus acima de zero. Onze e meia. O capitão dava as últimas instruções.

* * *

– Você tomou alguma coisa? – perguntou.

– Tomei um golezinho às seis horas...

– Não é possível – disse ele com pena.

Ia providenciar quando o meu colega, João, não-sei-
-de-quê, Filho, veio em meu socorro.

– Pode deixar, capitão. Eu tenho.

E enchendo o cantil, levou aos lábios o conhaque
restante na garrafa.

– Pois vão com Deus. – disse o capitão.

Fomos.

* * *

Em matéria de lua, nada. Nem de estrelas. Chovia. A
estrada, quase invisível aos nossos pés, poças d'água sem fim.

Tcheq, tcheq, tcheq...

– Trouxe o conhaque? – perguntei, batendo o queixo.

– Psiu... Não fala... – disse-me o outro em voz baixa.

Descíamos numa encosta ligeira. Dei um passo em
falso, desabei na lama.

– Não faz barulho, camarada!

Camarada, nos lábios dele, tinha sempre tom pejora-
tivo. Levantei-me, cauteloso, a marcha recomeçou. De
novo subindo. Tcheq, tcheq, tcheq... A cada passo eu via
o sonhado cantil subindo no ar. Não resisti.

– Como é? Não tem um golinho pra mim?

– Lá em cima...

Pela primeira vez, na minha vida, pensei em matar.
Mas eu estava ali pra matar mineiro, não paulista. E que
é que eu iria alegar num conselho de guerra? Melhor
acreditar na promessa. "Lá em cima..." E apressei a caminhada.

– Você está querendo fugir, camarada? – falou ele, a
voz meio rouca.

A pergunta vinha de trás e ele estava armado.
Diminuí a marcha, rápido.

– Vai na frente – disse ele, empurrando-me com o
fuzil.

63

Fui. O cobertor que me servia de pala estava empapado de chuva. As botas cheias d'água, pesadas de barro, patinhavam no escuro.

E mesmo na frente e no escuro eu sentia o braço dele subindo no gesto supremo de levar aos lábios o conhaque – "Napoleon", para ser preciso – numa noite de frio, numa estrada perdida, em treva, chuva e barro. Após quase meia-hora, quebra a noite uma voz:

– Quem vem lá.

Meu companheiro apavorado, apontou o fuzil:

– Os mineiros!

Gritei rapidamente a senha, conseguindo acalmá-lo:

– São os nossos!

Já vinham descendo, alegres de regressar.

– Alguma novidade?

– Tudo em ordem.

Um relatório rápido. Tudo calmo. Conselhos. "Boa sorte."

– Vocês têm aí alguma coisa que se beba? – perguntei desesperado.

Inútil pedido, é claro. E um clarão de esperança:

– Eu tenho, 811 – informou o 620...

* * *

Duas. Três. Longas horas. Choveu. Gelou. Mineiro não veio. Nem conhaque.

– Se mineiro vier, a gente pode fazer fogo?

– A ordem é não...

– Eu faço!

O tom de voz era de conhaque na cabeça. Na minha subira apenas o sono de muitas noites indormidas. Apesar do frio, eu cabeceava, encostado no barranco, já indiferente à penetração inimiga, à volta do regime constitucional, à própria chuva.

Algo me tocou no peito:

– Você trouxe o fuzil?

Meio sem entender, respondi:

– Ué! Claro!

– E revólver?

– Revólver não tenho.

Eu tenho.

Tinha.

– Você não vai dormir em pé, vai?

– Não...

– Ahn...

Compreendi. Mais perigoso que todas as tropas de Getúlio, sediadas em Minas, era aquele paulista... E para não dormir e para tranquilizá-lo, comecei a falar:

– Chato esse negócio de guerra.

– Você acha? – perguntou ele, com a língua enrolada.

– Eu não... Estamos cumprindo nosso dever de paulistas. "Pro São Paulo fiant eximia..."

– "Fiant" – disse eu, mais calmo, vendo que ele recolhia o revólver e reempunhava o cantil.

Vi-o de novo erguê-lo. Vi-lhe o cantil colado aos lábios, a cabeça inclinada pra trás.

– "Napoleon"? – perguntei com ternura.

Já habituado à escuridão vi seus olhos incertos.

– O quê?

Traduzi melhor meu pensamento:

– Ainda tem?

A língua dura, ele se humanizou:

– Você estava querendo?

E passou-me o cantil.

Esperei que entrassem nele alguns pingos de chuva, chacoalhei o cantil, ia levá-lo aos lábios. Senti de novo o revólver no peito:

– Me dá esse cantil.

Dei.

* * *

Caía galho de árvore. Caía folha. A chuva caía. Pequenos ruídos de noite com chuva no mato sem dono.

– Lá vêm "eles"!

A custo o dominava. Afinal, quem se encostou no barranco foi ele.

A cabeça pendeu, pesada. Dormia. Aproximei-me sem rumor, de mão leve apanhei o cantil já vazio. Ia recolher nele um pouco de chuva.

Só então notei. A chuva passara.

* * *

Chamava-se João, João de qualquer coisa, João não-sei-de-quê. Filho de um poderoso industrial. João não-sei-de-quê Filho. É curioso... O episódio ficou, o nome se foi. João de quê, não consigo lembrar. Filho de quem, não me sai da memória.

O INCIDENTE RUFFUS*

Ruffus despertou para além de meio-dia.

– Oh! diabo! Vou chegar de novo atrasado!

Fora um sono de pedra, à prova de bombardeio, daqueles que o derrubavam sempre que se dedicava a esgotar estoques de uísque, provisões de gim.

Olhou o quarto revolto, alguns móveis quebrados, poltronas de grossas pernas para o teto, peças de roupa largadas ao chão. Gosto amargo na boca, vazio dolorido no estômago, pontada estranha na cabeça...

– Estão falsificando outra vez. Que país infame!

Despejou larga dose generosa de um sal hepático qualquer no copo de água.

– Puxa! Vão falsificar bebida no inferno!

Estirou os braços.

"Tenho de sair desta terra – pensou. – Isto não é país. Um calor desgraçado. As mulheres uns bofes... Paris é que era vida!"

Lembrou-se com amargura do velho incidente causador de sua transferência para aquela república sul-

---

* In: *Balbino, homem do mar*. 2. ed. Rio de Janeiro: José Olympio; INL, 1973.

-americana, rebaixado com repercussão quase pública só por haver esbofeteado uma pequena atriz num cabaré de Montmartre.

– Foi peso!

Já esbofeteara outras atrizes, quebrara antes outros móveis em variadas terras. Nada lhe acontecera. Só incidentalmente, por palavras posteriores de seus companheiros de noitada, viera a conhecer vagamente, quase desinteressado, o que se passara. Coisas da juventude. Mas por infelicidade havia funcionários do Quai D'Orsay na pequenina boate. Um deles quis intervir, amigável e compreensivo. Mas a botelha de champanha agitada pelo jovem Ruffus já lhe escapara das mãos e por um triz não abria o crânio ao apaziguador, que se assustou. O susto levou-o a um relatório para o Ministério. O embaixador soube da coisa. O Ministério do Exterior, logo a seguir. E uma semana depois, Ruffus, C.B. Ruffus, apesar de filho do poderoso senador e líder religioso de igual sobrenome, descia de Paris para aquela cidade nas selvas, índios seminus à volta, o posto mais odiado pelos diplomatas de carreira, considerado como a ilha do Diabo e a Guiana de embaixadores, cônsules, secretários e adidos em desfavor de todos os países do mundo.

C. B. Ruffus dirigiu-se ao banheiro.

– País!

Era a sua exclamação favorita, que resumia e condensava os adjetivos mais torpes, os palavrões mais cabeludos.

– País!

Havia até ironia na exclamação. Porque para C.B. Ruffus aquilo podia ser tudo, menos país!

Nem mesmo casa conseguira. Vivia num apartamento de hotel, no chamado melhor hotel da capital. Chão de ladrilho. Móveis maus. Um simples chuveiro, de onde às vezes pingava, quando pingava, uma água amarelada com um só merecimento, sua pilhéria favorita: lembrava de longe a cor do uísque. A cama era velha. O colchão de capim socado, hostil e duro.

– Capim que eles se esqueceram de comer – explicava com o seu orgulho de civilização superior.

Barbeou-se, correu ao chuveiro, algumas gotas caíram...

– Chuveiro! – exclamou, no seu laconismo de ressaca velha.

...vestiu-se às pressas, apanhou alguns papéis, ganhou o corredor.

A "mucama" do andar, que saía de um dos apartamentos, mal o avistou, recuou assustada, batendo a porta. Ao fundo do corredor, um camareiro se encolheu, de maneira estranha.

"Estão doidos hoje" – pensou Ruffus, premindo o botão do elevador.

O elevador veio. Ruffus teve a impressão de que o rapaz empalidecia, atrapalhando-se todo. No terceiro andar o carro parou. Mas a mui agitada herdeira do cônsul venezuelano, já a entrar no elevador, encarou Ruffus horrorizada e se lembrou de haver esquecido alguma coisa.

– Eu desço na outra viagem.

E pulou fora apressada.

"Deu a louca em todos" – tornou a pensar o bravo Ruffus.

– Térreo – informou com trêmulos na voz o ascensorista.

Ruffus saiu do carro e notou que vários diálogos bruscamente cessavam, recuava gente, insistentes olhares o buscavam, numa confusa mistura de curiosidade e temor.

Estendeu a chave ao homem da recepção.

– Nenhum recado?

– Na... não.

Ruffus ficou preocupado.

– Será que eu fiz ontem alguma besteira?

Paris e outras terras, cenas e mulheres ziguezagueavam aos relâmpagos pela sua cabeça dolorida.

– Fiz burrada na certa.

O porteiro cumprimentou-o com desorientada cordialidade, pondo-se a apitar por um táxi como quem pede socorro.

O táxi veio. Ruffus teve a impressão de que o chofer quis recuar, mas não havia mais jeito. Abriu-lhe a porta, perguntando:

– Embaixada?

E partiu desabaladamente, com pressa a que se desacostumara no pequeno país.

Na embaixada, o porteiro teve também para Ruffus um olhar inexplicável. Os funcionários mal responderam ao seu bom-dia, mergulhados em papéis e documentos. Cruzou com o embaixador, que pareceu não lhe ouvir a saudação.

Ruffus encaminhou-se para a mesa. Por mais que se esforçasse, não recordava coisa alguma. Sabia vagamente que havia começado a beber na Cabaña e que de lá, já alto, saíra com um grupo de párias de diplomacia. Nem se lembrava de quando se havia recolhido ao hotel, coisa aliás que raramente conhecia. Acordar nesta ou naquela cama era para ele, quase sempre, grata ou ingrata surpresa. Principalmente naquele país tão odioso. Que teria havido? Não se atrevia a perguntar. Sua *steno* louríssima era de uma discrição à prova de uísque. Não falaria, em jejum, de forma alguma. Nem lhe ficava bem indagar. Tateou.

– Hoje estou numa ressaca terrível. Parece que bebi um bocado...

– É? – perguntou ela, distante.

Não valia a pena continuar, mesmo porque, já despreocupado, os olhos moles postos naqueles joelhos redondos, exclusividade de alguém mais classificado na hierarquia da casa, Ruffus meditava no frio calculismo das mulheres.

Só à noite, após um dia de gelo na embaixada, C.B. soube parte do que se estava passando. O governo local havia comunicado à embaixada que ele, C.B. Ruffus, era considerado persona non grata.

– Non grata? Por quê! – sorriu o amigo.

– Mas o que houve?

E Ruffus teve conhecimento, aos pedaços, de que havia posto em polvorosa o *grill* do hotel, esbofeteado dois ou três representantes do Ministério do Exterior, cuspido no rosto de um garçom, ferido outros, insultado o país e, para mostrar que estava numa terra selvagem, queria a toda força despir-se para conversar com o Presidente.

– Ele já viu gente vestida? Será que ele sabe o que é calça? Olhem! Um colete para o Presidente! Ele vai ficar gozado: nu e de colete! Nu e de colete! Nu e de colete!

E ria e babava, quebrando copos e virando mesas. A custo o haviam dominado e amordaçado, tantos impropérios pronunciara. Por fim, foi trancado no quarto, de onde ainda lançou à rua cadeiras, cobertas e travesseiros, até cair em estado de coma.

– Você jura? – perguntou Ruffus, entre incrédulo e esmagado.

Pensou no pai senador, velho líder puritano:

– Estou deserdado!

E não se lembrando de nenhum país pior para um possível e novo rebaixamento:

– E estou expulso da carreira! Oh! país desgraçado... terra de selvagens, país de bárbaros!

Certo de estar liquidado, não contando mais nem com os antigos companheiros de farras diplomáticas, Ruffus, enquanto esperava a sentença, resolveu não comparecer à embaixada. Só então compreendeu que fora totalmente boicotado aquela tarde. Ninguém lhe dirigira a palavra.

Decidiu, portanto, trancar-se no hotel. Aguardaria a ordem de expulsão. Estava perdido. E num esforço espantoso e supremo de vontade, conseguiu passar dois dias sem beber, pelo temor de mais perigosas consequências, sem encontrar solução para o seu caso. Como voltaria para a terra? Em casa não seria recebido. Trabalhar, seria difícil. Conhecia a sua incapacidade. Sabia que, fora da diplomacia, nada poderia fazer. Já se havia decidido pela carreira por sabê-la só compatível com a sua ignorância rica em vitaminas e o seu singular desamor ao trabalho. O velho senador tinha preconceitos estúpidos. Havia tratado cruelmente os filhos mais velhos, empregando-os assim que terminavam os estudos secundários, em sua imensa fábrica de conservas. C. B. lembrava-se com horror do tempo em que os irmãos mais velhos mourejavam como operários na Ruffus Alimentation, Inc. Agora não trabalhavam mais, já elevados à categoria de vice--presidentes. Mas havia sido bárbara a subida! Preconceitos do velho...

— Se ele me aceitar, será para começar na fábrica. Isso, nunca!

E se deixava ficar, largado no leito, num desânimo de morte. Que se estaria passando? O Ministério do Exterior já teria determinado o seu regresso? Teria a coisa repercutido na imprensa? Ia ser um desastre. O pai estava em vésperas de reeleição. Se seus inimigos resolvessem explorar o caso, a eleição estaria perdida. Um dos truques de mais efeito do velho em suas campanhas era apresentar-se como chefe de família exemplar, retratado com filhos e netos, um sorriso de arcanjo. O escândalo seria a sua morte política.

— E aqueles cães que não me procuram! — exclamou de súbito, lembrando-se de que nem sequer havia recebido uma simples telefonada.

— Covardes!

– Hipócritas!

E de novo remergulhou no seu desamparo. Foi quando o camareiro entrou com o jantar.

– Está melhor, doutor?

Ruffus já não protestava contra o "doutor", que no país devia ter outro sentido: parecia indicar toda pessoa que não fosse engraxate, barbeiro ou garçom. Pelo menos, era essa a maneira pela qual esses serviçais tratavam, invariavelmente, a clientela.

– Melhor, doutor?

Aquele fora sempre amigo seu.

– Estou...

O homem estava comunicativo.

– O doutor bebeu, hein?

E vendo-o calmo:

– Dois já voltaram do hospital...

– Do hospital? – assustou-se o rapaz.

– Não foi muito grave – explicava o mozo. Só o Paco ainda está sofrendo um bocado. O doutor compreende... queixo quebrado é triste.

– Me traga uma garrafa de Old Parr – disse Ruffus como um náufrago.

– Doutor... Doutor...

Batiam à porta. Ruffus acordou estremunhado.

– Doutor...

Com certeza o chamavam da embaixada.

– Pronto... chegou a sentença.

E, com uma resignação fatalista, abriu a porta.

– Telegrama, doutor.

No seu peito o carro não partia, o motor não pegava.

– Fui expulso! – pensou em voz alta.

Abriu lentamente o telegrama. E leu, sem acreditar:

"Solidário meu querido filho participo indignação dolorosa afronta nossa bandeira STOP Estamos providenciando desagravo STOP Civilização triunfará contra barbárie STOP Defenda sempre altivo dignidade nacional STOP Beijos e bênçãos da Mamãe STOP Saudações

(a) Ruffus Senior"

Pouco depois, pela primeira vez, o telefone tocava. Chamado urgente da embaixada. Ruffus já não juntava duas ideias. Estava desorientado. Que provações o esperavam?

– Alô, C.B.! – disse-lhe sorrindo o segundo-secretário, assim que o viu.

A *steno* loura saudou-o, na sala, com os melhores joelhos dos últimos tempos.

– Esteve doente, Ruffus? O embaixador quer vê-lo imediatamente.

Pálido, trêmulo, encaminhou-se para a sala do chefe. "Inquérito" – pensou, vendo oito ou dez pessoas presentes.

– Alô – disse também sorrindo e erguendo-se o embaixador. – Nós precisamos esclarecer o incidente de quarta-feira. Falta apenas o seu depoimento. Quer contar o que se passou?

– E... eu... eu não me lembro... – disse C.B. Ruffus, sinceramente.

– Eu compreendo... – sorriu o embaixador. – Você quer ser discreto. É boa qualidade num diplomata. Está muito bem. Mas este é um inquérito secreto. Pode falar com franqueza.

E facilitando o depoimento:

– Você entrou no bar do hotel por volta de oito horas, não foi?

– Eu acho que sim.

– Foi agredido imediatamente ou muito tempo depois?

– Eu sinceramente não me lembro. Havia... havia bebido um pouco...

O embaixador fez um gesto de desagrado:

– É a tal história da falsificação de bebidas. Ninguém pode beber neste país. É tudo falsificado... Uma pouca vergonha...

E com doçura diplomática, para o secretário:

– Convém não mencionar o caso da bebida, para não envolver mais uma acusação ao país. É melhor um pouco de tato. Sabem que os falsificadores de bebidas são justamente os membros da família do Presidente... A questão é um pouco delicada... Melhor não ferir suscetibilidades... Sim, é melhor não dizer que ele havia bebido...

– Bem pensado – concordou o secretário.

– Recorda-se de quem foi que, primeiro, começou a insultar o nosso país?

– O nosso? – perguntou Ruffus sem compreender.

– Sim o "nosso" – sorriu de novo o embaixador. – Penso que o seu é também o meu, não será?

Ruffus conseguiu achar graça e o embaixador ditou.

– Começaram então as provocações ao nosso país... E como se deu a agressão?

– Eu não me lembro... Pelo que ouvi dizer.. feri seis ou sete...

– Foi agredido por mais de sete nativos – ditou S. Ex.ª – Não se lembra de mais detalhes, devido à exaltação do momento. E se levou certa vantagem sobre seus agressores foi graças, felizmente, à sua superioridade física.

E olhou com ternura a compleição robusta do rapaz.

O inquérito prosseguiu. Novas declarações foram tomadas a termo. Depois, o embaixador pediu que o deixassem a sós com o jovem. E falou:

– Ouça, meu amigo. De acordo com uma convenção diplomática, já que os nativos o declaram persona non grata, nós não podemos insistir. Está tudo preparado para a sua partida no primeiro avião de amanhã.

– Mas...

– Cumpra o seu dever. Só quero fazer algumas recomendações: seja discreto. Não fale muito. Não mostre qualquer ressentimento. Mantenha a linha elegante dos últimos dias. Você vai descer em vários países. Não dê entrevistas, não fale aos jornais. Lembre-se de que a palavra oficial e exclusiva sobre o assunto deve ser a nossa. O seu caso pertence agora ao Ministério do Exterior. Se o entrevistarem, diga apenas isso, não faça nenhuma declaração à imprensa. Você sabe o que são esses exploradores de escândalo. Fuja particularmente aos jornais sensacionalistas... Conto com você...

E paternalmente:

– E evite, quanto possível, bebidas falsificadas...

Uma inesperada cordialidade o bloqueou toda aquela noite. Os colegas não o largaram. Esteve prestigiado no hotel por adidos, secretários e louras jovens que lhe controlavam os gestos. Foi acompanhado até o aeroporto, mereceu, à saída, o primeiro beijo que subia daqueles joelhos impecáveis, só agora amolecidos. E só à noite, ao desembarcar num país estrangeiro, para a primeira pousada, C. B. percebeu que era, nada mais, nada menos, um acontecimento internacional. No aeroporto, ouvia a cada instante o seu nome, dedos e olhares o apontavam, repórteres batiam chapas, marcavam entrevistas para o hotel. Ao sair, viu jornais da tarde. Julgou reconhecer-se numa primeira página. Era de fato ele, em duas colunas, com manchete que não conseguiu entender. Estaria sendo atacado? Um tradutor da embaixada local deu a grande nova. Havia quatro dias o "incidente Ruffus" era o grande assunto dos jornais.

– Mas como foi que a notícia chegou aqui? – disse o rapaz ingenuamente. – Os jornais de lá não disseram palavra... Estão me metendo o pau?

– Que bobagem, meu caro. Você é um herói nacional!

– Eeeeu?

– Ora, deixe de modéstia. Olhe: veja esta manchete...

"Vai conferenciar com o Presidente de sua pátria o Secretário Ruffus..."

– Conferenciar...

– Veja esta outra: "Passa pela nossa capital o herói do Incidente Ruffus"...

E lendo ao acaso uma terceira notícia: "Chamado à sua pátria para discutir sérios problemas de política internacional, passará esta noite em nossa capital o ilustre diplomata C.B. Ruffus, há pouco implicado em sério incidente de graves repercussões no panorama continental. Agredido barbaramente, num país vizinho, por nativos embriagados que rasgaram a bandeira de seu país, o ilustre homem público viu-se na obrigação de defender-se, tarefa que lhe foi fácil, graças ao fato de ter sido um dos mais famosos atletas de sua terra, em seus tempos de universidade. Espírito brilhante, diplomata do mais fino trato, já tendo servido em postos de responsabilidade na velha Europa...".

– Puxa! – exclamou Ruffus ainda sem entender.

Mas já estava no hotel. Novas chapas batiam-se. Dezenas de repórteres, que lhe faziam lembrar tanto os desnutridos jornalistas do país que deixara, perguntavam-lhe em várias línguas que não entendia e na sua língua de maneira ainda mais ininteligível, coisas sobre o incidente, com indiscrições sobre os seus planos.

– Mas é comigo? – perguntou Ruffus. – O que é que eles querem?

O adido cultural explicou. E C.B. Ruffus, lembrando-se das palavras da véspera:

– Sinto muito, meus amigos. Minha condição de diplomata não me permite falar, particularmente neste caso. Esta questão pertence agora ao Ministério do Exterior do meu país. Sinto muito...

E num estalo de crânio:

– Mas podem garantir que acredito, mais do que nunca, nas boas relações entre minha pátria e os países sul-americanos, dos quais o Brasil... (Brasil, não é? – perguntou em voz baixa ao adido, que confirmou com um aceno)... – dos quais o Brasil é, sem favor, o líder incontestável.

Se não fossem certos receios, o adido teria recomendado uma dose de uísque. C. B. fizera jus....

Mas foi ao tomar contato com a pátria que C. B. Ruffus teve a primeira sensação de haver alcançado renome quase tão grande quanto o de Lindbergh após o voo famoso. Milhares de pessoas rodeavam o aeroporto. Bandas militares tocavam marchas históricas. Representantes do Ministério do Exterior, cinegrafistas, comissões de toda sorte. Lá estava o senador Ruffus, à frente da numerosa família. Painéis oscilavam à superfície da multidão:

"Votai em Ruffus Senior!"

Aquele "senior" inédito abriu-lhe um clarão de luz no cérebro atordoado. Era um filho da glória, a deusa esquiva, como dizia o velho em tom de desdém, nos seus discursos de propaganda.

Ao se aproximar da massa ondulante, largo clamor o ensurdeceu. Foi distinguindo aos poucos. Eram vivas ao seu nome. Eram ataques aos bárbaros. O nome da pobre república, até então desconhecida do grande público, rabejava na lama. Reclamava-se vingança. Exigiam-se reparações. Oradores-relâmpago erguiam-se em tribunas improvisadas sobre alguns ombros patrióticos, saudando o homem que lutara sozinho contra os índios que haviam ousado desrespeitar a sagrada bandeira da pátria.

– Abaixo os bárbaros!

– Abaixo os ditadores sul-americanos!

Súbito, viu-se carregado também. A mole humana agitou-se, rumo ao hotel. Dos arranha-céus desciam palmas, chovia a neve de milhões de fragmentos de papel, bandeirolas se agitavam, beijos enchiam o espaço. Logo atrás vinha o senador, num vasto carro aberto, agradecendo também.

Pai e filho ainda não haviam trocado palavra. Houvera apenas um longo abraço, o pai com os olhos cheios de água, a multidão aplaudindo comovida. Outro abraço repercutira fundamente sobre o mar humano, o da progenitora, símbolo da mãe nacional, como diria pouco depois um vespertino entusiasmado. Cinegrafistas abriam caminho. Fotógrafos arriscavam a vida.

– Viva!

– Viva!

– Viva!

Afinal, o hotel, num suspiro de alívio. Mas já novos repórteres perguntavam coisas. Um sindicato jornalístico lhe oferecia uma fortuna pela narrativa exclusiva (já estava escrita, bastava assinar) pormenorizando todos os acontecimentos.

– Você já obteve, segundo os recortes recebidos – informou o senador, numa brecha entre os apertos e perguntas – quase três milhas de publicidade por coluna de jornal... Um sucesso, meu filho!

E só depois de passado o rush, ao olhar as pilhas de recortes e os novos jornais da tarde, em edições especiais que estavam chegando, C.B. Ruffus compreendeu que não era bem ele o agravado, não fora bem ele a vítima, não fora apenas ele que quebrara queixos e copos: fora a Pátria!

A Pátria é que fora ofendida na sua pessoa. Rasgado não fora o seu paletó, fora o pendão nacional. Séculos de soberania haviam sido insultados em C.B. Ruffus. Heróis da independência, desbravadores dos descampados, vencedores do deserto, mártires sob as mãos dos antigos agressores, bravos de todas as guerras nacionais – e o próprio soldado desconhecido! –, suas cinzas haviam sido profanadas na pessoa de C.B. Ruffus! E pediam vingança! E exigiam desafronta!

De toda a vastidão do território nacional, milhões de punhos se erguiam. Cumpria lavar a honra ultrajada, não seria possível deixar sem revide aquela página infamante na história gloriosa de um povo que nunca sofrera, antes, o menor desrespeito à sua soberania.

Contratos e ofertas chegavam. Milhões lhe eram oferecidos para que percorresse o país, narrando em todos os teatros os horrores que havia sofrido, o heroísmo com que se defendera dos antropófagos. Uma cadeia de rádio já tinha um fabricante de sabonetes disposto a patrocinar um programa de meia hora em trezentas e cinquenta estações, nas quais Ruffus contaria de viva voz, a cem milhões de ouvintes, a sua aventura.

– E assim como C.B. Ruffus soube lavar o nome da Pátria dos agravos que lhe foram feitos – explicaria a seguir o locutor – o sabonete Plug-Plug lava, amacia e embeleza a pele...

Enquanto isso, a triste república da pobre e inexplorada América Latina se encolhia, transida de medo. Tentara já algumas explicações. Mas não conseguia imprensa. O telégrafo e o rádio sacudiam o planeta com a repercussão fragorosa dos acontecimentos. Países grandes e pequenos emprestavam a sua solidariedade à nação ofendida.

"El Presidente" estava desesperado. O Ministério se demitira. Novo ministério, constituído em razão da crise nacional, não se conseguiu manter. Havia um verdadeiro caos. Os generais mais ambiciosos recusavam a pasta da Guerra. As oposições, aproveitando a confusão, erguiam a cabeça, falava-se em revolução. A embaixada estava inflexível. Não podia transigir. De modo que, para ver se apaziguava de qualquer maneira a honra insultada do grande povo, "El Presidente" foi o primeiro a procurar o embaixador, e antes de tratar do problema imediato, lembrou que estava disposto a conceder à gloriosa Pátria de Ruffus o monopólio da exploração das minas de estanho, que vinha sendo pleiteado há vinte anos, o da exploração do petróleo, também de longa data desejado, a abolição de certas barreiras alfandegárias, além de outros pequenos detalhes...

O embaixador tinha uma qualidade: era generoso. Teve pena de "El Presidente", viu estar ele realmente disposto a iniciar uma política menos afrontosa, compreendeu que, para a estabilidade da vida interna do pequeno país, e mesmo para evitar que o incidente fosse o barril de pólvora de nova conflagração mundial, seria melhor esquecer. E foi assim que a paz voltou ao continente, após um acordo secreto e uma troca pública de ofícios em que as duas partes davam por encerrado o incidente.

Dois meses passaram. Ruffus Senior fora eleito por esmagadora maioria. C.B. Ruffus, glorioso e feliz, herói de milhões, tinha agora uma fortuna própria, mantinha contratos diretos de fornecimento com as maiores destilarias do mundo. Mas naturalmente queria continuar na carreira. E sonhava com Paris. Por várias vias fez ciente o Ministério do Exterior das pretensões a que se julgava com direito.

Afinal, certa noite, recebeu chamado telegráfico da chancelaria. Entrevista para o dia seguinte, às três horas. Lá foi.

O Ministério fazia questão de seus serviços, claro! Exigia-o, mesmo. E tinha para ele uma grande missão, um grande posto. Ruffus exultou. E de coração pulando:

– Onde, Excelência?

– Na Tululândia...

– On... onde?

– Na Tululândia...

– Na Tululândia? – perguntou espantado C. B. Ruffus, lembrando-se de que na véspera lera, num jornal, pela primeira vez, o nome daquele estranho país sul-africano, 99% negro, de negros ainda nus, de uma ferocidade espantosa.

– Mas então é um castigo! – exclamou, já audacioso, credor que era da gratidão da Pátria, ídolo de milhões de compatriotas. – Então é um castigo o que me dão!

– Pelo contrário – explicou suavemente o Ministro. – É uma das missões de mais responsabilidade no momento. Esse pequeno país, quase desconhecido, de independência recente, é um dos mais importantes para a nossa vida internacional. Toróvia, a capital, é mais vital para nós que Paris, Londres, Moscou...

Baixou a voz:

– Basta dizer que é a zona que possui as reservas de petróleo mais fabulosas do mundo... Já temos todos os estudos feitos. Por enquanto só nós o sabemos. Mas o que é mais grave: o país tem uma forte corrente extremista que nos hostiliza de maneira selvagem. Temos de agir. A missão é da maior responsabilidade. Conto com o seu patriotismo...

Ruffus hesitou ligeiramente. Mas, a um olhar do Ministro, falou:

– Bem, se é para o bem da pátria...

– Obrigado, meu filho, obrigado – disse o Ministro, apertando-lhe a mão.

– E que instruções devo levar?

– Não é preciso. A legação em Toróvia já está informada dos nossos planos. Basta ir, meu filho, basta ir...

Apertou-lhe as mãos, novamente, agradecido, remergulhou nos papéis e, mastigando o charuto e pensando alto, murmurou:

– É preciso fechar, quanto antes, aquele país...

ANTÔNIO FIRMINO*

– **Q**ue idade tem o menino?

– Menino? Esse que tá aí é quase um homem! Tá com dezessete anos – disse Antônio Firmino.

Paulo Dinarte conteve a tempo o "não é possível!" que ia irromper espontâneo.

– Dezessete?

– Pois é, seu dotô. Garrô dá doença nele, desde pequeno, foi ficando assim. Não destorceu nunca. Num teve mezinha, num teve nem remédio de cidade que botasse ele pra frente...

E acariciou com a mão dura, de dedos nodosos, de unhas negras, a cabeça do filho.

Paulo Dinarte examinou, de coração confrangido, aquele frangalho de gente. Era uma coisa amarela, seca e descalça, a cabeça grande, o rosto chupado, os olhos no fundo, as olheiras pisadas, grandes orelhas quase transparentes, embaçadas de craca nos côncavos e dobras. As pernas e braços eram juntas e joelhos saltados, quase furando a pelanca sem vida. Um ventre enorme, intumescido, de onde o umbigo negro e rebentado se fazia ver, entre a linha da calça rasgada, sustentada por barbante,

---

* In: *Omelete em Bombaim.* Rio de Janeiro: Tecnoprint, [s.d.] (1. ed., 1946).

e a camiseta curta, encardida. De tamanho, não tinha dez anos. Não tinha dezessete, tinha vinte, tinha trinta, na tristeza dos olhos, de um clarão adulto e amargo de inteligência e sofrimento.

O menino ficou, na soleira do casebre, num jeito humilde de bicho largado. Quantas vezes não passara pelo mesmo vexame, não vira o espanto e a pena nos olhos dos outros.

– Passa, Leão! – disse ele, enxotando o cachorro, cria sem-vergonha de roça, magro e vivo, bernes inchados no lombo sem carne.

Antônio Firmino coçava a perna, traçando sulcos descascados na pele queimada, meia de todas as cores, de boca larga desenrolada em beiço de negro sobre o sapatão de orelha, cor de terra.

Um latido ao longe quebrou o longo silêncio.

– Num destorceu nunca – repetiu Antônio Firmino, pensando alto.

O caboclo, o menino, o seu doutor se entreolharam, como dentro de um pesadelo. Paulo Dinarte, sentado num caixão de querosene, coberto com um cochonilho velho, assento de visita importante, contemplava agora na parede de barro socado, com o esqueleto de varas irregulares todo à mostra, uma Nossa Senhora Aparecida, suja de moscas, brinde de um Elixir Depurativo. Miséria das populações sertanejas! Miséria daquela gente abandonada! Deputado da oposição, trinta passagens por cadeias e presídios, via ali a confirmação viva ou moribunda dos quadros que, na sua exaltação revoltada de moço, descrevia na tribuna aos nobres colegas desinteressados, o pensamento voltado para concessões e negociatas a aderir e louvar, recitar necrológios e votar leis a favor dos amigos.

Malária, amarelão, tracoma, analfabetismo e cachaça. Não vira outra coisa, naquelas semanas de sertão, onde viera enfrentar um grileiro qualquer, de capangas bem armados a tomar posse de longas datas de terra, terra que, afinal, não pertencia nem ao grileiro nem ao doutor José Carlos, mas àquela gente de olhos em sangue, de barriga inchada, de queimação na boca do "estambo".

Uma galinha entrou, ciscou em vão por baixo da mesa, fugiu ao sapato de Antônio Firmino, que esboçava um pontapé. Tinha visita na casa...

Quando voltasse à capital e enfrentasse de novo os colegas sonolentos, ele havia de chibatear violento os parasitas sem pudor. E ninguém teria tratado com mais energia e com maior ardor o problema do saneamento dos sertões. Nem mais inutilmente... Aquele pensamento cortou o discurso que começava a tomar forma.

– Passa, Leão! – insistiu o Zeferino, coçando a barriga.

"Inutilmente", pensou Paulo. "Sim, não ia adiantar coisa nenhuma. Talvez servisse apenas para facilitar a nomeação de alguns jovens médicos bem aparentados, que ficariam na capital a gozar as delícias do regime, com verba mais firme para o bar do Esplanada. No sertão, os caboclinhos continuariam a intumescer e morrer, enterro de anjinho, acompanhamento a pé, dedão na estrada, rumo ao cemitério de muro caído, mato subindo pelos montes anônimos de terra. Os caboclinhos e..."

– Passa, Leão!

"... e, entre eles, Zeferino. Sim, o discurso ficaria nos anais da Câmara, seria até elogiado pela imprensa, mas Zeferino morria. Esse, morria com certeza..." Um sentimento de solidariedade, mais que de solidariedade, de responsabilidade pessoal, encheu seu coração.

– Firmino...

– Seu dotô...

– Quer que eu leve o Zeferino pra S. Paulo?

– Pra que, seu dotô?

– Pra tratar...

O caboclo, quase sem entender, ouviu a oferta inesperada que vinha ao encontro do sonho mais impossível da sua vida. Sentia que era oferta de coração. Com tudo pago. Tudo aos cuidados do seu doutor.

– Ora... mas o senhor vai se incomodá, seu dotô...

Não era incômodo. Era prazer. Obrigação. O caboclo relutou e, comovido, acabou aceitando. E alguns dias mais tarde, primeiro a cavalo, depois no trem em que entrava pela primeira vez na vida, Zeferino partia para S. Paulo, um clarão de deslumbramento nos olhos. De deslumbramento, de esperança, de espanto.

Entrou no trem, o trem partiu. Antônio Firmino ficou dizendo adeus da plataforma. Nhá Maria havia ficado em casa, que não havia cavalo para os quatro.

– Piuuu!

Zeferino assustou-se, riu, ficou examinando o luxo sem par, para ele, daquele carro ordinário de primeira classe. Depois, debruçou-se na janela, ficou olhando a vida, que era jogada para trás, numa velocidade nunca vista. Árvores surgiam, árvores fugiam. Ao longe, nos pastos verdes, cabeças de gado ficavam mais tempo, sob o seu olhar maravilhado, perdiam-se afinal no para-trás que não voltava. Olhou o deputado, sorriu, contente, debruçou-se outra vez na janela. Acompanhava agora a marcha sinuosa do longo trem sertanejo, coleando pelos trilhos sem fim. Para a direita, para a esquerda, às vezes reto, quase sempre curvo e serpenteante, como que se dobrando sobre si mesmo. Veio uma fagulha, entrou-lhe no olho. Lutou contra ela alguns minutos, libertou-se, ajudado por Paulo. E ainda cheio da imagem nova do trem que culebreava sobre os trilhos, sob o sol ardente, sorriu:

– Esse trem, prá sê cobra, só fartava o veneno...

* * *

Zeferino tropeçava em espantos. Mas eram eles tantos e tão rápidos, que quase parecia ter nascido em capital, crescido em casa de soalho, e soalho lustroso e com tapetes, móveis de jacarandá trabalhado, quadros estranhos, estátuas de bronze, cristais de doer na vista.

Só achava graça, e a isso ele não podia resistir, era naquela história de prato na parede. Olhava, olhava a dona da casa, olhava as irmãs de seu doutor, e não dizia nada. Ria, sacudindo a cabeça grande, de olhos vivos e orelhas transparentes, já bem limpas.

Mas Paulo Dinarte já se arrependera de havê-lo trazido. Fizera-o num impulso impensado, com a espontaneidade aberta de todos os seus gestos. E estivera muito tempo contente consigo mesmo. Vivia a sensação de ser bom. Gostara do gesto. Quando contemplava no trem a felicidade silenciosa daqueles olhinhos humildes, que nunca talvez tivessem espelhado tanta ventura, alegrava-se de os ver e orgulhava-se de estar sendo ele a causa, a providência. Quando surpreendia esse sentimento que achava mesquinho, reagia. Não fazia mais do que a obrigação, o seu dever. Pagava apenas uma dívida coletiva, de gerações e gerações. E assim como o seu discurso na Câmara acabaria sendo inútil para o Zeferino, tudo o que fizesse por Zeferino seria inútil para os outros milhões de Zeferinos do sertão. E a tristeza o assaltava novamente, o sentimento de inocuidade da reparação isolada, esmagada pela injustiça e pela cegueira da sociedade em que vivia. Agora, os seus sentimentos eram outros. Desapontamento, remorso. Apresentara Zeferino a um amigo médico. Exames completos, minuciosos. E o diagnóstico impiedoso: caso perdido.

– Já é tarde demais. O menino está liquidado. Tem anquilóstomos até na alma. Ele, antes de ter sido gerado, já devia sofrer de amarelão. O espantoso é que ainda esteja vivo. Esse é que é o prodígio.

– Mas não há esperança?

– Menos do que para um defunto...

Paulo Dinarte conhecia bem o amigo. E sabia não haver desinteresse nem o gosto fácil das palavras no que estava dizendo.

– Mas não se pode fazer nada?

– Ponha o menino na Santa Casa. Ponha na minha enfermaria. Eu cuido dele. Farei tudo. Nós faremos tudo.

Agitou a cabeça, esticando o lábio inferior:

– Mas não adianta nada...

Paulo Dinarte voltou para casa desesperado. Trouxera então para morrer o desgraçado? Para morrer longe dos seus? Tivera a inconsciência de encher de esperança o coração daquela gente ingênua e simples, fatalista por experiência e vocação, para causar-lhes agora uma desilusão desmoronante? Não era possível! E, ao escrever ao velho Antônio Firmino, acovardado, não teve coragem de dizer a verdade, mentiu, com ódio e nojo de si mesmo, contou que o menino ia bem, que voltaria bom.

Voltou ao médico. Pediu que o colocasse num quarto especial da Santa Casa.

– Mas quem paga?

– Eu.

– Mas é tolice, homem. Não é preciso. O menino nunca esteve acostumado com luxos. Na enfermaria geral ele terá um conforto e um cuidado como nunca viu, em dezessete anos de miséria!

– Não faz mal, eu faço questão...

O médico olhou-o, comovido, compreendendo a sua tragédia. Mas tinha o hábito, adquirido pelo contato cotidiano com o sofrimento, de reagir contra o sentimentalismo inconsertável do seu temperamento, refugiando-se em pilhérias pesadas:

– Você não quer dizer que o Zeferino é seu filho...

O olhar de ódio do moço desarmou-se ante a imensa simpatia humana dos olhos do outro, tão mal escondida.

– Está bem, Paulo, está bem. Não se zangue. Nós faremos tudo.

E a luta, imensa, heroica e sem descanso, começou. Um caso de família não despertaria mais pena, mais dedicação, mais amor. Todos os Dinartes, a mãe, as irmãs, viviam aquela criança enferma como se pertencesse ao próprio sangue e não tivesse chegado dias antes, inesperada e desconhecida, de um sem fundo de sertão. E Zeferino, que nunca na sua vida rude de bicho do mato, soubera o que fosse cama com lençol e mão branca de moça, de unha pintada, passando macia na testa e nos olhos dele, fechava os olhos como num sonho, como nalgum sonho que talvez tivesse tido... Tinha enfermeira de dia, tinha enfermeira de noite. Eram as moças que se alternavam no hospital. Seu doutor telefonava da Câmara, pedindo notícia. Seu doutor tomava o carro, vinha correndo ver o Zeferino. O médico tinha por ele uma dedicação que só se compreende com doente velho, milionário e de morte certa. Trabalho inútil, porém. Não era apenas amarelão. Todas as doenças tropicais haviam passado por aquele molambo. E parecia que o afastamento do seu *habitat* primitivo viera diminuir ainda mais as suas possibilidades de resistência. Outros médicos se interessavam pelo caso. E já havia quem temesse que, naquele organismo nunca medicado, sempre entregue a si, os remédios fossem mais nocivos que benéficos. Enquanto isso, as semanas passavam. Paulo Dinarte se torturava, tomado por uma covardia como nunca sentira. Imaginava-se um criminoso. Surpreendia-se em monólogos que eram autocatilinárias impiedosas. Nunca os apedidos e a seção livre dos jornais do governo haviam usado, contra ele, tão descabelados palavrões, tão pesados insultos.

Miserável! Imbecil! S. Francisco de fancaria! Cabotino vulgar! Fizera aquilo para fingir-se bom, humano. Queria mascarar-se de santo, o patife! Com certeza queria ganhar votos. E naquela fúria de autodemolição esquecia-se de que trouxera o Zeferino das terras da Paranapanema, para além da fronteira do Estado, onde jamais teria ocasião de solicitar um voto.

– S. Francisco de bobagem! Bestalhão sem conserto! Assassino!

Mas, ao escrever para Antônio Firmino, depois de adiar e adiar a carta longamente estudada, em que contaria a verdade e mandaria dinheiro para Antônio Firmino e Nhá Maria virem à capital, a grande covardia o assaltava. E mentia. Zeferino estava melhorando. Os médicos davam esperança, que ele não precisava de nada, não tivesse cuidado. Enquanto isso, o corpo de Zeferino, cansado de longa luta, se encolhia cada vez mais na cama de lençóis tão brancos. Ele ficava cada vez menor, numa preguiça mansa, de olhos fechados. Quando os dedos de sonho, macios, de unhas longas e vermelhas, passavam que nem orvalho em folha de árvore, pela testa dele, já quase não falava. Os olhos, sim. Aquela expressão viva, inquieta, sofredora e inteligente, do passado, desaparecera. Eram agora doçura. Doçura, doçura, doçura. Uns olhos de cordeiro tão mimado e tão cansado que ninguém os fixava de olhos enxutos. Mas estavam no fim. Questão de dias, horas talvez. Mãe nenhuma, pai nenhum acompanharia com desamparo maior a agonia de um filho. Agonia que se refletia inteirinha, viva e trágica, no desarvoramento de alma de Paulo Dinarte. Passava dias sem rumo, noites sem destino. Esquecera a política, as reformas sociais, o escritório. Escrevia? Telegrafava ao Firmino? Sim. Era preciso. Mas cadê coragem! Era como se tivesse de dizer ao coitado: olhe, aquele moço tão bão, aquele dotô tão bão, não passava de um bandido, de um assassino, está matando seu filho! Venha salvar o seu filho. – E por que não escrever assim mesmo? Mas faltava o ânimo. E agora ele já não escrevia, passando os dias e as horas a imaginar quanto sofreria, que pensaria o pobre sertanejo tão confiante e tão ingênuo que lhe entregara o filho. Sem falar em Nhá Maria, de quem nunca ouvira uma palavra, tão boa de tempero no preparo da galinha, e tão calada. Essa, nunca lhe diria uma palavra. Mas os olhos com que o olhasse não teriam mais o jeito de quem olhava para Nosso Senhor...

* * *

Foi uma noite atroz. Começava a clarear quando Zeferino abriu pela última vez os olhos. Olhos, não, doçura. Uma doçura envolvente, transbordante e perdoadora. Depois, o peito magro deixou de se agitar mansamente. E os olhos ficaram parados e a expressão se foi. Era o fim. Paulo Dinarte saiu como um desatinado, tomou o carro, voou para casa. Dona Teresa viu o filho entrar, compreendeu, passou-lhe os dedos pela cabeça atormentada, como fazia quando ele tinha sete anos, e disse:

– Eu vou ao hospital, pego o atestado de óbito, vou providenciar o caixão.

E saiu.

O enterro era à tardinha. Não saíra de casa. Providenciara, pelo telefone, a compra de uma sepultura no Araçá. E passara o dia rasgando telegramas e cartas, sem saber como se explicar com Antônio Firmino, acuado por sombras acusadoras, estremecendo a cada momento. Até que a campainha soou, rápida. Uma empregada foi à porta, voltou:

– Tem um caipira querendo ver o doutor.

Paulo correu à porta e empalideceu. Era Antônio Firmino.

– En... entre, Antônio Firmino.

O caboclo veio chegando, tímido, humilde, amassando o chapéu.

– Sente, Antônio Firmino.

E olhou, assustado, a imensa poltrona.

– Sente...

Olharam-se:

– Pois é, seu dotô... Eu tava lá no sítio, garrô a me dá uma coisa, uma pensão no Zeferino. Eu não arresisti e vim... O Zeferino tá bão?

Paulo Dinarte parecia um náufrago. Um vazio sem fim se abria diante dele. Estava anulado. Pela surpresa, pelo acabrunhamento.

– O... o Zeferino?

– Ele tá bão? – insistiu o caboclo.

– O... o... ele estava. Estava sendo bem tratado... com todo o carinho... com... como um filho.. Com... com bons médicos... Mas... mas estava tão fraco, coitado, tão fraco... que... que não pôde resistir...

Houve uma pausa.

– Morreu?

Paulo Dinarte confirmou, sem palavras, sem gestos, com os olhos.

Antônio Firmino não teve reação, ficou olhando o vazio.

– Quando?

– Esta madrugada. Vai ser enterrado agora à tarde.

Antônio Firmino continuava imóvel. Fixou em Paulo Dinarte os olhos tímidos:

– E... eu posso assistir ao enterro?

– Mas, claro, Antônio Firmino! Eu ia para lá, agora. Levo você no meu carro.

As palavras agora pareciam mais fáceis.

Ajudou Antônio Firmino a sair, fez questão que ele passasse na frente, passou-lhe as mãos amistosamente pela costa, fez o caboclo sentar-se no almofadão macio do banco fronteiro, e a viagem fez-se, dessa vez inteiramente sem palavras, até à Santa Casa, com aquela sensação de remorso, de crime e de pena, agora muito mais doída e mais aguda.

Antônio Firmino entrou na capela sempre calado e sério, estendeu a mão dura para as mãos finas que o procuravam, sem dar pelo espanto e pelo susto que a sua presença despertava. A roupa de brim listado, as mangas curtas, o chapéu na mão esquerda, a fim de ter a direita livre para possíveis pêsames que chegassem. Ficou primeiro de longe, sem acreditar, meio a medo. O caixão estava lá no centro sobre uma coisa grande de onde pendia um largo pano preto, com cruzes douradas. Respeitaram-lhe a dor, o silêncio e a timidez. Depois, a voz mansa de dona Teresa sussurrou-lhe ao ouvido:

– Não quer ver o Zeferino?

– Queria, dona.

– Venha ver...

Tomou-lhe o braço.

Antônio Firmino aproximou-se do caixão, dona Teresa levantou um lenço, e o caboclo ficou olhando, estatelado, sem mover de lábios, sem piscar de olhos, o rosto amarelo-terroso do filho, que parecia sorrir.

Dona Teresa chorava, as moças choravam, Paulo Dinarte, que se aproximara e passava o braço sobre o ombro do sertanejo, franzia a testa e arregalava os olhos, para as lágrimas não saírem. Somente Antônio Firmino continuava impassível, olhos enxutos, lábios cerrados, como se não sentisse, como sem compreender.

Veio um padre, cantarolou uma porção de coisas, que Antônio Firmino não entendeu, de olhos muito assustados no latim do padre. Depois falaram-se coisas que Antônio não percebeu bem e que foi obedecendo, como um autômato. Pegou numa das alças, Paulo Dinarte na outra, não viu quem nas outras duas. Um carro partiu, entrou noutro, chegaram a um cemitério importante, houve mais uma capela, mais um padre, novo transportar de caixão, o caixão descendo, a terra caindo, e aquele silêncio.

– Vamos, Antônio Firmino?

Era Paulo Dinarte de um lado, dona Teresa do outro. Antônio Firmino calado, Antônio Firmino fora da vida, Antônio Firmino de olhos enxutos. Passos incertos no pedregulho do caminho. Chegam ao portão largo. Antônio Firmino detém-se, olha para os lados, como um animal acuado, olha para trás, e subitamente, na explosão incontrolável de toda a sua dor, uma crise de choro o sacode, violenta e desvairada.

A dor do caboclo rebenta como que num alívio para todos. Outras lágrimas rebentam, de outros olhos. Paulo Dinarte, entre o sentimento de culpa e de pena, abraça-o, procura dizer palavras de escusa, de conforto. Precisava ter paciência, compreender, a vida era assim mesmo, fora a vontade de Deus. Ele, Paulo, fizera o possível, não o levasse a mal...

– Nós fizemos tudo o que era humanamente possível, Antônio Firmino. Não foi culpa nossa...

Antônio Firmino dominou-se. A explosão sobre-humana de dor fora controlada outra vez. Restava ali, de pé, o sertanejo humilde e fatalista de sempre.

– Curpa, seu dotô? Ninguém no mundo fazia o que vassuncê fez... Nóis só pode ficá agradecido. Mecê deu passage, deu médico, deu hospitá, deu remédio, deu padre.

Parou, enxugou com as costas da mão uma grande lágrima que descia.

– Mas, seu dotô, o que eu agardeço mais, foi o caixão... O Zeferino foi a primeira pessoa de minha famia que foi enterrado em caixão.

Esmagou nova lágrima e quase sorriu:

– E ele bem que merecia, seu dotô...

HOJE, SEU FERREIRA NÃO TRABALHA*

Ordem expressa da gerência: ao terminar o trabalho – e terminava rigorosamente às seis horas – cada funcionário devia arrumar, cuidadosamente, a sua mesa. E ai daquele que desejasse antecipar o serviço. A arrumação das mesas não podia roubar, de forma alguma, o tempo de trabalho determinado por lei. Seu Ferreira, sempre vigilante, implacável nas suas resoluções, não consentia:

– Horário de trabalho é horário de trabalho! sentenciava.

Já ninguém procurava reagir. E mesmo aqueles que tinham quase tudo em ordem, pela natureza mesma do serviço, quando o relógio assinalava seis horas (Seu Ferreira dizia sempre "dezoito horas", denominação oficial daquele minuto de libertação), até esses executavam lentamente o ritual de pôr em ordem os papéis, engavetar as coisas.

– Está com muita pressa de sair? Perguntava irritado aos que se atropelavam no arranjo das gavetas. Isto aqui não é prisão... Vocês pensam que trabalho é castigo. É por isso que o Brasil não vai adiante.

---

* In: *Zona Sul.* Rio de Janeiro: José Álvaro, 1963.

De modo que, temendo as multas, as suspensões, a protelação de férias e as lamentações de fim de ano, quando se falava em aumento de ordenado, toda a seção dependente de seu Ferreira se prolongava em caprichos e cuidados, para que o olhar impiedoso do gerente visse em todos o mesmo desapego aos apelos da rua, às dificuldades de transporte, aos chamados da família, a mesma dedicação aos interesses da casa.

– Quem não se identificar com os interesses da Companhia é melhor que procure outro emprego.

Seu Ferreira falava na Companhia de um jeito tal que toda gente sentia a maiúscula na palavra.

– A Companhia!

Era qualquer coisa de grande, de sagrado, de imponderável.

– Você pensa que a Companhia pode ter alguma coisa com os seus problemas pessoais? Se a Companhia fosse cuidar da doença da sua mulher, das cólicas de dona Paulina, da morte da avó do *office boy*, ia à garra. Estávamos perdidos. Era fechar as portas e vocês todos serem jogados no olho da rua. E iam ver se é fácil arranjar outro emprego!

Quando surgiam problemas domésticos e adoecia alguém em casa, ou mesmo falecia, já ninguém mais apelava para a Companhia. A Companhia tinha outros problemas, bem mais sérios problemas. A Companhia precisava iniciar uma campanha nacional de propaganda, com o objetivo de conseguir que cada brasileiro, no banho, ensaboasse o corpo pelo menos três vezes. Isso aumentaria o consumo do sabonete, mas havia receio de que os concorrentes anunciassem: "Com o nosso basta ensaboar uma vez..." Enquanto não firmasse um acordo com os concorrentes, nada poderia ser feito. A Dental Cream Corporation do Brasil S.A. estava ganhando terreno. Aumentara as vendas do Dentelindol em cerca de 12,7%

nos últimos três meses. Os fabricantes do sabonete Linda Cútis haviam lançado um dentifrício novo, à base de clorofila, que ameaçava também o famoso creme dental da Companhia. Na linha de sabonetes, uma firma de São Paulo votara uma verba de oitenta milhões para a propaganda de um produto popular que era outra dor de cabeça para a Companhia. As praças nordestinas reagiam muito mal. Malditas secas do Nordeste! Empobreciam as populações, diminuía o poder aquisitivo do mercado! O interior de todo o país sofria os efeitos da falta de instrução, da ignorância das massas. Pouca gente tinha critério bastante para compreender a superioridade do creme dental e dos sabonetes da Companhia, fabricados segundo fórmulas americanas rigorosamente científicas. Um gerente regional, no Rio Grande do Sul, dera um desfalque, prejudicando a Companhia em várias centenas de milhares de cruzeiros. É verdade que, apesar de todos esses contratempos, as vendas haviam subido em 27%, comparadas, mês por mês, com as do ano anterior, e os lucros em 45%, graças a uma inteligente política de propaganda e de aumento dos preços. Mas a Companhia estava longe de dominar todo o território nacional. Não era justo, portanto, que os empregados roubassem o tempo da Companhia, arrumando, no horário da Companhia, os seus papéis. E muito menos que a Companhia se distraísse com os pequeninos nadas da vida de cada um.

— A Companhia tem mais o que fazer!

Tinha.

— Por que é que você não veio ontem, seu Mário?

— O sr. compreende, seu Ferreira...

— Não compreendo coisa nenhuma! Quero saber o que houve...

— Meu filho ficou doente...

— Morreu?

— Deus me livre, seu Ferreira!

– Então não havia razão para faltar. O senhor não é casado?

– Sim, disse humildemente seu Mário.

– E sua mulher não podia cuidar da criança?

– Mas ela também está de cama...

– E a empregada?

– A gente não tem.

– E o senhor pensa que a Companhia tem alguma coisa com isso?

– Não. O senhor é que perguntou.

– Olhe aqui, seu Mário, se o senhor acha que o ordenado que a Companhia lhe paga não chega, o melhor é procurar outro emprego.

– Eu não disse isso...

– Nem faltava mais nada, ora essa!

E terminante:

– Eu só lhe digo uma coisa: a Companhia não pode tolerar essas faltas... ou vocês se compenetram de sua responsabilidade, ou a Companhia tem de providenciar...

– Está bem, seu Ferreira.

Seu Ferreira remergulhou nos papéis, fez novos cálculos, ergueu os olhos indignados. Duas datilógrafas conversavam. Casos como esse, ele os resolvia facilmente. Tossia. Era o suficiente para que os dedos febris começassem a tamborilar apressados nas teclas nervosas.

Seu Ferreira voltou aos papéis. Era preciso tomar medidas drásticas. O relatório mensal do Recife mostrava que o Araújo estava fracassando. E em setembro de 51 as vendas tinham subido a Cr$ 530.451,00. O aumento agora, em setembro de 52, era apenas Cr$ 27.486,00. Com certeza o Araújo andava metido com mulheres, não tomava a sério os compromissos que assumira. Sua quota, aprovada no começo do ano, previa um aumento, naquele mês, de Cr$ 132.000,00.

– Que é que tem, dona Laura?

A menina gaguejou. Dor de cabeça. Seu Ferreira retirou da gaveta um comprimido.

– Vá buscar um copo d'água.

A Companhia fornecia os comprimidos. Assim ninguém tinha direito de alegar dor de cabeça, nem cólicas. E seu Ferreira não podia se conformar com as imperfeições da raça humana. Não lhe constava que as demais representantes do sexo feminino, em outras espécies animais, estivessem sujeitas àquelas perturbações que, todos os meses, em determinado período, atingiam a todas as suas auxiliares, diminuindo-lhes a eficiência, prejudicando a Companhia. Chegara mesmo a pensar em indenizar todas as funcionárias (oh! a torpe demagogia das leis trabalhistas!) e substituí-las por homens. Homem, pelo menos, estava livre daquela miséria.

Mas a Companhia cometera o erro inicial. Aceitara, em administrações anteriores, um número espantoso de datilógrafas e secretárias. Feitos os cálculos, pagas as indenizações, e previsto o tempo perdido na escolha de novos funcionários não sujeitos às perturbações mensais, aliás combatidas ou atenuadas por um produto da Dental Cream Corporation do Brasil, S. A. (pura propaganda! pura propaganda!), seria necessário vender 35 mil caixas de três sabonetes e 30 mil dúzias de creme dental só para cobrir o prejuízo, sem pagar as despesas de produção (mão de obra, matéria-prima, impostos, desgaste, propaganda etc.) Prejuízo bruto, não contando ainda as despesas de venda e outros itens (que ele pronunciava em inglês: aitem). Não seria justo sacrificar assim a Companhia. E o único remédio era esperar que todas as mulheres, aos poucos, fossem pedindo demissão. Felizmente a Dorinha fora atropelada na semana anterior. O problema era da Companhia de Seguros.

– Como é! Cansou?

O Rosino recomeçou a fazer os cálculos.

99

– Até que horas jogou buraco ontem?

Seu Hilário não respondeu. Pôs-se a escrever rapidamente, às tontas.

Seu Ferreira, com um sorriso áspero, estendeu o braço, mostrando o relógio de pulso.

– Ainda não está na hora, dona Sofia.

Sofia desarrumou novamente a mesa e pôs o papel na máquina. Faltavam dois minutos para as seis, aliás, dezoito...

Ninguém trabalhava fora da hora. Fora da hora só a arrumação das mesas. A Companhia, nesse ponto, respeitava escrupulosamente as leis. E não pagava trabalho extra, por princípio. Estava provado que, quando se paga extraordinário, os empregados fazem cera para prolongamento do trabalho. Em compensação, ninguém entrava atrasado sem que no fim do mês o atraso não aparecesse na folha de pagamento. O relógio de ponto e a contabilidade eram inflexíveis. Mas, justiça a quem justiça, vinha de seu Ferreira o grande exemplo. Ele não chegava na hora. Chegava sempre meia hora antes, de manhã e depois do almoço. E nunca faltava. Casado, com mulher, filhos e os problemas de uma e de outros decorrentes, nunca a família de seu Ferreira prejudicara a Companhia.

Foi assim que, naquela manhã de meados de outubro, quando chegaram os mais fiéis, cinco, dez, vinte minutos antes da hora, todos começaram a se entreolhar em silêncio. Seu Ferreira não aparecera. Às 8h30 em ponto (não faltava ninguém) toda gente estava a postos, começando o intenso bater de máquinas e a feroz combustão cerebral da rotina da casa. Ninguém dissera nada. Nenhuma observação fora feita. Mas todos só tinham um pensamento. Seu Ferreira não chegara. Sua ausência pesava mais do que a presença de sempre. Uma angústia pairava no ar. Onde estaria seu Ferreira? Por que seu Ferreira não chegara? Estaria seu Ferreira escondido em alguma parte, observando, escutando, espionando? E todos trabalhavam, mais nervosos que nunca. Que horrores diria seu Ferreira se descobrisse alguém em falta! Abusando da sua ausência? Agindo com deslealdade? Os olhos de seu Ferreira ausente pesavam sobre todos.

Nove horas. Nove e meia... Dez horas... Foi quando Mr. Sims penetrou na sala comum, onde seu Ferreira comandava mais de quarenta funcionários. Mr. Sims vinha sombrio. Mr. Sims estava pálido. Conversou em voz baixa com José de Arimateia, assistente de seu Ferreira. Segundos depois toda a sala sabia, a Companhia estava consternada. Seu Ferreira falecera durante a noite. Um colapso cardíaco. Percorreu a sala um alívio geral, silencioso e desconfiado.

– Morreu quando? Perguntou seu Mário.

– À meia-noite, disse José de Arimateia.

E seu Mário, humilde, sem segunda intenção e ainda sugestionando:

– E só agora avisou a Companhia?

O ARTISTA E A LINGUAGEM

SHONOSUKÉ*

Clemente Vidal deixou o carro à porta do bar e entrou para um rápido aperitivo. Sempre era melhor estar ali à vontade, solitário na sua mesa, do que ouvir o matracar ocioso de seus colegas de clube, encharutados e maledicentes. Passeou o olhar preguiçoso pela modéstia do bar, pelos bebedores esparsos, bebendo pelo simples gosto, sem imposições sociais, sem determinismos elegantes.

Surge uma figurinha amarela. Dois traços telegráficos, olhos. Uma ligeira elevação, nariz. Boca larga e branca, dentes salientes.

– Retrato, senhor?

Clemente Vidal examinou-o com atenção, enquanto a figurinha estranha, sem colarinho, camisa suja, paletó enrolado, um bonezinho sobre o cabelo pretíssimo, insistia, mostrando calungas.

– Retrato, senhor?

Clemente mediu-o, com um sorriso.

– Quanto?

– Cinco mil-réis.

– Faça...

O japonesinho retirou do bolso o creiom, pôs sobre o joelho uma folha de papel, fixou o olhar apertadinho

---

* In: *16 de Orígenes Lessa*. Rio de Janeiro: Tecnoprint, 1976.

no cavalheiro elegante, e começou a riscar, rapidamente, no papel fumaça. Um, dois, três riscos. Zás, zás, zás... Lá saía o homem, com a curva aquilina do nariz, as olheiras empapuçadas, o ar desdenhoso de olhar e sorrir, o charuto grande a ajudar o jeito orgulhoso da boca.

Enquanto riscava, Clemente Vidal o media. Era uma figura comum de caricaturista internacional, a cinco ou dez mil-réis a careta, desses vagabundos que se aguentam por qualquer coisa e em qualquer terra, armados com um creiom barato e uma folha barata de papel-cartão.

– Gosta, senhor?

Clemente gostou. Pelo preço... Pela extravagância da ideia... Aquilo seria natural num bar ou num cabaré de Paris ou Londres. Num de São Paulo, à hora movimentada do Triângulo, era uma originalidade que havia de ser comentada no seu clube...

– Você bebe?

– Obrigado, senhor.

Insistiu. Pôs o japonesinho a seu lado, fez vir um "americano", começou a correr os desenhos que ele trazia, como amostra. Curiosos, o traço interessante, uma linha muito pessoal. Quem seria ele? Indagou. O rapazinho informou, sorrindo sempre. Filho de operários. Seis anos de Brasil. Família faminta. Antigo pasteleiro, ex-vendedor de amendoim, aprendiz fracassado de pedreiro, garçom de gorjetas humildes. Um grande amor pela arte. Sem estudos, sem dinheiro. Amigo desesperado dos livros. Um pouquinho de inglês. Um português bastante desenvolto. Leituras. Uma coleção inútil de desenhos. Agora, como artista ambulante, geralmente almoçando e jantando, coisa por muito tempo desconhecida.

Interessado, Clemente Vidal começou a ver na cara sem expressão do rapaz a possibilidade de um blague formidável. Riquíssimo, culto, várias viagens à Europa, várias cópulas em Paris, várias bebedeiras em Roma e

Veneza. Vidal era mecenas em São Paulo. Conhecia e discutia arte. Centenas de quadros e estátuas de sua galeria haviam alimentado muito artista patrício e provocavam a admiração e o espanto dos amigos. Fazia estudar dois cantores pobres em Paris, alimentava e vestia, em Roma, três futuros gênios da pintura indígena. Isso, do seu bolso. À custa do Estado, quando senador, precoce e preclaro, facilitara os estudos de dezenas de outros, olhado como um pai da futura arte brasileira, como um animador "d'anunziano", como um Médicis ou figurão da Renascença, surgido inesperadamente no país da maledicência. Papai Vidal como o chamavam. Seu nome patrocinava todas as mostras de arte, seu dinheiro financiava concertos, sua palavra estimulava estreantes, sua adega embebedava artistas, críticos e admiradores. Tudo feito a sério. Não estimulava por pilhéria, não animava por blague. Quando falava em arte, estrangeira e mesmo nacional, quando discutia cubismo, dadaísmo, futurismo, surrealismo, coisas da Rússia, de Paris ou da Favela, era sempre como entendido, como autoridade, como crente. Mas olhando aquele japonesinho, a devorar muito canhestro as empadas que fizera vir, Clemente Vidal começou a imaginar um blague, a primeira que se aninhava no seu cérebro de senador prematuro. E se lançasse o rapaz? E se lançasse mão daquele garoto para pregar um infinito, um blefe imortal na papalvice incomensurável do público? Vidal sabia, no fundo, que as admirações literárias e artísticas, como as glórias mais incondicionais, são efeito simplesmente da sugestão e do esnobismo. Ele mesmo admirara assim muita gente, forçado a pagar centenas de milhares de francos por obras de arte em que francamente nada via senão a obrigação de ser esnobe, de concordar. Era coisa assinada por Fulano, por Sicrano. Paris dizia que Fulano era gênio. Beltrano clamara, em Roma, que Sicrano compendiava e superava a história da arte. E ele, e os outros conhecedores profissionais se viam forçados ao "colosso", "extraordinário", "genial" e ao desembolso dos pacotes de liras ou de francos. Um pouco de vaidade pessoal acariciava ainda o seu pensamento. Ele tinha prestígio. Era ouvido. Fizera artistas de valor, parte por mérito seu, parte maior pelo mérito deles. Mas aquele japonesinho sem valor pessoal, se ele o fizesse, era obra sua, glória sua, pilhéria sua inconfundível.

Sorria, enquanto falava o rapaz. A ideia tomava forma. Havia de lançá-lo. Dentro de um ano, estaria famoso, seria aclamado como gênio, venderia quadros por fortunas e então Clemente Vidal contaria a toda a gente a extensão e o sentido da peça que pregara.

– Como se chama você?

– Shonosuké Shini...

– Basta Shonosuké. Não é preciso mais. Escute: Você é um grande artista. Apareça amanhã em minha casa...

Deixou-lhe um cartão e saiu.

* * *

Clemente Vidal vestiu o rapaz, fotografando-o antes com seus trajes miseráveis e, antegozando a pilhéria, chamou três amigos de confiança, contou-lhes os planos, traçou a maneira de agir, instalou o japonês num *atelier* e iniciou a publicidade.

Dias depois começavam a sair as notícias. Um jornal da tarde publicava longa reportagem romanceada sobre o artista estranho e original que passara fome, vendera pastéis, fora garçom, mas trazia em si a posse de uma arte vigorosa, fortíssima, pessoal, liberta de todos os moldes clássicos (era tão fácil para quem não os conhecia...), diferente de tudo o que faziam, de Apeles a Fujita, com os altos e baixos da escala, todos os artistas da escala, todos os artistas presentes e passados.

O jornalismo era do conchavo. Agia dentro dos planos traçados. Lançava a coisa como reportagem imprevista, cheia de afirmações vagas, sem compromisso, falando em termos gerais, personalidade, força, fuga aos modelos tradicionais, traço original.

Uma semana depois vinha um crítico. Dizia ter visitado o *atelier* de Shonosuké. Não se comprometia também. Mas aproveitava a ocasião para desancar violentamente a arte nacional, insinuar perfídias sobre a mulher de um pintor em voga, ridicularizar a Academia Nacional de Belas-Artes, e maldizer o público pela sua indiferença diante das coisas do espírito. Sobre Shonosuké, mesmo, quase nada. Mas o leitor desprevenido ficava imaginando que o artista humilde era tudo aquilo que os outros não eram...

O diretor de um terceiro jornal, e terceiro iniciado na tramoia, aceitou logo algumas ilustrações feitas pelo rapaz.

Começaram a aparecer as notas da redação, as sugestões aos cronistas desprevenidos. Na crônica social, na página de arte, nas mundanidades, surgiu o nome de Shonosuké. Um cronista de coração sensível, sabendo-lhe das horas de fome e da origem humilde, aclamou-o sem lhe ter visto os quadros, um futuro Fujita, o Fujita brasileiro. O jornal tinha grande circulação. O homem contava com admiradores. A bobagem foi lida. A frase pegou.

E Clemente Vidal e seus amigos, de acordo com a combinação prévia, começaram a falar com seriedade do pintor, que trabalhava com entusiasmo, inspirado e surpreso, produzindo febrilmente.

– Dentro de um ano – garantira Vidal – dentro de um ano Shonosuké será tido como gênio por toda São Paulo...

A profecia prometia realizar-se. Parte pela sugestão, parte pela necessidade de agradar, toda a imensa confraria de sua galeria de arte, e especialmente de sua adega, começava a concordar. Comentavam-se as ilustrações publicadas. Apresentações assinadas por Vidal abriam ao moço as portas das poucas revistas da cidade. Os representantes das revistas cariocas enviavam para o Rio reproduções de desenhos seus. D. Fulana; D. Fulaninha, que entendiam de arte, falavam com reservas, mas já falavam, no japonês.

– Ele promete...

Quem ouvia dizer "ele promete" ia dizer mais adiante que ouvira: "ele é um colosso".

E os jornais insistindo. E as notas se multiplicando. E a seriedade dos conjurados. E o japonesinho a trabalhar.

Veio a exposição. Foi um escândalo, um clamor. Vidal ordenara preços altíssimos nos quadros. Os estudos mais modestos custavam fortunas. O preço impunha... E, para dar o exemplo, no dia da inauguração Vidal adquiria dois quadros, um de 20, outro de 50 contos, que o artista, como é natural, não cobraria... Mas a notícia correu, a massa acreditou, a exposição encheu-se, os comentários foram rumorosos, a imprensa acorreu, e as notas, as críticas, as discussões foram sem conta.

– Para o Vidal pagar aquela fortuna...

– Para o jornal dizer aquilo...

Choveram compradores. Ninguém queria ficar atrás. A galeria de D. Fulana, as paredes de D. Fulaninha tinham que se ornamentar com outros contos de réis de quadros. Em poucos dias, tudo vendido. Shonosuké enriquecera, espantado, boquiaberto, sem poder compreender.

E as discussões em torno do seu nome – O jogo de cores na arte de Shonosuké... Shonosuké e as mulheres... Os coelhos de Shonosuké... O preto e o branco no pincel de Shonosuké... A expressão dos sentimentos na obra de um pintor nipônico... Ainda é possível o gênio? – e outros temas e problemas atulhavam jornais e revistas.

Havia detratores, é claro. Artistas, críticos, professores. Mas via-se bem: invejosos, despeitados, passadistas, fósseis, cérebros obtusos, impotentes, pederastas do espírito, eunucos da arte...

Fulano falava porque nunca vendera um quadro por 500 mil-réis. Aquele outro berrava porque tivera a exposição às moscas. O crítico tal protestara porque não lhe ofereceram dinheiro.

E assim os verdadeiros entendidos se encarregavam de defender a obra do artista imprevisto e vitorioso.

* * *

Um ano depois, já não havia mais dúvida. O Fujita nacional vencera em toda a linha. Não somente São Paulo, todo o país acreditava. Até de Paris o chamavam.

Foi quando Clemente Vidal e seus amigos resolveram desmascarar a troça. Contar tudo. Revelar a pilhéria. Mostrar que haviam passado uma peça infinita, memorável, na papalvice nacional. Provar que pouquíssimos não haviam caído. Mostrar que até Paris fora no conto... Clemente Vidal aguardava com volúpia o dia da revelação, que chegara mesmo a assustá-lo. A glória criada era realmente impressionante. Não ficava bem a um homem como ele, cheio de responsabilidades políticas, respeitado nos meios artísticos, zombar do público – o que valia dizer: do seu eleitorado – com um blague assim. Talvez não ficasse bem. Mas o gosto de realizar uma partida inédita e o respeito pelo seu nome, que ficaria prejudicado quando se estudasse a obra de Shonosuké, deram-lhe a coragem final para revelar. Havia alguns que não tinham concordado. Esses fariam coro em seu favor, aclamando o seu espírito e vingando-se dos "otários". Só D. Fulana e D. Fulaninha não haviam de gostar, mas essas não gostavam nunca de tudo o que o senador prematuro praticava.

– Não fazia mal...

* * *

Quando a notícia rebentou, o escândalo chegou a abalar paredes. Houve gargalhadas, insultos, censuras:

– Isso não se faz... – disse um crítico embaído – isso é desrespeito para com o público...

Um cabo eleitoral, que comprara quadros, deu um murro no ar:

– E pensar que é um senador! Mas o eleitorado há de vingar-se! Há de vingar-se!

– Coisa mais sem graça... – disse D. Fulana.

Mas quem mais se divertiu foram os passadistas, impotentes, fósseis, eunucos e outros pejorativos tão comuns, antes, na linguagem dos que haviam compreendido a arte de Shonosuké.

Vingavam-se agora. Humilhavam os compradores, os apologistas, os ingênuos.

– Passadismo, hein? Impotência, não é?

E um rumor de gargalhadas se alastrava pelos salões elegantes, pelos clubes, pelas redações. Tão grande, que deixou quase despercebido o suicídio do japonesinho, no seu atelier abandonado.

* * *

O interessante é que Shonosuké era realmente um homem de gênio.

A ARANHA*

— **Q**uer assunto para um conto? — perguntou o Eneias, cercando-me no corredor.

Sorri.

— Não, obrigado.

— Mas é assunto ótimo, verdadeiro, vivido, aconteci-do, interessantíssimo!

— Não, não é preciso... Fica para outra vez...

— Você está com pressa?

— Muita!

— Bem, de outra vez será. Dá um conto estupendo. E com esta vantagem: aconteceu... É só florear um pouco.

— Está bem... Então... até logo... Tenho de apanhar o elevador...

Quando eu me despedia, surge um terceiro. Prendendo-me à prosa. Desmoralizando-me a pressa.

— Então, que há de novo?

— Estávamos batendo papo... Eu estava cedendo, de graça, um assunto notável para um conto. Tão bom, que eu até comecei a esboçá-lo, há tempos. Mas conto não é gênero meu — continuou o Eneias, os olhos muito azuis transbordando de generosidade.

---

* In: *Omelete em Bombaim*. Rio de Janeiro, Tecnoprint. (1. ed., 1946).

– Sobre o quê? – perguntou o outro.

Eu estava frio. Não havia remédio. Tinha de ouvir, mais uma vez, o assunto.

– Um caso passado. Conheceu o Melo que foi dono de uma grande torrefação aqui em São Paulo, e tinha uma ou várias fazendas pelo interior?

Pergunta dirigida a mim. Era mais fácil concordar:

– Conheci.

– Pois olhe. Foi com o Melo. Quem contou foi ele. Esse é o maior interesse do fato. Coisa vivida. Batatal. Sem literatura. É só utilizar o material. E acrescentar uns floreios, para encher, ou para dar mais efeito. Eu ouvi a história, dele mesmo, certa noite, em casa do velho. Não sei se V. sabe que o Melo é um violonista famoso. Um artista. Tenho conhecido poucos violões tão bem tocados quanto o dele. Só que ele não é profissional nem fez nunca muita questão de aparecer. Deve ter tocado em público poucas vezes. Uma ou duas, até, se não me engano, no Municipal. Mas o homem é um colosso. O filho está aí, confirmando o sangue... fazendo sucesso.

– Bem... eu vou indo... Tenho encontro marcado. Fica a história para outra ocasião. Não leve a mal. Você sabe: eu sou escravo...

– Ora essa! Claro! Até logo.

Palmadinha no ombro dele. Palmadinha no meu. Chamei o elevador.

– É um caso único no gênero – continuou Eneias para o companheiro. – O Melo tinha uma fazenda, creio que na Alta Paulista. Passava lá enormes temporadas, sozinho, num casarão desolador. Era um verdadeiro deserto. E como era natural, distração dele era o violão velho de guerra. Hora livre, pinho no braço, dedada nas cordas. No fundo, um romântico, um sentimental. O pinho dele soluça mesmo. Geme de doer. Corta a alma. É contagiante, envolvente, de machucar. Ouvi-o tocar

113

várias vezes. A "madrugada que passou", o "luar do sertão", e tudo quanto é modinha sentida que há por aí tira até lágrima da gente, quando o Melo toca...

– Completo! – gritou o ascensorista, de dentro do elevador, que não parou, carregado com gente que vinha do décimo andar, acotovelando-se de fome.

Apertei três ou quatro vezes a campainha, para assegurar o meu direito à viagem seguinte.

Eneias continuava:

– E não é só modinha... Os clássicos. Música no duro... Ele tira Chopin e até Beethoven. A Tarantela de Liszt é qualquer coisa, interpretada pelo Melo... Pois bem... (Isto foi contado por ele, hein? Não estou inventando. Eu passo a coisa como recebi.) Uma noite, sozinho na sala de jantar, o Melo puxou o violão, meio triste, e começou a tocar. Tocou sei lá o quê. Qualquer coisa. Sei que era uma toada melancólica. Acho que havia luar, ele não disse. Mas quem fizer o conto pode pôr luar. Carregando, mesmo. Sempre dá mais efeito. Dá ambiente.

O elevador abriu-se. Quis entrar.

– Sobe!

Recuei.

– Você sabe: nessa história de literatura, o que dá vida é o enchimento, a paisagem. Um tostão de lua, duzentão de palmeira, quatrocentos de vento sibilando na copa das árvores, é barato e agrada sempre... De modo que quem fizer o conto deve botar um pouco de tudo isso. Eu dou só o esqueleto. Quem quiser que aproveite... O Melo estava tocando. Luz, isso ele contou, fraca. Produzida na própria fazenda. Você conhece iluminação de motor. Pisca-pisca. Luz alaranjada.

– A luz alaranjada não é do motor, é do...

– Bem, isso não vem ao caso... Luz vagabunda. Fraquinha...

– Desce!

Dois sujeitos, que esperavam também, precipitaram-se para o elevador.

– Completo!

– O Melo estava tocando... Inteiramente longe da vida. De repente, olhou para o chão. Poucos passos adiante, enorme, cabeluda, uma aranha caranguejeira. Ele sentiu um arrepio. Era um bicho horrível. Parou o violão, para dar um golpe na bruta. Mal parou, porém, a aranha, com uma rapidez incrível, fugiu, penetrando numa frincha da parede, entre o rodapé e o soalho. O Melo ficou frio de horror. Nunca tinha visto aranha tão grande, tão monstruosa. Encostou o violão. Procurou um pau, para maior garantia, e ficou esperando. Nada. A bicha não saía. Armou-se de coragem. Aproximou-se da parede, meio de lado, começou a bater na entrada da fresta, para ver se atraía a bichona. Era preciso matá-la. Mas a danada era sabida. Não saiu. Esperou ainda uns quinze minutos. Como não vinha mesmo, voltou para a rede, pôs-se a tocar outra vez a mesma toada triste. Não demorou, a pernona cabeluda da aranha apontou na frincha...

O elevador abriu-se com violência, despejando três ou quatro passageiros, fechou-se outra vez, subiu.

O Eneias continuava:

– Apareceu a pernona, a bruta foi chegando. Veio vindo. O Melo parou o violão, para novo golpe. Mas a aranha, depois de uma ligeira hesitação, antes que o homem se aproximasse, afundou outra vez no buraco. "Ora essa!" Ele ficou intrigado. Esperou mais um pouco, recomeçou a tocar. E quatro ou cinco minutos depois, a cena se repetiu. Timidamente, devagarzinho, a aranha apontou, foi saindo da fresta. Avançava lentamente, como fascinada. Apesar de enorme e cabeluda, tinha um ar pacífico, familiar. O Melo teve uma ideia. "Será por causa da música?" Parou, espreitou. A aranha avançara uns dois palmos...

– Desce!

– Eu vou na outra viagem.

– Dito e feito... – continuou Eneias. – A bicha ficou titubeante, como tonta. Depois, moveu-se lentamente, indo se esconder outra vez. Quando ele recomeçou a tocar, já foi com intuito de experiência. Para ver se ela voltava. E voltou. No duro. Três ou quatro vezes parou, três ou quatro vezes recomeçou, e de todas as vezes a cena se repetiu. A aranha vinha, a aranha voltava. Três ou mais vezes. Até que ele resolveu ir dormir, não sei com que estranha coragem, porque um sujeito saber que tem dentro de casa um bicho desses, venenoso e agressivo, sem procurar liquidá-lo, é preciso ter sangue! No dia seguinte, passou o dia inteiro excitadíssimo. Isto, sim, dava um capítulo formidável. Naquela angústia, naquela preocupação. "Será que a aranha volta? Não seria tudo pura coincidência?" Ele estava ocupadíssimo com a colheita. Só à noite voltaria para o casarão da fazenda. Teve de almoçar com os colonos, no cafezal. Andou a cavalo o dia inteiro. E sempre pensando na aranha. O sujeito que fizer o conto pode tecer uma porção de coisas em torno dessa expectativa. À noite, quando se viu livre, voltou para casa. Jantou às pressas. Foi correndo buscar o violão. Estava nervoso. "Será que a bicha vem?" Nem por sombras pensou no perigo que havia em ter em casa um animal daqueles. Queira saber se "ela" voltava. Começou a tocar como quem se apresenta em público pela primeira vez. Coração batendo. Tocou. O olho na fresta. Qual não foi a alegria dele quando, quinze ou vinte minutos depois, como um viajante que avista terra, depois de uma longa viagem, percebeu que era ela... o pernão cabeludo, o vulto escuro no canto mal iluminado.

– (Desce!

– Sobe!

– Desce!

– Sobe!)

– A aranha surgiu de todo. O mesmo jeito estonteado, hesitante, o mesmo ar arrastado. Parou a meia distância. Estava escutando. Evidentemente, estava. Aí, ele quis completar a experiência. Deixou de tocar. E como na véspera, quando o silêncio se prolongou, a caranguejeira começou a se mover pouco a pouco, como quem se desencanta, para se esconder novamente. É escusado dizer que a cena se repetiu nesse mesmo ritmo uma porção de vezes. E para encurtar a história, a aranha ficou famosa. O Melo passou o caso adiante. Começou a vir gente da vizinhança, para ver a aranha amiga da música. Todas as noites era aquela romaria. Amigos, empregados, o administrador, gente da cidade, todos queriam conhecer a cabeluda fã do "Luar do Sertão" e de outras modinhas. E até de música boa... Chopin... Eu não sei qual é... Mas havia um noturno de Chopin que era infalível. Mesmo depois de acabado, ela ainda ficava como que amolentada, ouvindo ainda. E tinha uma predileção especial pela Gavota de Tárrega, que o Melo tocava todas as noites. Havia ocasiões em que custava a aparecer. Mas era só tocar a Gavota, ela surgia. O curioso é que o Melo se tomou de amores pela aranha. Ficou sendo a distração, a companheira. Era Ela, com E grande. Chegou até a pôr-lhe nome, não me lembro qual. E ele conta que, desde então, não sentiu mais a solidão incrível da fazenda. Os dois se compreendiam, se irmanavam. Ele sentia quais as músicas que mais tocavam a sensibilidade "dela..." E insistia nessas, para agradar a inesperada companheira de noitadas. Chegou mesmo a dizer que, após dois ou três meses daquela comunhão, o caso já não despertava interesse, os amigos já haviam desertado, ele começava a pensar, com pena, que tinha de voltar para São Paulo. Como ficaria a coitada? Que seria dela, sem o seu violão? Como abandonar uma companheira tão fiel? Sim, porque trazê-la para São Paulo, isso não seria fácil!... Pois bem, uma noite, apareceu um camarada de fora, que não sabia da história. Creio que um viajante, um representante qualquer de uma casa comissária de Santos. Hospedou-se na casa. Cheio de prosa, de novidades. Os dois ficaram conversando longamente, inesperada palestra de cidade naqueles fundos de sertão. Negócios, safras, cotações, mexericos. Às tantas, esquecido até da velha amiga, o Melo tomou do violão, velho hábito que era um prolongamento de sua vida. Começou a tocar, distraído. Não se lembrou de avisar o amigo. A aranha cotidiana apareceu. O amigo escutava. De repente, seus olhos a viram. Arrepiou-se de espanto. E, num salto violento, sem perceber o grito desesperado com que o procurava deter o hospedeiro, caiu sobre a aranha, esmagando-a com o sapatão cheio de lama. O Melo soltou um grito de dor. O rapaz olhou-o. Sem compreender, comentou:

"– Que perigo, hein?

"O outro não respondeu logo. Estava pálido, uma angústia mortal nos olhos.

"– E justamente quando eu tocava a gavota de Tárrega, a que ela preferia, coitadinha...

"– Mas o que há? Eu não compreendo...

" E vocês não imaginam o desapontamento, a humilhação com que ele ouviu toda essa história que eu contei agora..."

– Desce!

Desci.

O IMAGINÁRIO E AS PERSONAGENS POPULARES

MILHAR SECO*

Beppino estava curvado, como desde os dez anos, aos pés de um freguês, velho amigo da casa, disputado por todos os engraxates, porque dava gorjetas até de "destão". No ano anterior, ao receber sobre o joelho o cartãozinho de Boas-Festas, passara ao Luigi uma nota de dez bagos. Não era à toa que todo o salão lhe dera título.

– Vermelha ou marrom, doutor?

Quando as cadeiras estavam todas ocupadas, e ele aparecia, sempre bem-vestido, de camisa de seda e sapato ainda limpinho e lustrando, todos os engraxates punham-se a trabalhar com fúria, rematando com pressa, para apanhar o freguesão de primeira, que arejava muitos orçamentos humildes....

Aquele dia, o Camisa de Seda coubera ao Beppino. E Beppino acariciava-lhe o couro espelhante dos sapatos como quem passa a mão em pele de mulher, louco por puxar prosa com o homem, lá no alto, do outro lado da vida.

– Já veio o resultado? – perguntou alguém.

– Deu cavalo.

– O quê? – perguntou bruscamente o Beppino. – Qual foi o milhar?

---

* In: *10 contos escolhidos.* Brasília: Horizonte; INL, 1984.

Um freguês da ponta esquerda puxou um papelzinho e leu, democraticamente:

— 1044.

— No primeiro prêmio, doutor? — perguntou Beppino, como alucinado.

— No primeiro...

— Seco? Tô feito!

E esquecendo o cliente, os olhos arregalados, Beppino correu para o homem.

— Deixa eu ver a lista, doutor...

Arrancou do bolso imundo o talãozinho, conferiu os números, voltou-se para o Camisa de Seda:

— Eu já volto, doutor!

E saiu a correr; ante o espanto de todos, surdo aos chamados do chefe:

— Guaglio! Mamma mia! Dove vai, sévergonha?

O menino entrou afobado no chalé. O guichê ainda estava fechado. Faltava mais de uma hora para o início dos pagamentos. Nervoso, impaciente, conferindo a cada cinco minutos o talão com os números expostos no quadro negro, Beppino mal podia acreditar que toda aquela fortuna lhe pertencia. Quatro contos. Fizera os cálculos rapidamente, consultara duas ou três pessoas ali por perto, ficara assustado, com temor de algum assalto.

— Ih! Se eles descobrem!

E a cada minuto palpava o bolso, a procurar o papelucho. Fazia um volume quase imperceptível, mas ainda mais gostoso de acariciar que o sapato do Camisa de Seda.

Era difícil visualizar aquela ideia. Não era possível!

Ele não podia ganhar quatro contos! Aquilo representava a gorjeta de umas cem mil engraxadas, de anos de trabalho. Tornava a conferir, passeava no salão como fera na jaula.

— Puxa! Vou comprar um sapato de duzentos "paus"!

121

É à ideia do sapato, lembrou-se do salão, onde o Camisa de Seda o esperava. Pensou em voltar. Havia tempo.

Mas o temor de se demorar, de ser retido pelo chefe, um napolitano feroz, o receio de, quando pudesse aparecer, encontrar o chalé fechado, precisando esperar até o dia seguinte, com risco de perder ou rasgar o talão da fortuna, e a ideia de que estava rico, deram-lhe coragem.

– Tó! Vai esperando que eu volto...

E se abrisse, com o dinheiro, um salão? Estava ali uma ideia. Desde que começara a trabalhar, Beppino acalentava o grande sonho. Ter um salão. Com dez engraxates e com espelho nas paredes, que nem aquele calabrês da Rua 15. Os outros fazendo força. E ele só dirigindo, na caixa. O diabo era ter só quinze anos. Ninguém obedeceria. Ninguém o levaria a sério.

– Eu vou comprar uma camisa de seda...

Claro! Só para abafar. Quando eles vissem que Beppino tinha também camisa de seda, eram até capazes de lhe dar o Doutor, que em salão de engraxate, de barbeiro, e para chofer, é sempre o título honorífico próprio da classe que paga e dá gorjeta.

Bateu no guichê.

– Já tá na hora?

– Não chateia, menino!

– É que eu tenho quatro contos pra receber... – disse ele.

– O quê? Não diga!

O homem adoçou logo o rosto, do outro lado.

– Na dura! Um dia tem que ser da gente...

E mostrou o talão.

– Então vamos entrar na cerveja... – disse o homem, cupidez nos olhos.

Beppino fechou-se, desconfiado. Mas sentiu que ficara importante. Percebeu que o dinheiro era a força, o domínio. Tinha o mundo nas mãos. E vendo-se em mangas de camisa, as mãos e os braços negros de graxa, a camisa em frangalhos, a calça de serviço imunda e rota, por cima da outra, não menos lamentável, achou que era preciso reformar tudo, pôr-se todo frajola, libertar-se daqueles andrajos. Ali mesmo, apressado, tirou a calça de serviço, um brinzão listrado, comprada feita por seis mil-réis. Atirou-a fora, na sarjeta. Só então reparou que, à frente no chalé, havia também um salão de engraxate. Teve uma ideia. Engraxar o sapato. Tinha no bolso quatro ou cinco mil-réis, saldo das gorjetas dos últimos dias. Estava uma cadeira desocupada. Hesitou, acometido de uma timidez imprevista. Ele nunca fora freguês. Estava ainda maltrapilho. Mas quis provar a grande sensação. Dirigiu-se para a cadeira. O colega olhou, com assombro.

– Ueiô! O quê?

Beppino sentiu ao mesmo tempo humilhação e raiva.

– O que há de ser? Engraxada!

O negrinho hesitou, olhando-lhe o sapato velho, sórdido, multirremendado, boca de jacaré.

– Uei! Eu não posso perdê tempo! Deixa de fricote! Quer engraxá ou não quer?

O preto – ele conhecia de vista aquele sujeitinho besta e beiçudo – apanhou a escova e, com ar de profundo desprezo, começou a limpar-lhe o sapatão. Beppino estava arrependido. Fizera burrada. Mas no dia seguinte havia de voltar, para aquele tiziu ver quem era ele, com um sapato de duzentos, não, de trezentos ou mais, daqueles que havia na Avenida São João, de meio metro de sola, que o Camisa de Seda costumava calçar. Não disse palavra. Nem reclamou contra o serviço matado, ele que era técnico. Mas, ao pagar, deu-se ao gosto delirante de jogar, quase na cara do negrinho espantado como gorjeta, todos os níqueis que trazia, gorjeta como igual ele nunca recebera, a não ser uma vez, numa véspera de Ano-Bom.

* * *

Nem contou o dinheiro. Deu uma "coisa"... Sentia a alma do tamanho do mundo, uma vontade enorme de correr e rir. Não sabia se devia dar um salto ou se já dera, a mãos negras no ar, como asas espalmadas. Parecia que todos o olhavam. Teve medo de que avançassem para roubar-lhe o dinheiro. Correu para a rua. Olhou a calçada cheia de gente com pressa. No seu bolso, dinheiro sem fim. Viu dois braços bonitos. Teve vontade de agarrá-los, com suas mãos negras de graxa, gritando que tinha quatro contos de réis. Que fazer? Ainda nada resolvera. Precisava fazer compras. Vestir-se bem. Eram quase seis horas. O comércio ia fechar. Entrou, como um raio, numa camisaria.

– Que deseja?

– Gravatas... Camisas...

– Coisa barata e boa?

– Não! Cara! Da melhor!

– Estas de doze?

O caixeiro apresentava-lhe umas camisas grosseiras.

Beppino recebeu a indicação como insulto, passou o olhar desvairado pelos mostradores.

– Aquela.

– Mas aquela é de 120.

– Eu quero aquela.

O caixeiro hesitou.

– Mas...

– Eu pago! Eu tenho dinheiro – disse, enraivecido e vitorioso.

E, metendo a mão no bolso, exibiu o maço de notas. Atravessou logo o pensamento do caixeiro desconfiado.

– Não! Não roubei, não. É meu!

E informativo:

– É meu! Ganhei no cavalo...

O caixeiro fez um gesto irônico.

Nova raiva o assaltou.

– Eu não sou que nem certos sujeitos pesados... Dando duro... Eu ganho sempre...Vamos, que eu tenho pressa.

Começou a comprar, às cegas. Camisas de seda, gravatas finas, cuecas, pijamas.

Pijama, para Beppino, era o clímax da elegância. No seu cortiço havia apenas um, velho e sem bolso, propriedade de um segundo-sargento da Força, reformado.

Os minutos corriam.

– Depressa, que eu tenho de fazer outras compras. Tem roupa feita?

– Não.

– Então embrulhe, que eu tenho de sair.

– Mandar pra onde?

Beppino ia dar o endereço da casa. Nisso, lembrou-se de que, se o fizesse, a família descobriria, a velha mãe exigiria o dinheiro, ia ser o diabo. Resolveu rápido:

– Eu vou pegar o carro.

Correu ao ponto, perto do salão – era ali mesmo –, contratou o chofer, recolheu os pacotes.

– Onde é que tem roupa feita? – perguntou como um náufrago, vendo os minutos fugirem.

O caixeiro indicou, Beppino pagou, a correr, com uma nota graúda, desprezando a miuçalha dos níqueis, que a garota da caixa ficara juntando, e correu para o outro magazine, ali perto. Foi tropeçando em gente, causou a mesma estranheza, venceu as mesmas resistências, enfarpelou-se.

– Que bicho deu hoje? – perguntou, sorridente, o encarregado da seção.

– O cavalo! – disse o Beppino, com uma sensação de posse, como se aquele animal abstrato tivesse uma existência real e lhe pertencesse, colocado à sua disposição para o resto da vida.

Olhou vários modelos, escolheu três ternos.

– É preciso ajustar primeiro. Quando quer que mande entregar?

– Eu preciso deles agora...

– Mas ainda não assentam bem...

– Não faz mal... – disse, espantado com tais luxos.

O caixeiro insistiu. Beppino concordou em levar só um, ficando os outros para o dia seguinte. E, ali mesmo, vestiu por cima da camisa imunda o terno berrantemente xadrezado. Saiu com o cerrar das portas, ganhou o carro, sem saber para onde. Para casa, já decidira não ir. Gastara quase um conto e quinhentos, tinha um guarda--roupa de príncipe.

– Vou para um hotel!...

Mandou subir a Avenida São João, parou, sem coragem, diante de vários hotéis grandes, acabou resolvendo abrigar-se num hotelzinho sem aparato da Rua Mauá. A meio caminho, lembrou-se que devia avisar a mãe. Senão, ela ficaria assustada. Tocou o carro para o Bom Retiro, deixou-o na esquina, entrou no cortiço.

D. Assunta estava soprando carvão no fogareiro de lata de querosene.

– Mãe, eu vou num baile na Penha. Não me espere.

Acostumada com a meia independência daquele filho que vivia do próprio trabalho, a velha não se voltou.

– Não venha tarde...

– Eu durmo lá, na casa do Luigi.

D. Assunta voltou-se, para um conselho qualquer. Arregalou os olhos.

Beppino estremeceu vendo-se na roupa nova.

– O que é isso?

– Eu... ganhei no bicho...

– Mascalzone! Então você se deixa ganhá no bicho e mângia o dinheiro... Ganhou quanto?

Beppino vacilou.

– Tre... trezentos...

– E se deixou gastá tutto na-a roupa!

– Não. Custou cem...

D. Assunta queixou-se da ingratidão do filho. Ela se matando, ele caindo na farra. Exigiu o dinheiro. Beppino teve a sorte de meter a mão no bolso e tirar um pouco menos de 200$000. Passou-os à velha.

– Você vai no baile?

– Vou.

– Leva dez mil-réis pra você, vá...

* * *

Numa superexcitação febril, achando o quarto suntuoso (hotelzinho de 5$000 a diária), Beppino lavou-se, mudou de roupa.

– O senhor quer jantar já?

– Não. Janto na cidade.

Tomou o carro, que o esperava à porta. Taxímetro, mais de 50. O chofer já estava assustado. Beppino pagou, xingando, desceu de novo na Avenida São João, deslumbrante de luzes, como um triunfador. Tinha, pela primeira vez, a sensação de que podia possuir tudo, de que a vida estava às suas ordens, à venda. Passou um sujeito importante. Teve ímpetos de dar-lhe um bofetão. Se ele se zangasse, tapava-lhe a boca com uma nota de cem. Ele agora estava de cima! Nisso, passou diante de um restaurante de luxo, onde uma noite vira entrar o Camisa de Seda. Quis entrar, não se atreveu. Acabou entrando numa churrascaria modesta, que a fome apertava, escolheu um prato, pediu vinho. Tinha vontade de pedir todos os pratos e vinhos da lista, comer e beber como um bruto, cair para ali esparramado como aquele português barrigudo, que nunca dava mais de um tostão de gorjeta, mas tinha dinheiro até para emprestar ao governo.

Veio o prato, não gostou, virou o resto do vinho, saiu leve e alegre para a rua.

– O que eu quero é gozar!

Sentiu estar sozinho. Via apenas caras desconhecidas. Que pena estar o comércio fechado! Queria comprar tanta coisa! Passaram duas mulheres flamantes. Meio atrapalhado com o charuto, plenamente feliz, Beppino dirigiu-lhes um gracejo audacioso, sem o tom de cachorrinho que late para automóvel, sem esperança, dos outros tempos. Agora podia pagar... E que vontade de dar uma palmadinha na barriga:

– Aí, sua vaca!

* * *

Acordou pelas dez horas, no dia seguinte. Espantou-se, ao despertar no ambiente estranho do modesto hotelzinho. Mas quando recordou sua nova situação, pulou da cama, com a avidez de quem precisava aproveitar a vida.

Lavou o rosto, esfregou melhor as mãos, ainda enegrecidas de graxa, tendo pedido gasolina ao camareiro, tomou carro para o centro. Primeiro foi dar o novo endereço para a remessa dos ternos. Estava com fome. Tinha de comer alguma coisa. Mas antes quis ir ao engraxate, ao negrinho da véspera. Correu então a uma casa de calçados, comprou um sapatão de sola grossa, igual ao do Camisa de Seda. Dirigiu-se depois, dono do mundo, para o Salão Primor. Já na porta, voltou, comprou ao lado um charuto baiano, foi abafar o colega.

Por sorte, vagava naquele momento a cadeira do pretinho. E Beppino teve o gosto de ouvir três vozes que o convidavam. – Graxa! – inclusive a do negro, que não o reconhecera no primeiro momento.

Não foi com o pretinho. Ele queria era o gosto de poder escolher. Pra machucar. Sentou-se na cadeira ao lado, estendeu os pés pesados a um rapazinho desdentado e sorridente. E fingiu que não era com ele quando, ódio mortal no coração, ouviu aquele tiziu ordinário dizer a um dos companheiros:

– Ontem deu cavalo, não foi? Hoje dá o burro... Vou arriscar "destão"... Tô com um palpite desgranhado...

Passou o dia comprando. Um relógio de 300. Uma *chatelaine* de cinco, pesada e vistosa. Uma bengala. Miudezas. Ficou depois correndo o Triângulo, olhando as vitrinas, porque não conseguia lembrar-se das outras coisas que desejava possuir, a ver se descobria mais alguma coisa com que sonhara noutros tempos. Agora podia possuir tudo.

– Oh! diabo! Eu eu se deixei esquecer!

Entrou numa loja de calçados, mandou vir uma polaina. Só não comprou uma luva porque achou demais. A cada passo entrava numa confeitaria e pedia a empada mais cara e a coxinha mais gordurosa. E na ânsia de gozar, de passar vida de lorde, tomava o primeiro carro, indo fazer a Avenida Paulista ou a Avenida Brasil, delibando a visão dos bairros aristocráticos, palacetes com jardim, como se tudo lhe pertencesse. Certa vez, ao apanhar um carro na Praça do Correio...

– Para onde?

– Por aí...

O chofer enveredou justamente pela rua em que ficava o Salão. Um sentimento de vergonha o invadiu. Encolheu-se todo.

– Chispe!

E só respirou livremente vários quarteirões além. Um sentimento de remorso o machucava. Sentia que fora desleal com os companheiros. Não dera satisfação. Não pagara uma cervejada, como fizera o próprio Luigi, que tinha família, quando ganhara na centena da vaca, o ano anterior. E foram apenas 600 "paus"! Agora não tinha jeito de voltar. Sabia que lhe cairiam na cola. Que seria recebido com insultos e vaias. E o que mais doía era aquela certeza interior: teria de voltar!

– Será que o Mastruccio me recebe?

E se ele voltasse para propor sociedade? Percorria agora o asfalto macio de uma rua de residências lindas, no Jardim América. O velho Mastruccio andava falando em aumentar duas cadeiras no salão e tomar novos auxiliares. Ele podia associar-se, entrando com as cadeiras. Passaria a semipatrão.

Mas estava no Jardim América. O carro deslizava com mais suavidade que o pano de lustrar na biqueira do Camisa de Seda. Como seria que aquele desgraçado conseguira ficar tão rico? Teve-lhe ódio, pela primeira vez. Antes era sua maior admiração, sua maior simpatia. Mas o jeito calmo, seguro e sorridente, do Camisa de Seda, na vida, contrastava com a insegurança de sua fugitiva felicidade. Estava mergulhado na fofice gostosa daquele Buick majestoso. Logo estaria a pé. O dinheiro andava no fim. Restavam centenas de mil-réis. Só em automóvel gastara seus trezentos mangos, porque nunca se lembrava de tomar o carro à hora. Só exigia a tabela de hora quando via o taxímetro lá pelos 30 "paus". Enquanto isso, o Camisa de Seda tinha carro para toda a vida. Mudava de modelo todos os anos. Tinha charutos e roupas caras. E quando topava algum amigo, na cadeira ao lado, no salão, só falava em contos de réis e nomes de francesas. Aquilo é que era vida! Assaltou-o uma impressão de naufrágio, de desespero.

– Para o carro!

O chofer brecou, bruscamente.

– Quanto é?

– Trinta e cinco.

– Sujeito ladrão! – pensou.

Mas pagou, sem protesto. O carro partiu. Beppino ficou olhando, atoleimado, as casas bonitas da rua, não sabia qual. Estava no Jardim América ou em Vila Pompeia, não tinha noção. Sentiu um profundo isolamento. Sozinho na vida. Com a velha mãe, nada em comum. Com os irmãos menores, menos ainda. Seus verdadeiros companheiros estavam no Salão. Era Luigi. Era o Stefano, apesar de mais velho. Era o próprio Mastruccio, engraxate havia quarenta anos, esperando só por uma nova cadeira para admitir um neto como aprendiz.

– O que você pensa? O pequeno té jetto! Tuttos domingo ele apiga uma caixa e sai na rua, afazendo us biscate. Aquilo vai dá uno engraxate de priméra!

Pôs-se a andar sem destino, sem saber se caminhava para o centro ou para os bairros. Nisso, passou um carro bege, vistoso e novo, guiado por uma garota de claro.

Beppino sentiu forte a humilhação. Ele, homem, a pé. Ela, o sexo inferior, guiando automóvel. Homem, não o irritava tanto. Mas desde muito cedo se habituara ao sentimento de revolta que lhe inspiravam as mulheres da alta, aquelas "granfas" ociosas, que passavam, elegantes, dentro dessa manifestação tão masculina de vida, que era dirigir. Olhou para os lados, buscando um táxi. Fez sinal para um. Estava ocupado. O chofer nem respondeu. Mais dois quarteirões, encontrou vários carros numa esquina. Escolheu o melhor. Entrou.

– Aonde vamos?

– Por aí. À hora.

O chofer olhou-o com aquela estranheza ofensiva que desde a véspera o perseguia.

– Pode tocar. Eu pago! Não tenha medo!

– Pelo bairro?

– Pro Jardim América.

– É onde estamos.

– Quero dizer, pra Vila Pompeia. Pode ir devagar...

Fez a Avenida Água Branca, palmilhou Vila Pompeia, acabou participando do corso de fim de tarde na Avenida Brasil.

* * *

Havia telefonado para o armazém de Seu Januário, na esquina, mandando avisar D. Assunta para que não esperasse. Dormiria outra vez, na Penha, em casa do Luigi. O Luigi tinha uma cunhadinha bonita. D. Assunta, que já assuntara um começo de namoro entre os dois, não estranharia.

Estava agora, outra vez, na Avenida São João. Esmagava-o, de novo, insistente e feroz, aquela impressão de solitude. Nunca se sentira tão só, tão à margem da vida. Os homens passavam, as mulheres passavam, os carros passavam. Luzes, vozes, *klaxon*. Ele, isolado. Ah! se encontrasse uma voz amiga, um companheiro! Alguém com quem desabafar, com quem gastar as últimas centenas de mil-réis. Nem sabia compreender como gastara tanto, como pusera tanto dinheiro fora. Com aquele saldo nada poderia fazer. Nem estabelecer-se, nem associar-se com o Mastruccio, nem fazer coisa alguma. Estava no fim. Oh! se encontrasse um companheiro! Notava que até aquele momento não tivera com quem falar, não trocara ideias, fechado no seu egoísmo, na febre de gozar, de possuir, no temor de ser roubado. Compreendeu que errara, que fora mau. Só pensara em si. Para a própria família dera apenas, sem querer, uma pequena parte. E D. Assunta ainda lhe devolvera um pouco. Ficou envergonhado, àquela recordação.

132

– Se deixô sê um bandido!

Parou numa esquina, apinhada de gente. Artistas de rádio, músicos vagabundos. Um deles cantarolava:

A coisa melhor deste mundo
É a orgia,
Orgia e nada mais...

Sentiu-se reconfortado, alegre e viril. Entrou num bar. Pediu um guaraná. Achou ridículo, mandou vir um chope. Mas não gostava de chope. Era amargo, enjoativo. Felizmente viera um chope simples. Consertou o estômago com um café, saiu para a Avenida, outra vez tremendamente só entre luzes que ofuscavam e homens que riam alto. Ah! se encontrasse um companheiro!

E nem de propósito. Lá ia, na outra calçada, o Luigi. Seu primeiro impulso foi atravessar a rua. Mas conteve-se. Teria de explicar, responder a perguntas. Ouviria acusações. E mais ainda: seria escarnecido. Já antevia a risada larga e sem dentes do Luigi:

– Oba! Você virou grã-fino, hein?

Não sabia como, ele se afastava, se distanciava dos companheiros. Naquele momento, nada tinha em comum com o Luigi. Precisava tanto de um companheiro, de um confidente, não conseguia. Pensou, como um refúgio, na outra classe. Ah! se encontrasse algum freguês! Alguém que o acompanhasse, que lhe contasse coisas, que o levasse a lugares desconhecidos, a algum cabaré onde não se atrevia a entrar sozinho. Ele agora estava no trinque, de camisa de seda e sapatão de sola grossa, relógio e dinheiro no bolso. Parou à porta de um bar. Numa das primeiras mesas, um agenciador de anúncios, com escritório perto do salão. Ia falar com ele. Entrou, como por acaso, encarou o rapaz, sorriu, cumprimentou. O outro custou a reconhecê-lo. Afinal, agitou a mão, indiferente, no ar, preocupado com o jornaleiro que entrava.

Beppino sentou-se então à primeira mesa, coração cheio de fel, alma trabalhada por infinita amargura. O garçom veio, parou junto à mesa, esfregando o pano molhado no mármore. Disse qualquer coisa.

– Hein? – perguntou Beppino, fora da vida.

– Que é que vai tomar?

– Qualquer coisa.

– Café?

– Pode ser...

– Café, segunda ao centro – gritou o garçom.

Aquela voz parecia vir de longe. Alguém veio, fez um ruído perto, afastou-se. Tomou o café como se fosse um terceiro. Tudo parecia tão distante, tão destacado, tão sem sentido, tão sem cor. D. Assunta, Luigi, o salão, o Camisa de Seda... Levantou-se como um sonâmbulo. Ia andar. Andar sem destino. Andar pela noite adentro. Andar pela vida afora. Estava sozinho. Sozinho.

– Uei! Coisa!

A mão do garçom reteve-o pelo braço.

– Querendo ver se não pagava, hein, seu pirata?

A HERANÇA*

Eu dirigia a *Folha da Tarde*. Vai para alguns anos, lembro-me como se fosse ontem, eu subia, certa vez, a escada da redação, irritado contra um deputado situacionista que me atormentara em casa toda a manhã, exigindo retificação e adendas a uma entrevista concedida na véspera. Ele não dissera "o presidente da República", mas "o Exmo. Sr. Presidente da República". Não dissera que o "país estava à beira do abismo", mas que "a situação de prosperidade em que se encontrava o país, de norte a sul, mostrava bem a clarividência, o descortino, a amplitude de vistas e a nobre energia do governo que com patriotismo dirigia os destinos da pátria". De mais a mais, não afirmara que lutávamos com uma avalancha de 80% de analfabetos, mas com 79, tendo acrescentado que o governo conjugava todas as forças para debelar o grande mal em poucos anos. Por aí além.

– O mais prático – disse eu – é o amigo redigir uma carta retificando.

O homem começou a escrever.

– O jornal respeita a ortografia? – perguntou de repente.

---

* In: *10 contos escolhidos*. Brasília: Horizonte; INL, 1984.

– Respeita...

– Não. Não é preciso. Pode modificar... Eu não faço questão... Até se quiser corrigir um ou outro cochilo – às vezes escapa... – não faz mal. Eu não tenho essas vaidades...

O diabo, aquela dependência do governo! Minha vontade era ter um jornal em que pudesse falar, em que pudesse desancar todos aqueles javardos. Ah! se o jornal fosse meu! E eu ainda mascava minha raiva contra o importuno, quando a telefonista me avisou:

– Tem aí na sala um camarada que precisa muito falar com o senhor. Diz que é urgente.

– Quem é?

– Não sei. Disse que é o herdeiro.

– O herdeiro? Ora essa!

Entrei na minha sala. O homem lá estava.

– O senhor é o diretor?

– Às suas ordens.

– Eu sou o herdeiro!

Pensei logo no Juqueri. Tudo no homem fazia pensar em fugitivo de hospício.

– Herdeiro de quem?

– Do milionário.

Por via das dúvidas, peguei o telefone, para um pedido de socorro, ou para uma defesa desesperada.

– Ah! Sim... do milionário...

– Pois é, doutor. Eu sou o herdeiro do americano...

– Ah! do americano... Muito bem... Sente-se, faça o favor.

Ele sentado, eu de pé levaria vantagem. Graças a Deus a porta ficara aberta.

– Então o senhor...

– Sou o herdeiro. Logo que li a notícia percebi que se tratava do meu caso...

– Pois não...

– Minha mãe sempre me disse que tinha sido um estrangeiro...

136

– Muito bem.

– E como eu tenho exatamente 30 anos...

– Não aparenta. Parece mais moço...

Ele se ergueu indignado.

– Mas estou dizendo a verdade! Eu não estou mentindo para me habilitar. Tenho aqui a certidão: filho natural de Vicência de Andrade, nascido em 13 de junho de 1900. De 1900 para 1930 são 30 anos, se a minha aritmética não falha. Ele esteve no Brasil exatamente nove meses antes. Então não sou eu?

– Provavelmente. Mas...

– O senhor está pondo em dúvida?

– De maneira nenhuma!

– Eu não sou um aventureiro! Venho apenas pleitear o que julgo o meu direito...

– Sem dúvida!

– E o senhor pode ver pela notícia que se trata, mesmo, do meu caso. Leia outra vez.

Passou-me um recorte amarrotado. Era um telegrama que publicáramos na véspera e me passara despercebido. Nova Iorque, tanto de tanto, Agência Havas. Morrera o milionário Harry Billinger, deixando cinco milhões de dólares a um filho que lhe nascera no Brasil de uma senhora cujo nome esquecera, mas com a qual tivera relações em fins de 1899. Celibatário, não tinha outros herdeiros.

– Não sou eu mesmo? Veja bem. Eu sou louro. Filho de americano é sempre louro. Tenho 30 anos. Minha mãe sempre me disse que era um estrangeiro.

– Era o mesmo nome?

– Não sei. Era um nome complicado. Ela o chamava de Bife.

– Bife?

– Sim. Bifinho... meu bife... expressão de ternura, o senhor compreende. Com a intimidade, acontecem dessas coisas. Como o nome era difícil, ela preferia chamá-lo assim.

– Mais prático...

– Infelizmente não muito... Se tivesse registrado tudo, seria mais fácil a gente pleitear a herança. Mas deve ser o mesmo que está no telegrama.

– É possível... E era americano?

– Devia ser. Bebia o dia inteiro. Só falava *yes*. *Yes* é inglês, não é?

– Um pouco...

– Por aí o senhor vê. Sou eu.

– E... e a ligação foi muito longa?

– O suficiente...

– E só com ele?

– Para ser franco, parece que não. Mas eu saí louro.

– É fato... Mas não haveria outros louros?

– Eu acho difícil, doutor. Naquele tempo havia poucos estrangeiros aqui, a não ser italianos. Mas italiano é mais para moreno que louro, não acha?

– Sim...

– Quer dizer, portanto, que sou eu... o senhor mesmo está vendo...

– Mas o telegrama não é completo. Fala em Brasil. Não diz a cidade. Ninguém pode provar que foi em São Paulo.

– E não foi mesmo, foi em Campinas.

– Ah!

– Está vendo?

– Mas o telegrama não fala em Campinas. Não especifica...

– E o senhor acha possível que houvesse a coincidência de nascerem naquele ano mais filhos de um milionário americano no Brasil? Ele mesmo diz que foi um só.

– É verdade. E o homem já era milionário naquele tempo? Gastava muito? Esbanjava dinheiro? Que é que diz, a propósito a... senhora sua mãe?

138

— Diz que não. Era um muquirana. E é isso mesmo que vem confirmar a minha hipótese. Mamãe sempre disse que, quanto mais rico, mais muquirana. Não tem notado?

— Tenho.

— Pois então sou eu mesmo... nem há dúvida!

— Parabéns... Cinco milhões é alguma coisa de sério...

— Se é, doutor! Calculando por baixo, a 10$000, são cinquenta mil contos...

— Mas dá mais. O câmbio está cada vez pior...

— Dá. Mas eu já calculo por baixo, porque há as comedorias. O governo avança em boa parte. Ainda mais nesse caso, com dois governos a comer...

— E o americano deve ser terrível...

— Se é, doutor! Mas eu não me incomodo. 500 mil contos já vão dando...

— É alguma coisa...

— Eu que o diga! Olhe que trabalho onze horas por dia para ganhar 200 paus por mês. Tenho mulher doente e um filhinho paralítico... Se há quem mereça, é este seu criado. Eu tive a impressão, quando mamãe me mostrou o telegrama, que Deus olhou lá de cima, me viu, e disse: "Bem, agora chegou a vez do Fortunato... Vamos ajudar o coitado..."

— E que pretende fazer agora?

— Ora! Vou me habilitar! Eu só queria conhecer a sua opinião. Já que o senhor concorda, eu vou escrever hoje mesmo. Muito obrigado, doutor...

E, com um aperto de mão, festivo e feliz, Fortunato saiu, perguntando-me, da porta, se não podia recomendar um bom advogado.

Eu ainda achava graça no caso quando, ao pôr o papel na máquina e iniciar o artigo de fundo – ah! se eu pudesse desancar aquele corja! – o telefone tilintou.

– Tem uma senhora à sua procura.

– Quem é?

– Não disse o nome. Diz que é assunto particular.

– Bonita?

– Não.

– Agora não posso atender.

– Mas ela diz que é urgente. São dois minutos só.

– Está bem. Mande entrar.

Era uma senhora de seus cinquenta anos, simpática, bem-vestida, bem conservada.

– É o Doutor Lemos?

– Um seu criado.

– Muito prazer. Tenho apreciado muito os seus artigos.

– Obrigado.

– O senhor é um grande jornalista. Eu sempre disse que o único jornal que se podia ler em São Paulo era a *Folha da Tarde*. Pelo menos é o que diz a verdade. Não tem papas na língua...

– Muito obrigado...

– Jornalista deve ser assim, não acha?

– Acho...

– Pois é, doutor, eu vim aqui um pouco constrangida...

– Esteja à vontade...

– Trata-se de um assunto muito íntimo...

– Sim, senhora...

– E... se não fosse a minha confiança na sua lealdade, eu não viria aqui...

– Estou ao seu inteiro dispor.

– Eu vou falar, sem mais preâmbulos. Não adianta a gente começar com muita hipocrisia. O senhor sabe, naturalmente, do telegrama que o jornal publicou ontem...

– O do milionário?

– Esse mesmo. Pois bem. Apesar de se tratar de uma coisa muito íntima, dolorosa mesmo, eu desejava saber o que há de verdade sobre o assunto...

140

– Toda a informação que temos é a que está no telegrama...

– E o senhor acha que ficaria mal a gente se apresentar?

– É uma questão toda pessoal, minha senhora...

– Eu compreendo, mas é que não é por mim, é pelo meu filho...

– O Fortunato?

– Não. Fortunato é o terceiro. Tem só 12 anos. Esse já é do meu casamento. É o Fernando...

– Pois não...

– O senhor vê bem que a minha situação é muito difícil. Eu hoje sou casada. Meu marido é muito bom. Adotou até os filhos que eu tinha... E não é por mim. Eu não faço questão de dinheiro. Mas é pelo coitado. Tem dois filhos... e não é justo que, por uma questão de hipocrisia, de conveniência pessoal, seja prejudicado nos seus direitos...

– Como assim?

– É que é ele o filho do milionário...

– Não me diga!

– É a pura verdade, doutor. Não é Harry o primeiro nome do milionário?

– É o que diz o telegrama...

– Pois aí está. Eu não me lembrava do sobrenome, mas o primeiro nome eu tinha bem na cabeça. Era até um mocetão... Simpático, alegre, brincalhão... O senhor percebe... às vezes a gente erra... Eu era moça, não tinha juízo, e foi um desastre. Mas agora eu vejo que todas as coisas acontecem para o bem da gente. Deus é grande. Justamente agora, quando o Fernando está com um filho passando mal, sem poder iniciar um tratamento adequado, por falta de recursos...

– Vem a herança.

– Isso mesmo, doutor. Vem a herança. Eu sempre tive vergonha de recordar esse fato. Doía a gente lembrar que o Fernando não podia se apresentar de cabeça erguida na sociedade. Agora ele está vingado. Porque o senhor sabe: tendo dinheiro, a sociedade se curva...

– Sem dúvida!

– O senhor não vê esses ricaços? Quem é que quer saber quem foi o pai deles, como foi que eles começaram a fortuna, o que fazem as mulheres e os filhos deles? Sim, porque é uma pouca-vergonha. Só quem conhece de perto a alta sociedade sabe o que eles valem. E bufam tanto! E vêm com tanta prosápia!... Mas agora vai ser diferente! Olhe, doutor, até os irmãos menores judiam dele, fazem pouco caso, porque o pobre nasceu fora do casamento... Mas Deus é grande, Deus é grande! Quando li o telegrama, Harry Billi... como é? Billinger.. – que nome, não doutor? – eu vi logo que era o Harry...

E caindo em si:

– O doutor naturalmente há de achar um pouco ridículo o meu caso...

– Ora...

– É natural... Mas eu não penso em mim, penso em meu filho. Não acha que devo fazer alguma coisa?

– Se tiver meios de provar os seus direitos, não contesto...

– Ah! eu arranjo, doutor! Pode ficar descansado! Só o que eu sinto é não ter guardado nenhum documento, mas não tenho a menor dúvida de que ele foi o pai do meu Fernando...

E com mais algumas palavras e novos pedidos de conselhos, despediu-se:

– Uff!

Eu mal batera o título – "A Nova Política do Café" –, quando novo personagem se fazia introduzir na sala. Desculpas, gaguejo, entrada no assunto. Era um cavalheiro de meia-idade, longa careca reluzente, barriguinha feliz, redonda e possivelmente tão lustrosa quanto o queijo do reino que, a cada cinco palavras, enxugava lá em cima.

– Eu não tenho preconceitos, doutor. Tenho mesmo o mais profundo desprezo pelos preconceitos sociais. Esses diz que diz que de aldeia, toda essa mesquinharia que representa a vida social não tem, para mim, a menor importância. Sou, sem vaidade, um homem superior, tanto assim que, tendo lido ontem aquele telegrama dos Estados Unidos, achei que devia sindicar bem do que se tratava, porque esse caso parece ligado, muito de perto, à minha família...

E depois de reenxugar a careca, onde novas bolhas d'água se formavam:

– Eu sou viúvo. Tenho vários filhos. Um deles, vamos ser francos, não é meu filho. Criei-o, mesmo depois de sabida a verdade, por uma questão de humanidade. Eu acho que uma criança não tem culpa dos erros dos pais. O senhor não concorda?

– Concordo.

– Foi o que pensei. Deixei o rapaz em casa. Afinal de contas, ele era da família, era filho de minha senhora...

E passou o lenço aberto pelo crânio augusto.

– Minha senhora podia ter muitos defeitos, mas pelo menos era sincera. O senhor sabe que as mulheres pelam-se por uma mentirinha. Pois a minha não. Preferia apanhar, mas dizia a verdade... Foi ela mesma quem me contou o caso do Celso. Eu desconfiava de um vizinho. Naquele tempo eu tinha ideias muito atrasadas e cheguei a falar até em tiro. Foi aí que ela achou melhor ser franca. E disse que tinha sido um americano, que pouco depois embarcou para os Estados Unidos. Como eu não podia fazer mais nada, e como minha senhora estava sinceramente arrependida, ficou o caso por isso mesmo. Aceitei o rapaz. Pois olhe: não me arrependo. É um exce-

143

lente amigo, trata-me como pai, ignora mesmo o caso do americano. Eu nem sei mesmo como lhe contar a verdade. É um rapaz tão sensível... Mas não tenho dúvida de que foi ele... O telegrama diz que foi há trinta anos e o meu... e o meu filho tem exatamente essa idade...

– Mas como argumento perante os tribunais, essa coincidência prova muito pouco...

– Sim, reconheço. Mas eu posso promover uma investigação de paternidade. Como já disse, eu não tenho desses preconceitos, sou um cidadão emancipado...

– Mas ficaria caríssimo...

– Eu tenho o dinheiro para mover o processo. Posso emprestá-lo ao rapaz, que me pagará depois, ao embolsar os cobres...

E depois de uma pausa embaraçada:

– O diabo é convencer o rapaz...

Contemplei-o longamente. Se eu fosse romancista ou psicólogo, se não tivesse que bater em quinze minutos o editorial daquela tarde, eu conservaria por mais tempo aquele exemplar imprevisto de homem, um desses tipos que só os acasos da vida de jornal nos botam na frente. Mas da oficina já haviam reclamado. E, encarnando por um momento a moral ofendida de toda uma pequena burguesia, falei:

– Eu não sei se o amigo já notou que está tomando o meu tempo...

– Ah! perdão...

– Sim, eu não tenho nada com as poucas-vergonhas de sua vida particular.

O homem se ergueu:

– Mas o cavalheiro está me ofendendo!

– Ofendendo, uma ova! O senhor pensa que, por dirigir um jornal governista, eu sou obrigado a aturar todas as misérias, a receber quanto patife e quanto pulha existe na terra?

144

– Mas...

– Olhe, meu amigo, procure um advogado, prove que o homem é o pai do seu filho, encha-se de dinheiro e sinta-se feliz de ter perdido a mulher...

– Mas... mas...

– Sim. É uma boca de menos... E vá para o raio que o parta!

O homem foi.

Fiquei a rir sozinho. Pela primeira vez, com meu temperamento frio e fleumático, assumia posição tão teatral, fazendo frases indignadas, quando não estava, por forma alguma, irritado. Fora só o gosto de medir até que ponto chegava a flexibilidade de espinha daquele indivíduo francamente *sui generis*. Mesmo porque, afinal, não se podia tratar senão de um idiota ou de um louco. Que os filhos, que as mulheres viessem, está certo... Mas os maridos... Além disso, o jornal nada tinha com o caso. Tomasse um advogado, que se defendesse como quisesse... Mas procurar um jornal, era até perigoso. Enfim, como na vida há mais inverossímeis do que na arte, ele existia, o homem acontecera.

E, com medo de nova interrupção, atirei-me à máquina e escrevi rapidamente três páginas cerradas sobre a valorização do café.

* * *

À noite telefonaram-me para casa.

– Você está só?

– Estou.

– Aqui é a Lupe...

– Conheci pela voz. O que há?

– Eu queria falar muito com você.

– Pois não. Quer que apareça por aí?

– Não. O melhor é eu mesma ir à sua casa.

– Então, disponha.

E Lupe Velela dos Santos, D. Lupe, aliás, apareceu.

– Você vai achar esquisitíssima esta minha visita...

– Ora, por quê?

– Sim. Não tem propósito. Onde se viu uma senhora da minha idade bater a estas horas no apartamento de um rapaz solteiro...

– A honra é toda minha...

– Mas não se engalane todo... – fez ela bem-humorada. – Eu sou de família.

– Nunca o duvidei...

– Olhe, Lemos, eu queria falar com você sobre um assunto particular... Posso falar?

– Pode confiar em mim.

– Pois bem... Ontem, vendo a *Folha da Tarde*, li um telegrama que me deixou intrigada.

– Já sei. O do milionário americano...

– Como! Então já sabia?

– O jornal é meu... Eu li primeiro...

– Ah! bem... Tinha entendido outra coisa...

Hesitou um segundo.

– Você é amigo meu há muitos anos. É quase meu filho...

– Quer provocar galanteios?

– Quero encurtar o caminho. Você é amigo nosso. E eu quero que você seja franco, mas franco de verdade. Quero que me aconselhe...

– Não percebo – disse eu, modestamente.

– Percebe... Percebe muito bem. Não seja hipócrita. Afinal de contas, nós estamos a sós...

– *Enfin seuls...*

– *Enfin seuls*, no seu apartamento. E, apesar de velha, eu vou me pôr a nu, diante de você.

Tive um estremecimento. Ela sorriu de novo.

– Não se assuste. Não vim propor nenhum sacrifício. Vim pôr-me a nu... moralmente.

— Moralmente ou não, será sempre um prazer para mim.

— Piada de mau gosto, meu caro... E eu tenho pressa. O Fulgêncio foi a uma reunião na Ordem dos Advogados, mas é capaz de voltar cedo. O que eu quero dizer é o seguinte. O... esse caso do americano, eu acho que foi comigo...

— Não diga isso, D. Lupe. É um telegrama de Havas. Vem dos Estados Unidos... Ninguém...

— Pois é isso mesmo. Ou muito me engano, ou o herdeiro desse americano excêntrico é o... é o...

— Diga...

— O Fulgencinho...

Recuei horrorizado.

— Eu sou cínica, não sou?

— Ora, D. Lupe...

Ela sorriu.

— A gente precisa às vezes ter a coragem de ser honesta, de ser sincera. Confessar que se tem ou se teve um amante, é coisa nem sempre comum, mas que não devia ser humilhante, você não acha?

Olhou-me firme.

— Você conhece, em sociedade, mulher que não tenha enganado o marido?

Não respondi.

— Vamos. Responda.

— Eu ando tão atarefado, tão afastado desse meio... Não saio do jornal...

— Olha o santinho... Então vamos a uma pergunta menos escabrosa. Conhece marido que não tenha enganado a mulher? O meu, com certeza...

Sorrimos. D. Lupe continuou.

— Agora mesmo ele deve estar na Ordem dos Advogados. Sabe onde é? Num apartamento na Praça Júlio

Mesquita. Uma francesinha muito à toa, muito feia, muito porca... Sim, até porca... Eu não me incomodo. Sei tudo e não digo nada. Assim, pelo menos, ele não me caceteia muito. O único inconveniente é que ela é um sorvedouro de dinheiro... Mas isso não vem ao caso.

– De fato...

D. Lupe pediu-me um cigarro.

– Quer um uísque?

– Bem gelado, sim?

Sorveu os primeiros goles.

– Ótimo! Mas eu vou contar tudo como realmente se passou. Pelo telegrama você viu que a coisa foi em 1899, não foi? Eu estou ficando velha...

– Não diga isso. A mulher tem a idade que aparenta...

– 60? 70?

Ia dizer 35, mas D. Lupe não deixou.

– Eu vim ao seu apartamento, não para ouvir galanteios extemporâneos e forçados... Vim me aconselhar. Ouça lá. Nesse ano, eu estava em Santos fazendo uma temporada de banhos. O Fulgêncio estava no interior, às voltas com a safra de café. No nosso hotel apareceu um americano bonito, simpático, falando muito pouco de Português, que começou a se engraçar comigo. Estava de passagem. A princípio não dei muita importância. Mas ele foi se chegando, foi se fazendo de camarada, foi me conquistando a simpatia. Fazíamos excursões juntos, com outras pessoas do hotel. Começamos a beber juntos. Você sabe que eu sou muito fraca para bebida. Sobe logo... E o fato é que, uma noite... bem... os detalhes não têm importância...

– Conte.. conte...

– Não. Isso não interessa. Foi há tanto tempo, que eu não me lembro bem dos detalhes. Nem eu estava mesmo muito interessada por ele. Basta dizer que nem guardei o nome direito. Mas a verdade é que sempre achei que o Fulgencinho datava dessa temporada, ou melhor, foi dessa temporada. Fulgêncio aparecia aos domingos, mas eu sempre desconfiei que o garoto era do outro. Até o tipo é diferente. Não tem nada de comum com os irmãos. Você não notou que ele tem um jeitão de americano? Aqueles ombros, aquele ar corado, essa mania de ir para os Estados Unidos, de mascar chiclete, de andar de chapéu dentro de casa? Para mim, é a voz do sangue, não acha?

– Tudo é possível..

D. Lupe virou o resto do uísque.

– Me dá outra dose. Isto, sim, é uísque. Ponha bastante gelo.

Obedeci.

– À saúde.

– À sua.

Olhou no relógio.

– Nossa Senhora! Nove e meia! Imagine se a francesinha despacha o coronel mais cedo! Se o Fulgêncio não me encontra, é desaforo o resto da noite...

– Ainda?

– O quê? Eu não sou tão velha assim. Ainda posso provocar ciúmes. Calcule o que não pensaria o Fulgêncio se soubesse que eu estive aqui no seu apartamento. Inda mais no seu, com a fama de pirata que você tem...

– Bondade...

– Santinho! Pensa que ninguém lhe conhece as aventuras?

Mas, recaindo em si:

– Não leve a mal. Caduquice de velha. Memórias da juventude... Eu vim aqui tratar de negócios. Olhe, diga com franqueza. Você acha que eu devo fazer alguma coisa? Além de tudo, você é também advogado...

– Eu acho um pouco imprudente, franqueza... Com a sua situação social, com a sua família... Seria um escândalo. O próprio Fulgencinho não iria gostar.

149

– Ah! naturalmente... Mas, ou ele não é meu filho, ou acabaria se conformando. Olhe que cinco milhões de dólares não são cinco mil-réis, são cinco milhões de dólares!! Que uísque, rapaz! O uísque foi sempre a minha perdição. Foi com meia garrafa que o raio do americano me fez perder a cabeça... E naquele tempo eu era mais forte... mais moça. Hoje, sou um mulambo velho que ninguém mais deseja...

– Não diga isso, D. Lupe.

– Isso, me chame de dona... O "dona" me põe logo na linha.

E, emborcando o terceiro copázio, dessa vez generosamente dosado:

– Como é, menino, o que é que você me aconselha?

Eu, sinceramente, não sabia o que dizer. Era o cúmulo vir aquela senhora, afinal respeitável, pedir-me que a orientasse numa situação tão escabrosa. Isso era lá com ela, com o marido, com o filho, com o diabo, menos comigo. Quando o escândalo rebentasse, mesmo com os cinco milhões, se eles viessem e se existissem, seria um terremoto de ridículo sobre meio mundo. Os jornais gozariam. Se a coisa falhasse, então, nem se fala. Nisso, uma ideia luminosa me ocorreu.

– Quando foi a coisa... D. Lupe?

– Em fins de 1899...

– A senhora me disse que ele estava de passagem?

– Sim. Foi questão de uns dez dias.

– Viu-o depois alguma vez?

– Não. Nunca mais.

– Ele soube do... do Fulgencinho?

– Não sei. Por mim, pelo menos, não. Só dois meses depois foi que eu tive certeza...

– Então talvez não seja o garoto a que o telegrama se refere...

D. Lupe estava no quarto uísque, desta vez sem soda, mas compreendeu...

150

– É verdade... Eu não tinha pensado nisso. Então deve ter sido com outra.

– É possível.

– Sem-vergonha!

E depois de mais algumas doses e de mais algumas palavras, dando-me uma pancadinha amiga no rosto, já ao sair:

– Você está vendo? É por isso que eu digo que homem não presta... Até americano... São que nem brasileiro mesmo. Uma corja!

* * *

No jornal precisei dar ordens terminantes. Não receberia mais herdeiro algum. Porque era um dilúvio deles. Nunca pensei que fosse possível apurar tanto candidato... Chegavam cartas do Rio, dos estados, do interior. Naturalmente nem todas tinham a certeza, a sinceridade, ou o cinismo daqueles primeiros casos. Gente mais discreta. Pedindo melhores informações. Indagando quem seria realmente Harry Billinger. Onde estivera. Se não deixara indicações mais precisas. Se não dissera em que cidade. Eram centenas. O secretário quis mesmo explorar a coisa às direitas, abrir uma seção, antegozando, maldosamente, o espetáculo. Houve casos mesmo de senhoras absolutamente honestas, segundo todos os indícios, ou de filhos de senhoras que o tinham sido toda a vida, mas que não hesitavam em se candidatar. Não fossem os compromissos com o governo, não se tratasse de jornal sério, de títulos em letra miúda, e que dispensava, pelo auxílio oficial, aquele recurso, o caso teria sido um Panamá de venda avulsa. Mas tudo subiu a tal ponto que resolvi sindicar. E com surpresa descobri que o telegrama era uma simples "barriga". Fora pilhéria do Caldas, pilhéria bem dele, num momento de vadiação. Caldas era especialista nessas pequeninas perversidades. E como os candidatos se avolumassem, como eu já estivesse caceteado com o assunto, resolvi criar novo telegrama – Nova Iorque, tanto de tanto, agência tal e tal – dando novos pormenores e explicando que o filho de Harry Billinger era argentino e não brasileiro. Que toda a Argentina se candidatasse!

Fiz aquilo com pena. Era uma ducha de água fria em tantos sonhos exaltados, desilusão definitiva para o meu amigo emancipado, para a mãe do Fernando, principalmente para o Fortunato... Ninguém mais do que ele merecia a herança. Mulher doente, filho paralítico, onze horas de trabalho por dia, 200 bagarotes por mês, e louro, tão louro, coitado!...

O FANTASMAGÓRICO COMO SUBVERSÃO DA REALIDADE

UM NÚMERO DE TELEFONE*

Sobre a mesa o aparelho. Negro, o disco ao centro, algarismos nos pequenos círculos. Entre eles, seis. Os do seu telefone. Havia outras combinações. Milhares. Uma, podia, devia, precisava conhecer. Mas imbecil havia sido. Em vez de pedir um número, dera o seu. Podia ter na ponta do indicador os números mágicos. Mas tivera aquela crise de estupidez. E em lugar de arrebatar o que assumia agora proporções de mistério indecifrável, limitara-se, num tolo narcisismo, a entregar a outra pessoa a chave do seu próprio futuro. Ficava a depender dos caprichos de uma outra vontade, de circunstâncias estranhas, dos imponderáveis de uma vida que não conhecia. Tivesse nas mãos o "outro" número, talvez já estaria liberto. Chamaria ou não. Continuaria ou não. Decidiria. Questão de erguer o fone, discar, desistir, se quisesse, antes de o outro lado responder. Dar-se ao luxo de não pensar mais. Porque bastaria chamar. Vontade sua, arbítrio seu. Mas não. Faltava-lhe "o" número. Alguém tinha o seu. Com vontade própria, arbítrio pessoal. Que viria ou não. Chamaria ou não. Que não chamara. Que todo o longo dia não chamara.

---

* In: *10 contos escolhidos*. Brasília: Horizonte; INL, 1984.

A princípio, ao madrugar no escritório, estava apenas alvoroçado. Uma aventura a mais, uma aventura a menos. Pouco mais que uma anedota. Mas o telefone chamou e era um recado para a secretária. Tilintou novamente e a família de um assassino bem ia mandar pagamento por conta. Tocou, de novo, e era engano. Soou, vibrante, e não se ouviu, do outro lado, a voz que aliás não conhecia. Só agora tomava consciência desse novo detalhe. Não conhecia, não reconheceria a voz, mistério a crescer. Podia ser igual, por exemplo, à daquela secretária de um colega seu. Acabava de soar. Mas não. Colega mesmo. Secretária de colega mesmo. Aparecida. Maria Aparecida... Ah, e não sabia o nome. Nem sequer o nome... Nem o nome nem o telefone. O vazio a se alargar. E uma sensação de isolamento, pela primeira vez insulado e sem apoio. Como náufrago no vasto mar, sem barco à vista. E angústia a subir. Nervosismo. Já não uma aventura a mais ou a menos. Agora a necessidade, a dependência. E a inércia, a passividade, as mãos atadas...

Tentativa de reação:

– Vou tomar um café. Se me chamarem, volto em quinze minutos.

Já no corredor, o tilintar enervante. Audiência na quinta vara, às dezesseis horas... De novo, rumo ao elevador. E se o telefone chamasse nesse meio-tempo? E se a sua ausência parecesse, para o outro lado da linha, um apelo ao bom-senso, à prudência, como se a voz do destino aconselhasse alguém a não chamar outra vez?

– Desistiu do café, doutor?

– Sim. Estou com muito trabalho.

– Quer que peça pelo telefone?

– Esqueça o telefone. Café anda me irritando os nervos...

Olhos sem entender. Estranheza no ar. Como fora tão burro? Por que tão covarde? Como fizera a loucura de entregar seu destino a mãos estranhas, a uma vida apenas vislumbrada, não sabia qual, nem quem, nem onde, nem como, nem quando? Quando aquelas mãos resolveriam tomar o aparelho, do outro lado, e onde? Que vontade havia atrás daquelas mãos, que circunstâncias, que ao-redor, que não vontade?

E o dia passara, telefone tocando, clientela esquecida, audiência abandonada, angústia ganhando força de onda em manhã de ressaca. E três e quatro e cinco e seis horas, no escritório só ele, ele e a espera, ele e o irremediável da espera!

    – Heraldo, isto são horas de chegar?
    – É tarde assim?
    – Nove horas. A cozinheira está uma fera!
    – Estive ocupadíssimo no escritório!
    – Custava telefonar avisando?
    – Eu tenho horror a telefone!

Perguntas no silêncio dos auxiliares. Curiosidade, espanto, imaginação a ferver. Resolvera reagir. À noite decidira que, no dia seguinte, só iria ao escritório pelas três da tarde. Mas não resistiu. Quando se deu conta, abria a porta, o primeiro a chegar. E quando alguém se antecipava em atender, ficava de coração pequenino. Com ele? Com quem? E quem? Rotina, clientes, ligações erradas. Ele, quase sempre. Mas vozes conhecidas, que ouvia impaciente. Assuntos importantes, que tratava apressado. Laconismo. Irritação. Fone caindo com raiva. Saía para o corredor. Voltava a correr. Não ia almoçar. Os dias passando. Telefone chamando. Telefone muralha. A sala transformada em poço, ele no fundo. "Preciso falar com você na segunda-feira!..." "Me dê o seu telefone..." Dera. Apavorado com a esposa, perdida na mesma aglomeração a deixar o cinema. Repetira o número, em voz baixa.

156

E se afastara como um criminoso, vendo a mulher na calçada. Por que fora tão covarde naquela hora e meia em que os dois corpos, lado a lado, se tinham sentido, chamado, afinal se confundindo no mesmo desejo, na mesma procura, no mesmo encontro? Por que não pronunciara palavra, apenas os corpos se descobrindo, se aconchegando, se contagiando? Por que, depois da longa agitação, o coração aos pulos, têmporas batendo, após o primeiro contato das costas da mão, os braços cruzados, com a pele nua do braço no escuro não fugindo, ao sentir a maciez da carne se entregando aos primeiros movimentos de fingindo não querer, quando os dedos trêmulos foram se atrevendo, não lhe disse uma palavra qualquer, que ela parecia esperar? Então não sabia que ela ria alto para comungar com ele das reações diante do filme? Então não sabia, claramente sentido, que o riso, a surpresa, o interesse e o espanto eventuais, da parte dela, eram começo de conversa, ponte baixada para que ele passasse? Bem sabia, mas se intimidara. Sentara-se ao acaso, naquela vaga solitária, a esposa um pouco à frente. Se falasse, ela, talvez, e com certeza os do lado, os de trás, perceberiam o começo de ataque. Sentia-se inibido. Que satisfação devia – estúpido que fora! – a desconhecidos num cinema? Temor de que houvesse atrás, aos lados, algum amigo? E daí? Covarde, hipócrita, cretino! Preferira o silêncio, o movimento matreiro, a caída de corpo, logo ao primeiro contato ocasional, carne encostada, um braço pressionando, um braço resistindo, o braço vindo, o braço voltando, o outro braço no mesmo lugar. A dúvida. A incerteza. A confiança nascendo. A intimidade crescendo oculta, coração papocando. O corpo chamando. E já agora a mão vivendo. E depois do receio, dos intransponíveis momentâneos, a fusão repentina, como se todas as muralhas caíssem, a carne em flor aberta ao seu desejo. De trás, dos lados, quem? Pouco importava. Os mistérios de um corpo como por milagre ao seu alcance, no incrível encontro inesperado. Um filme, a tela, a treva, música. Medo, sim. Mas gosto maior. E comunhão, entrega, posse... O nome? O rosto? A idade? Não sabia. Um sexo. Ele também, apenas sexo. Os corpos se fundindo, menos os corpos que o desejo comum. Desejo, que seria nela anterior, talvez. Nele nascido sem saber por quem, à eletricidade do primeiro encostar sem pensamento. Desejo sem palavras, afogado no desnorteio, rompendo barreira... E na tela todos os problemas se resolvendo em casamento, a luz voltando inesperada, gente se erguendo, poltronas batendo. A seguir, aquela surpresa. Bonita, morena... Quantos anos? Trinta e cinco? Vinte e nove? E povo empurrando, povo pisando, povo com licença, é sábado à tarde, amanhã é domingo. Marília onde está? Marília-me-viu? Marília não-viu? Marília-estranhou-que-eu-não-visse-lugar-ao-seu-lado? Eu-falo? Eu-não-falo? E afinal o telefone murmurado a medo e o afastamento em confusão...

Ah! esperar até segunda-feira e ouvir a voz e continuar, naquela vida inesperada, a fusão de corpos no acaso fundidos...

Obsessão. Tinha de ser. Precisava. De que jeito, meu Deus? Já com o telefone sabia não contar. Sabia ter sido apenas um incidente, um contato, um contágio, nada mais. Esperado, talvez. Talvez desejado. Apenas resposta a um problema eventual. Ela não teria ido ao cinema simplesmente ao encontro do desconhecido, recalque, desajuste, anseio informe, ou nada mais que uma gata no cio? Precisava saber. E a grande revelação final, ao voltar das luzes, picava-lhe a carne. Ah, se a tivesse visto antes! Teria ousado, criaria coragem. Falaria. Outro qualquer teria falado. Ele devia. Ah, se a tivesse visto antes... A imagem voltava, com as memórias da intimidade passageira, afogueando-lhe a alma. Por vezes a imagem fugia. Tentava reconstituir a visão passageira ("me dê o seu telefone"...) Naufrágio maior. Tornava outra vez. Mas com o telefone já não podia contar. Foi quando lhe veio a ideia de que, no sábado seguinte, à tarde, como na semana anterior, ela provavelmente voltaria ao cinema. E dessa vez foi só, antes de iniciada a primeira sessão. Esperou toda a tarde. Ah, lá vem ela! Não era. Será aquela de verde? Ela estava de verde. Não era. Passou a frequentar o cinema. Ficava junto à bilheteria. Entrava. Saía. Nos intervalos, como procurando lugar, percorria a sala. Em vão. Depois, começou a senti-la, adivinhá-la nas ruas. Um corpo aqui, um vestido além, o passo apressado, a desilusão. Onde estaria? Estava em algum lugar... Havia de estar. Viu-a mil vezes. Mil vezes se enganou. Ah! mas é loura! Ah, mas não é ela! E apenas um consolo. Todas as que deviam ser, ficavam muito aquém da beleza real, entrevista já tarde na multidão indiferente a pisar, esbarrar, pedir licença...

Imagem fugindo. Imagem voltando. Telefone de mil vozes, menos a dela. Cidade, ruas, praças de cem mil mulheres que não ela. Uma, duas, três, várias semanas. Imagem fugindo, imagem voltando. O escritório abandonado. A família perplexa. E aquele sexo a abrasar-lhe o sangue, como um comando em sua vida. Voltar ao cinema. Percorrer o bairro. O olhar entrando nos prédios. O olhar devorando mulheres. O mundo com tantas! E a sem-nome, a sem-telefone, a sem-destino, a seu-destino, a seu tormento, nunca mais voltando!

– Hoje eu tenho certeza! Hoje vou encontrá-la! Hoje vai ser! É hoje! Mas onde? Certa era apenas aquela certeza. Lá vão três mulheres! Uma há de ser ela! Passo acelerado. Eram louras... Lá vem outra! É morena... Ainda não é ela, porém. Mas agora tinha certeza. Aquele era o dia marcado pelo destino. O encontro de um mês antes não podia ser capricho do acaso. Havia destino traçado. Ela voltaria. Mesmo sem o saber. Mesmo sem querer. Mesmo sem telefonar. Talvez querendo... Não poderia ter ouvido mal o seu número? Mulher tem uma capacidade especial para gravar números de telefone e de automóvel. Mas no açodamento da saída talvez ela não tivesse ouvido bem. Quantas vezes não teria ligado para o número suposto? Quanta decepção, que desespero, talvez, da parte dela também? Agora sabia. O destino estivera brincando. E ela o procurava igualmente. Mas hoje – hoje! – o destino os juntaria de novo em algum lugar. E por que não no seu prédio? Por que não no edifício onde tinha escritório? Mas não era natural que fosse naquele edifício, no seu edifício? Olhou desvairado. Onde estava? Sim, na sua rua. O escritório ficava ali perto, na esquina. E ela, ou ia chegar, ou tinha subido e já ia descer. Sim, bastava esperá-la na portaria. Ficaria observando. Quem entrava. Quem saía. Estugou o passo. Tempo não podia perder. Era aquele, aquele o momento decisivo. Um elevador descia. Olhou ansioso. A porta se abriu. Três homens saíram. Três homens barbados. Coincidência... Ela, ainda não. Mas lá vinha outro elevador, quatro no prédio... Porta aberta. Três homens de novo. Três homens sem barba. Ela ainda não. Mas já homens sem barba. Ela não tinha barba. Outro elevador. Um passageiro só. Homem. Sem barba. Ela era uma só e sem barba. Estava se aproximando. Estava chegando. Estava ficando quente. Ela subira pouco antes e já ia descer. O primeiro elevador retornava. Ainda não ela. Mas já mulher. Loura. Desce o quarto elevador novamente. Mulher outra vez. Uma só. E já morena...

Sentiu uma vertigem. Apoiou-se a um desconhecido. Mais um elevador. Tinha de ser ela, só podia ser!

ROTEIRO DE FORTALEZA*

O avião levara quase vinte minutos sobrevoando o Aeroporto Lagoa Santa. Nuvens baixas o encobriam, o tempo assustava, cruzáramos, meia hora antes, um temporal dos mais pesados. Afinal baixamos, num voo sereno. Alguns não ocultavam o nervosismo.

– Quase fomos, hein?

Dias antes, naquela mesma rota, um avião se espatifara. A larga publicidade em torno do desastre contribuíra para o nervosismo geral. Ganhamos a base, onde um mau café foi servido. Senhoras de embarque próximo conversavam de olhos vermelhos com parentes que ficavam. Aviões novos chegavam, novos aviões erguiam voo, alto-falante a convocar tripulantes e passageiros. Olás alegres, adeuses amáveis, abraços...

– Escreva, hein?

E a espera natural pelo nosso chamado. Mas saiu um avião para o Sul, partiu outro para o Norte, novos passageiros foram convocados, mais um avião levantou voo, continuava intenso o movimento de gente chegando e partindo, de malas e de até-a-vistas.

– Como é!? E o nosso não sai?

---

* In: *16 de Orígenes Lessa*. Rio de Janeiro: Tecnoprint, 1976.

Realmente, mais de uma hora passara.

– Não sai o nosso? – perguntou outra voz.

Gente olhava relógio. Dona Zaíra, que em hora e meia de voo ficara conhecida no avião inteiro – pois carregava dois filhinhos, um dos quais dormira ao colo de mais de um companheiro desconhecido – já esquentara mamadeira, já alimentara os filhos, já estava pronta para repartir comigo ou com aquele comprador de gado, parte da carga que o marido lhe confiara no Aeroporto Santos Dumont.

Começamos a estranhar. Alguém foi ao representante da Companhia.

– A gente sai ou não sai?

O homem engrolou uma desculpa qualquer, o Pedrinho – era o mais velho dos garotos – levou um tombo, chamaram-se os passageiros da Nab para o Rio, um mais irritado falou em voz alta:

– Que negócio é esse? Estão brincando conosco? Eu tenho hora certa de chegar a Fortaleza!

– Ainda não veio ordem de partir – explicou o agente. – Estamos esperando confirmação do tempo.

Todos se recordavam dos sustos recentes, mas a explicação passou a ser discutida.

– Como é que estão saindo os outros? Já partiram pelo menos dez...

– Sim, mas há teto zero na Lapa. Sem ordem, o avião não pode seguir. Estamos aguardando informações. É no interesse de todos.

Não era difícil concordar. Somente um sujeitinho magrinho, que viajara num banco ao meu lado, tossindo abafado, todo metido em capotes e agasalhos, falou pela primeira vez, desde que deixáramos o Rio:

– Isso é desculpa! Isso é falta de consideração com os passageiros. Tempo mau não é pretexto para não sair, com os recursos que hoje tem a aviação.

– Lá isso é verdade – confirmou o outro. – Com o rádio, com a organização de terra, com todos esses instrumentos de controle, as condições atmosféricas influem muito pouco...

Nova onda de descontentamento nos tomou. Dona Zaíra já fazia os cálculos. Chegaria em Fortaleza só pela tardinha, a viagem ia ser um martírio com as crianças.

– Até agora eles vieram dormindo porque foram acordados às três da manhã. Mas de agora em diante ninguém pode com eles...

O que era motivo de particular apreensão para todos, porque o Pedrinho já deixara marcas físicas de sua inconsciência infantil em mais de um colo.

– Como é, comandante?

O piloto fez o ar vago e amável de quem não podia tomar decisões por conta própria.

– Temos de esperar...

Carros chegavam de Belo Horizonte, carros voltavam, e tempo corria. Alguém olhou o relógio, mais uma vez.

– Estão vendo? Uma hora e quarenta e cinco de espera! Já devíamos ter saído há hora e meia.

– É abuso! – bradou ao fundo de uma cadeira de vime o homem da tosse. – Isso é uma pouca-vergonha!

– Bem – disse uma voz qualquer de bom-senso. – Se o avião não parte, algum perigo pode haver. Antes assim...

– Que perigo? – disse o homem, tossindo. – Qual perigo, qual nada! Relaxamento! Essa Companhia é assim mesmo! Nunca mais viajo nela. Pouca-vergonha!

E olhava, com ar provocante, do fundo de sua inutilidade física, o piloto ali perto, que fingia não ouvir.

– Ou pouca-vergonha, ou incompetência – insistiu o homem. – Eu não compreendo aviador medroso. Quem tem medo, fica em terra...

E parou para tossir longamente.

– Continua o mau tempo? – perguntou uma senhora ao aeromoço.

– Parece que sim, madame. Mas é preciso compreender... É no interesse dos próprios passageiros...

– Claro – confirmou ela, indo atrás do Pedrinho, que acabava de perder o equilíbrio e chorava com o joelho esfolado.

Depois, começaram a correr novos rumores. Alguém ouvira o piloto a conversar com um mecânico. Parece que houvera pane no motor. Outro notou que, de fato, havia vários mecânicos em trabalho, à volta do avião, a caixa do motor aberta.

Dividiram-se então os passageiros. Uns a aplaudir a precaução da Companhia, outros a concordar com a precaução, mas a reclamar contra o atraso, a falar em indenização, a queixar-se contra os prejuízos que iam ter, a ameaçar de, para o futuro, dar preferência a outras linhas.

Foi então que vi o homenzinho da tosse erguer-se, brilho estranho nos olhos, espiar os mecânicos a trabalhar lá fora, com animado interesse, e dirigir-se ao piloto, em tom amigo:

– Pelo que eu vejo, nós não saímos hoje...

O piloto não se irritou:

– Há cuidados que interessam a todos...

O homenzinho tossiu:

– Eu vou para a imprensa. Vou reclamar. Toda a vida eu viajei de avião, nunca tive dificuldade. Foi ter a ideia cretina de viajar nesta linha, é essa história. Afinal de contas, a gente toma avião porque tem pressa. Do contrário viajava até de carro de boi, que é mais seguro. Eu tenho compromissos em Fortaleza. Eu preciso chegar hoje. É quase meio-dia. Estamos aqui desde nove horas – e tossiu – desde nove horas... É demais... E os senhores enganando a gente... Primeiro, essa história de mau tempo. Se fosse mau tempo, os outros aviões não saíam. Agora, estão inventando essa história de pane no motor...

– Mas ninguém falou em pane... – disse o comandante.

– É o que estão dizendo...

– São palpites...

– E como é que os mecânicos estão lá? – desafiou o homem.

– Enquanto não se parte, aproveita-se o tempo para um exame melhor do motor – disse o piloto, esquivando-se.

– Quer dizer que "não há nada"?

– Nada.

– Então "por que não partimos"?

– O cavalheiro está exaltado – disse pacientemente o piloto.

– Então "por que não partimos"? Por que "não saímos já"?

Ele parecia interessado em partir a todo transe, excitado, e a excitação parecia ter vindo com o espetáculo dos mecânicos em trabalho.

– Por que "não partimos já"?

Alguém veio chamar, o piloto teve prazer em se afastar. Aí o homem se voltou para nós.

– Pane coisa nenhuma! Nem pane nem mau tempo! Esses aviões são revisados no Rio. É apenas falta de consideração com os passageiros!

Tão desarrazoado era o seu ponto de vista que ninguém lhe prestou atenção. Todos estavam muito mais inclinados a acreditar na pane e justamente, apesar da contrariedade e do prejuízo, recebiam de bom gosto a ideia de esperar e de aguardar maior segurança. Só ele teimava em "não acreditar". E reclamava sempre, embora sem eco.

– Duas horas perdidas! Três horas perdidas! Falta de atenção! Falta de consideração com os passageiros!

– Pelo contrário – disse uma senhora gorda, que regressava a Juazeiro, do outro lado de Petrolina. – Pelo contrário! É até zelo pela segurança de todos...

O homenzinho teve um riso amargo.

– Segurança... Isso é literatura! Então um avião que saiu do Rio não foi antes inteiramente revisado? Então podia ter acontecido alguma coisa numa hora e meia de voo? Então o senhor acha que aquele temporalzinho ia influir? – (E só então me lembrei de haver notado, no meu susto durante o temporal, a estranha transfiguração do seu rosto, um jeito masoquista de gosto, ao acompanhar os relâmpagos fora e as bruscas descaídas do avião). – Podia influir? Qual nada! É o que eu digo. Falta de consideração. Falta de respeito pelos horários... Companhia desorganizada... Isso é que é a verdade... O mais é história... E essa brincadeira de segurança... Segurança... Segurança pros trouxas! Isso tudo é coisa muito relativa. Ninguém viaja de avião por acreditar em segurança... Viaja porque tem mais o que fazer... porque tem pressa... – (E tossia, os olhos febris.) – Quem não tem pressa, quem quer segurança, não viaja de avião, vai de trem, vai a pé...

– Mas ninguém está querendo morrer, ora essa!

O homenzinho estremeceu.

– Está certo. Mas quem entra num avião está por tudo, desde que tenha a compensação da velocidade, de chegar antes, de não perder tempo...

O grupo se dispersou, ele sentou-se exausto na cadeira, aconchegando o sobretudo, mãos muito trêmulas.

– Vai a Fortaleza? – perguntei.

– Vou.

– A negócios?

Ele me encarou, com os olhos brilhantes.

– Claro!

* * *

De fato, não seguimos aquele dia. Mas somente pelas duas horas da tarde nos despacharam rumo a Belo Horizonte. Insistia a Companhia em dizer que o tempo continuava mau e só no dia seguinte continuaríamos a viagem. O cansaço da espera e a fome devoradora nos fizeram aceitar facilmente a decisão. Já todo mundo preferia conhecer a cidade, a uma hora de automóvel de Lagoa Santa. Somente o meu homenzinho protestou, esbravejou, disse que comprara passagem para chegar a Fortaleza aquele dia e seguiria, seguiria de qualquer maneira, nem que fosse o único passageiro. Que não era covarde, que não tinha medo, que tinha pressa, "que tinha direito"!

– A Companhia tem obrigação de me levar hoje a Fortaleza!

Procuraram acalmá-lo – a tosse era o melhor calmante... – ele acabou entrando num automóvel, a viagem foi rápida, aos trambolhões na estrada má.

Penetramos no hotel cobertos de poeira. Quartos havia poucos. Os passageiros eram distribuídos aos dois e três pelos apartamentos e peças que sobravam. Quando me indicaram o meu, vi que teria como companheiro aquele estranho personagem, a resmungar e tossir numa larga poltrona. Dirigimo-nos para o elevador.

– Deixe que eu lhe levo a mala.

– Quem devia fazer isso era o empregado do hotel – resmungou ele, me passando a mala. – Este Brasil é assim...

O quarto era pequeno. Larguei as malas, pensei logo num banho.

– Pouca-vergonha! Isto algum dia foi hotel? Tão grande por fora, tão mesquinho por dentro. Veja isto, veja o acabamento... Tudo ordinário. Brasileiro não tem noção de conforto. Não podiam fazer quartos maiores, mais claros? Olhe o material das janelas, as ferramentas, a madeira vagabunda. Tamanho ele tem. Conforto, quedê? Nós ainda estamos na Idade da Pedra!

Despi-me, fui ao chuveiro.

– Tem água? – perguntou com a amargura de sempre.

Mas o simples barulho da água a cair, gostosa, respondia por mim. Vesti-me de novo.

– Vai sair?

– Quero descansar um pouco – disse ele, já estendido na cama.

– Vou comer por aí, dar uma volta pela cidade. Precisa de alguma coisa?

– Obrigado.

– Então até logo.

E saí, enquanto o ouvia resmungar ainda:

– Companhia vagabunda!

Ao regressar, pelas dez horas da noite, lembrei-me de entrar num barzinho fronteiro. Calor intenso. Uma cerveja não faria mal. A uma das mesas vi o meu companheiro. Fez-me um gesto. Acerquei-me. Ele devia estar na segunda ou terceira cerveja, o que me parecia incompatível com o seu estado de saúde.

– Passeou bastante?

– Corri a cidade inteira. Está linda. E como estão construindo! É o mesmo delírio do Rio e de São Paulo. Estão construindo até um prédio de 30 andares...

– Estupidez!

Meu entusiasmo esfriou, ordenei uma cerveja. E a ver se estabelecia ponte para uma conversação que me parecia impossível:

– Então... vai a negócios?

Ligeiramente alto pela cerveja tomada, o meu homem sorriu:

– Vou... Um negócio de vida ou de morte...

– Sério assim?

– Demais!

E ficou me olhando, com um sorriso que estava agora somente nos olhos brilhantes como nunca.

— O senhor é medroso?

— Eu? Ora essa!

— Se impressiona facilmente?

— Não muito.

Seus olhinhos cintilantes me examinaram.

— Quer saber qual o meu negócio?

— Se deseja contar, com muito gosto.

E tomando o meu copo:

— Saúde...

Ele esboçou um sorriso.

— Não tenho mais... Nem vou ter... Meu negócio é esse...

— Vai em busca de ares?

— Meu negócio está no ar...

Queria brincar comigo? Vendia aviões? A segunda foi a pergunta que formulei, só para desfazer as reticências que ele armava com evidente desejo de intrigar.

— Vender aviões? Pobre de mim! Eu sou um vencido em todos os sentidos. Não tenho coisa nenhuma. Estou no fim. Tenho um, dois meses de vida no máximo. E é por isso que viajo. Para ver se salvo minha família. Deixo viúva e três filhos. Viúva e três filhos na miséria. O mais velho tem quatro anos.

Um indizível mal-estar me tomou.

— Quer trabalhar até o fim?

— Trabalhar... Deixei o emprego para me tratar há um ano. Fui deixado, para ser exato... E recebo, do meu I.A.P., para sustentar mulher e filhos e para tratar da minha tuberculose... — nada menos que esta maravilha: quatrocentos e trinta e quatro cruzeiros e sessenta centavos... Dá?

— Parece que não...

— Pois é o que eu recebo... Quando eu morrer, minha mulher, depois de alguns meses de demarches, de estúpidas esperas, receberá isso ou menos ainda... Quer dizer que continuará a fome em casa – não temos parentes – e que ela e meus filhos acabarão como eu, tuberculosos. Com esse dinheiro, ela nem quarto conseguirá...

– Mas não poderá trabalhar?

– Com três filhos, o mais velho de quatro anos? E fazer o quê? Ela tem educação comum de brasileira, não tem habilitações especiais. É a fome. A menos que se prostitua...

E com frieza de raciocínio:

– O que nem sequer seria possível, porque está acabada, coitada. Mesmo que ela fosse capaz disso, não teria futuro. O senhor não bebe?

– Bebo, sim.

E emborquei novo copo.

– É por isso, prevendo tudo, desesperado, que eu não tenho sossego.

– O senhor não tem seguro?

– Brasileiro lá se lembra de fazer seguro? Eu cheguei até a pensar em pedir a um amigo que se apresentasse por mim a uma companhia de seguros – um amigo com saúde – dando o meu nome, assinando por mim, para tapear a companhia e salvar os meus. Mas é perigoso, ninguém quer se arriscar... E nem é tão fácil assim... Foi por isso que eu comecei a viajar de avião.

Julguei entender, mas não quis, estremecendo.

– Com que fim?

– É simples. Sabe qual é o seguro pago em desastre de aviação? Cem contos. Não é muita coisa. Uma vida vale mais. As coisas estão caríssimas! Mas sempre seria uma ajuda... Eu não tenho outra solução. Comprar bilhete de loteria, seria besteira. Comprei-os a vida inteira e nunca peguei nem final. Trabalhar e enriquecer de repente, já seria impossível. Seguro não posso fazer. Parentes não tenho, nem ricos nem pobres, a não ser os que deixo na miséria. Foi quando, lendo há três meses a notícia de um desastre pavoroso de aviação, me veio a ideia... E desde então, tudo o que tenho em casa é vendido pra comprar passagens de avião... Já vi quase o Brasil inteiro. Vendi rádio, refrigerador, joias... (Nós tínhamos uma vida razoável, antes da minha doença.) Minha mulher até agora não entendeu bem o que está acontecendo comigo. Para cada viagem fica mais difícil a explicação, contra cada viagem ela protesta com mais veemência. Como eu a habituei, porém, desde o começo, a não discutir muito as minhas resoluções, ela se limita a ficar chorando, desamparada, sem saber o que é para o bem dela e das crianças... O senhor sabe que esse trecho Rio-Belo Horizonte é dos mais arriscados. (Leu o desastre da semana passada?) Pois eu já fiz seis vezes, de ida e volta, essa viagem.

– Quer dizer que o senhor está viajando...

– Para ver se morro...

Emborcamos, em silêncio, novos copos. Eu estava gelado.

– Está horrorizado comigo?

– Não... Não... Que ideia...

– Foi por isso que eu perguntei se o senhor não era impressionável... Garanto que amanhã o senhor não segue para o Norte...

– Ora! Pelo contrário... Mas agora é que estou compreendendo o seu olhar, durante a tempestade... a sua insistência no aeroporto...

Ele sorriu.

– Eu sou pesado... Nunca peguei nem final na loteria... Lembra-se do último desastre? Pois eu estava de viagem marcada naquele avião...

– Que sorte!

– Que sorte? Que azar! Na véspera tive uma hemoptise... Tive de cancelar a viagem... E quando pude embarcar, fiz um voo fabuloso... Sou um pesado, um pesado...

Já me aconteceu duas vezes isso: perder viagem que ia ter desastre...

– Mas o senhor não pensa nos outros passageiros?

– Como assim?

– Nos outros, que podem morrer junto?

– Ora essa! Não sou eu que provoco o desastre!

– Sim, concordo... Mas desejando tanto desaparecer, não o preocupam as outras vidas, que acabarão também?

Ele era frio de raciocínio.

– Eu viajo com a consciência limpa. Não suborno os mecânicos da Companhia... Não mexo no motor... Não contribuo para o desastre. Apenas espero...

– Apenas deseja...

– Desejo, sim. Mas passivamente. Se ele vier, fico muito feliz. Mas os desastres acontecem por conta própria, por outros motivos. Eles acontecem sempre. É a fatalidade, é o destino. Eu tive alguma coisa com aquele desastre de ontem nos Estados Unidos? Morreram quarenta pessoas. Era destino...

E depois de uma pausa, pensando alto:

– Lá o seguro deve ser melhor... e é pago em dólar...

Começava a me irritar aquela ave de mau agouro:

– Mas o senhor não deve se esquecer de que hoje queria forçar a partida de qualquer maneira... Chegou até a desafiar a Companhia, a provocar o piloto, quando "viu a chance", quando percebeu que havia qualquer coisa no motor...

– Confesso que foi sujeira da minha parte. Confesso... Naquela hora eu estava pensando nos meus filhos...

– Mas os outros também têm filhos e, por causa dos seus...

– Ouça... Em primeiro lugar, o seguro é para todos...

– Mas nem todos...

– Sei. Nem todos prefeririam o seguro, está claro. Os meus também me prefeririam, tenho certeza... Mas a vida é assim mesmo...

– E o senhor queria beneficiar os seus filhos sem pensar nos outros...

– Meu amigo: o senhor é capaz de pensar em alguém que sacrifique os seus filhos, ou mesmo qualquer interesse puramente pessoal, só por causa dos outros? Quando esses vagabundos prendem a carne, o leite, a banha, a batata, só para forçar a alta do preço e ganhar mais, eles pensaram alguma vez nos que estão morrendo de fome ou que vão morrer de fome por causa disso? Os nazistas se preocuparam alguma vez com os que iam morrer, inclusive os próprios alemães, só porque eles queriam dominar o mundo? Querendo se defender dos russos, os ingleses alguma vez se preocuparam com as famílias dos gregos que eles estavam matando? Não, meu amigo, não venha com essa ingenuidade de pensar no destino dos outros. Cada um cuida de si... De mais a mais eu não comprei a passagem dos outros, eu não obriguei ninguém a viajar... O senhor, se está com medo, pode ficar amanhã em Belo Horizonte...

– Mas o senhor não podia imaginar um meio menos trágico de amparar sua família?

O meu amigo, dessa vez, riu francamente divertido.

– É capaz de me apresentar uma sugestão?

* * *

No dia seguinte o avião partiu muito cedo. Supersticiosamente, procurei sentar-me o mais longe possível do meu companheiro de quarto. E ia de coração apertado. Aquele sujeito era monstruoso. Bandido! Era capaz até de estar rezando, pedindo que o avião explodisse. Pouco depois, apanhávamos nova tempestade. Os raios estalavam de novo. A chuva caiu densa, espantosa. Num dado momento, houve pânico a bordo. Atravessamos nuvens tão escuras, que era quase impossível distinguir os passageiros no interior do avião. As crianças de Dona Zaíra gritaram. Ouvi mais de um "meu Deus" apavorado. Mas minutos depois o avião superava a tempestade, ganhava altura, o sol nos iluminava, amigo e claro, e abaixo de nós a tempestade e a terra se confundiam, como coisas distantes. Mas pela primeira vez eu tive medo, medo integral, medo da morte. Desejei, desesperadamente, que Bom Jesus da Lapa se aproximasse, aquele posto perdido na Bahia, sob a proteção de um dos santos mais milagrosos do sertão. E embora não tivesse religião nenhuma, confesso que intimamente, recordando histórias ouvidas sobre milagres do santo, cheguei a invocar mentalmente a proteção do Bom Jesus da Lapa... Foi a viagem mais angustiada da minha vida. Pegamos depois uma série de vácuos. Descaídas bruscas. Mergulhos de afundar a barriga... Meu ex-companheiro de quarto devia estar se regalando... Já se avistava a terra, o temporal passara, as nuvens ralas, via-se embaixo, largo e sinuoso, o velho São Francisco, de alagados à margem, vasta região desolada, sem presença de homem. Procurei me concentrar na paisagem. A certa altura, avistei um dos pequenos vapores que fazem o curso do longo rio. Estava lá na frente. O avião alcançou-o. A asa o cobriu, por alguns instantes, por quilômetros de voo. Depois, ele reapareceu ainda menor, já lá atrás, pontinho humilde no meio das águas. Afinal, divisamos, imponente nos seus minaretes de pedra, nas agulhas brancas, no rendilhado caprichoso, o morro onde se oculta o Santuário famoso. Mais alguns minutos, e novamente, sereno e macio, o avião tocava o solo. Nunca duas horas haviam custado tanto a passar, em minha vida.

* * *

Começo a acreditar que não há força maior do que o pensamento. Seguramente aquele homem dispunha de um poder extraordinário, sua vontade estava atuando sobre o complicado mecanismo do aparelho. Porque a demora em Bom Jesus da Lapa começou inesperadamente a se prolongar. Voltaram as reclamações, já o descontentamento era geral. As perguntas choviam. O aeromoço, rapaz amabilíssimo, evitava aproximar-se de nós. Aviões tinham chegado e partido. Um teco-teco vermelho ergueu voo para Gilbués, com um empatacado comprador de diamantes. Uma hora, duas. Dessa vez a informação veio mais clara, mais franca. Havia uma pequena irregularidade no motor. Os mecânicos da Companhia estavam procurando localizá-la. Assim que tudo ficasse reajustado, partiríamos de novo.

— Mas não vamos pernoitar aqui? — perguntou a senhora de Juazeiro.

— Espero que não — sorriu o comandante.

E para não ouvir as reclamações e exigências do meu estranho amigo, que abandonava o sobretudo e ia discutir com o piloto, saí a dar uma volta pelas redondezas.

O tempo foi passando, as notícias circulavam desordenadas, lá pelas três horas serviu-se o almoço, que o encarregado da base mandara organizar. Não quis sentar-me à mesa em que estava o meu companheiro fatídico. Ele, aliás, parecia evitar-me também. Devia estar arrependido das confidências feitas, sob a ação da cerveja. E tive a impressão de que me olhava desconfiado e policial, sempre que me via em conversa com outros, não fosse eu cometer alguma indiscrição. Eu não a faria nunca. Não iria aumentar a aflição dos aflitos. Cheguei, é verdade, a pensar em contar tudo ao comandante. Mas pra quê? Em primeiro lugar, por nada deste mundo ele poderia impedir que o homem continuasse viagem. Além disso, acabaria achando ridícula a minha história. E quando, lá pelas quatro horas, nos informaram oficialmente que viria do Rio, na manhã seguinte, um mecânico trazendo uma peça indispensável, respirei mais tranquilo e bendisse a prudência daqueles homens que lutavam, sem o saber, contra um inimigo imponderável e desconhecido. A seguir, aproveitando a calma da tarde, sol menos violento, fui a pé à cidade, para visitar o estranho lugarejo. Casebres humildes, à entrada. Esfarrapados ao sol. Junto à montanha de pedra, um espetáculo bárbaro. Em todas as grutas e locas, penitentes, romeiros, mendigos, estendidos pelo chão, mulheres espiolhando crianças, incríveis doenças tropicais em corpos magros. Um preto velho, vestindo mortalha, esmolava em cantilena à entrada de uma gruta. Segui ao longo de uma rua triste, casas baixas quase sem móveis, gente amarela, estatelada às portas, vendolas miseráveis, comércio próspero apenas em casas de santos, ex-votos em cera, artigos religiosos. Ao fim da rua, já quase no rio, o indício garantido de que o Santuário estava perto. Coro de mendigos e vagabundos, estropiados e sonolentos, fila interminável deles ao longo do solo, mãos estendidas, chagas expostas. Quis recuar. Mas lembrei-me do pedido da senhora gorda de Juazeiro.

– O senhor vai até o Santuário?

– Vou.

– Então peça uma graça por mim...

– Mas eu... mas eu confesso que não entendo muito disso – informei humildemente.

– Não é preciso entender. O senhor entre e faça apenas isto: uma graça para Dona Sinhara...

Eu estava tão quebrado pelos acontecimentos que não tive coragem de faltar-lhe ao pedido. Caminhei até o Santuário, bonito afinal, dentro da rocha que parecia pingar em pedra pelas estalactites de uma rara beleza, imagens e quadros sacros em redor, "milagres", ex-votos, quadros, pernas, braços, cabeças, troncos, espantosos pedaços de corpo humano esculpidos em cera, correntes de ferro que haviam prendido loucos afinal curados pelo santo, desenhos grotescos de navios salvos em alto-mar, orações, ações de graça, mortalhas e humildes caixões ali deixados por moribundos salvos à última hora e que, amortalhados no caixão, carregados por penitentes, haviam comparecido ao Santuário para agradecer o milagre... Dentro, naquela hora melancólica, apenas uma preta de jeito amável que vendia folhetos e recordações e registrava encomenda de missas, batizados e casamentos. Olhei toda aquela confusão, não soube distinguir qual era, entre as imagens, a do santo da casa. Nem quis perguntar, para evitar escândalo. Que é que eu havia de fazer com o pedido de Dona Sinhara? Penetrei na nave central, tudo obra da natureza, e em voz meio rouca, abalado pelo mistério do momento, resmunguei, como falando a alguém, para desencargo de consciência:

– Dona Sinhara mandou pedir uma graça.

Voltei-me para a saída. E caminhando, meio envergonhado comigo mesmo:

– Eu acho que ela quer que não haja desastre...

* * *

Sei que providenciamos discretamente, eu e o meu amigo (por que não amigo?), para que tivéssemos quartos diferentes nas improvisadas acomodações que nos arranjaram para o novo pernoite. Somente no dia seguinte, às quatro da tarde, ficou o avião em condições de partir.

– Nunca me aconteceu uma coisa dessas – garantiu-me o piloto, que simpatizara com a minha atitude tranquilizadora entre os passageiros revoltados. – Tenho dez anos de voo. Nunca me aconteceu uma coisa dessas.

– São coisas da vida – filosofei sem consequências.

Afinal partimos, às quatro e vinte, para pernoitar mais perto de Fortaleza, em Petrolina. Novo e tranquilo cruzeiro, céu enfarruscado, terra quase nunca vista, avião subindo, avião descendo, os filhos de Dona Zaíra chorando o tempo todo, Dona Sinhara a cantar, com intencional fervor e desejo de subornar, os miraculosos feitos do Bom Jesus da Lapa que não pudera visitar por causa daquele reumatismo.

– Grande santo, santo muito milagroso.

Não foi sem dificuldades que eu consegui não dizer em voz alta:

– Amém.

* * *

Mas chegamos a Fortaleza na manhã seguinte. Na véspera, para me distrair, fugindo à tristeza daquela cidade sem iluminação (lâmpadas que eram vagos focos piscando na noite sem lua, lamparinas trêmulas no interior das casas), peguei o barco a vela atravessei o São Francisco para ver o Juazeiro. Luz melhor, ruas mais animadas. Fui dar comigo à Rua Melo, do triste meretrício sertanejo, entrei num pequeno bar enfeitado com argolinhas de papel de seda e paguei algumas garrafas de cerveja quente. Quase ficara aquela manhã em Petrolina. Reagi contra a minha covardia e segui. Ou por imaginação ou de verdade, a travessia de Pernambuco e o voo sobre o desolado interior cearense foram atrozes. Não pegamos novo temporal. Mas as correntes de ar, estranhos ventos inimigos, me desgastaram os nervos.

Eu não havia mais falado com o pobre doente que vinha do Rio. Mal o olhara. Ele me fizera sofrer. Mas ao ver-me em terra firme, fim de viagem, e ao vê-lo de novo afundado numa cadeira, ainda no aeroporto, senti um grande alívio, uma alegria quase feroz. Com um sabor de vingança na boca, dirigi-me a ele que, esgotado e vencido, lutava para abafar a tosse teimosa:

– Afinal chegamos a Fortaleza!

E tripudiando sobre a sua confidência:

– O meu amigo perdeu a viagem!

Ele me olhou longamente. E com um sorriso indefinível:

– Eu vim prevenido... Comprei ida e volta...

A DESINTEGRAÇÃO DA MORTE*

CAPÍTULO I

Os olhos do Professor Klepstein não viam. Cansados e imóveis, tinham esse vago tom de melancolia indissoluvelmente ligado às vitórias por longo tempo desejadas. Se soubesse, 35 anos antes, que a vitória, após tanto sofrimento e tão grande luta solitária, lhe encontraria o coração murcho e incapaz de alegria, certamente outro teria sido o seu caminho. O impossível fora alcançado. O inacreditável. E era nada. Pelo menos para o seu coração. Fora tão grande a conquista, era tão grande a vitória, tão inabarcável na sua extensão, que se sentia esmagado. Imaginara sempre que enlouqueceria, quando tivesse aos pés o inimigo vencido. Que sairia a gritar pelas ruas, vingado das ironias do mundo, compensado das canseiras infinitas. Viveria o seu triunfo como um Deus. E um Deus seria. A humanidade veria nele o doador supremo do milagre. Mas o milagre chegara. E Klepstein estava apenas cansado. Seus olhos começavam a ver. Móveis brancos. Manchas nos móveis. Manchas no chão. Tubos de ensaio. Aparelhos

---

* In: *A desintegração da morte*. 5. ed. São Paulo: Moderna, 1981.

estranhos, de sua criação exclusiva. Um jornal atirado no chão. Livros abertos. Papéis cheios de notas, de fórmulas, de números. As paredes vazias, como nunca vazias. Barulho nenhum. E vontade nenhuma de sair gritando. Súbito, a porta do laboratório se abriu. A sala foi rapidamente invadida por mascarados.

"Gângsters", pensou Klepstein, alarmado. Mas antes de pronunciar qualquer palavra, dois ou três tiros soaram, e o velho professor sentiu que seu corpo estava sendo impiedosamente crivado de balas.

– Mas o quê? Mas o que há? – perguntou Klepstein, assustado.

Ligeira hesitação entre os homens. Mas logo a seguir a metralha recomeçou. Klepstein fugiu, procurando esconder-se atrás dos móveis, ouvindo o pipocar furioso à sua volta, vendo seu corpo alvo inerme de toda aquela estúpida manifestação de selvageria. As balas penetravam-lhe na carne, ele as sabia varando-lhe o corpo, cravando-se nas paredes e móveis. Sangue brotava aos jatos.

– Mas pelo amor de Deus! Pelo amor de Deus! – gritava Klepstein. – Esperem um pouco, expliquem, digam o que pretendem, não se faz uma coisa dessas! Eu não fiz mal a ninguém, não sou rico, os senhores não têm nada que levar deste laboratório.

A fuzilaria cessara de novo. Um dos mascarados aproximou-se do velho sábio, que tiritava de medo. Assestou-lhe tranquilamente o revólver contra o peito.

– É tempo perdido – disse um outro arrancando a máscara. – Chegamos tarde demais.

Os assaltantes se entreolharam.

– Não adianta mais nada, reverendo. Não vê?

De fato, era lamentável a situação do pobre homem. Fora metralhado de alto a baixo. Estava coberto de sangue. Mas, curiosamente, o sangue já não corria, parecia coagular-se rápido à flor da pele.

– Chegamos tarde demais – insistiu o que parecia chefe. – O bandido já completou o crime.

– Mas que crime? – perguntou Klepstein, gemendo, afinal descobrindo a razão do assalto, mas sem compreender. – Eu acabo de prestar o maior serviço à humanidade, acabo de desintegrar a morte, de libertar a humanidade do seu mais temível inimigo!

– Não há nada mais burro do que um sábio – disse o chefe aparente, caindo desanimado na cadeira onde minutos antes o Professor Klepstein descansava.

CAPÍTULO II

Já todas as máscaras tinham caído, havia muito.

Dobson, diretor-presidente e portador de 90% das ações da Dobson Ammunitions, voltava-se para o Pastor Warren.

– O reverendo pode imaginar, facilmente, o desastre... São quatro bilhões de dólares, invertidos em fábricas no mundo inteiro. Temos milhares e milhares de empregados...

Warren voltou-se para Klepstein, que ouvia tudo numa perplexidade infantil.

– Veja, professor... veja... uma legião de desempregados, nesta hora de crise! É um descalabro!

– E bilhões de dólares perdidos – disse Dobson. – Bilhões! Sabe o que são bilhões, professor?

– Mas o senhor pode converter as suas indústrias em indústrias de paz – disse Klepstein, hesitante.

– Converter em que indústria? – disse uma quarta voz. – Em que indústria? O mundo não tem recursos para consumir a produção atual. A concorrência na indústria de automóveis é tremenda. Na de aviões também. Nós precisamos produzir cada vez mais, ou produzimos cada vez mais por virtude e castigo do impulso inicial. Mas não há compradores em condições e em número suficiente. Se em todos os setores é praticamente assim, uma produção superior às possibilidades de consumo, digo, de compra, imagine o senhor o desastre que seria, para todos os produtores de agora, se vissem invadir-lhes o campo todo esse número de fábricas... quantas?

– Cento e cinquenta e seis fábricas imensas!

E continuou:

– Em primeiro lugar, o próprio grupo Dobson, apesar da sua imensa riqueza, talvez não tenha recursos para aguardar a reconversão. E enquanto esta se processasse – e levaria anos – 200 mil desempregados morreriam de fome...

– É o que você pensa – disse o pastor com um riso amargo.

– Isso mesmo – retomou o outro. – E o que é pior, 200 mil desempregados que não morreriam, estariam passando fome... O senhor não *desintegrou* a fome, desintegrou, professor?

Klepstein confessou timidamente que não, humilhado pelo riso irônico de todos.

– ... E as perturbações sociais resultantes da situação desses desempregados, só nas nossas fábricas – disse Dobson – sem falar nas demais...

– Há meio milhão de empregados em empresas funerárias nos Estados Unidos, sem falar nos outros países – disse Gladliver, que falava em nome da maior cadeia de *funeral homes* do mundo.

– E dois milhões... – ia dizendo outra voz.

Mas Dobson retomou a palavra.

– Pense bem na estupidez, no crime que acaba de praticar...

Klepstein dessa vez perdeu a calma.

– Eu não admito que o senhor, um monstro, um homem sem entranhas, um bandido que construiu a sua fortuna sobre a morte de milhões de homens, um miserável em cujo bolso cada dólar lembra um lar enlutado...

– Não façamos demagogia – disse serenamente o Reverendo Warren.

– Eu não admito – continuou Klepstein – que um patife como você, industrial e explorador da morte, entre no meu laboratório para me chamar de criminoso por contra-arrestar o resultado dos seus engenhos infernais!

E com energia inesperada:

– Saia daqui! Já!

Um senhor, até esse momento calado, achou oportuno interferir:

– Calma, professor. É melhor que nos entendamos, que conversemos como bons amigos. Afinal de contas, todos nós estamos interessados no bem da humanidade.

O Professor Klepstein já se refizera do susto, recuperara a personalidade:

– Particularmente o nosso amigo Dobson... – disse ele.

– Evitemos todas as questões pessoais. Não acha esse o melhor caminho, monsenhor?

Monsenhor Piscatelli – era o nome do homem que recomendava calma – concordou.

– Exatamente. Ninguém vai lucrar com um desentendimento entre nós. O melhor é falarmos com franqueza e, ao mesmo tempo, tentarmos evitar, enquanto é tempo, maiores males... Estamos na antevéspera de uma verdadeira hecatombe universal.

– Uma nova guerra, com certeza – sorriu Klepstein.

– Uma hecatombe maior do que qualquer guerra – disse o novo personagem, Mr. Drugstone. – E como sou um homem realista, vou aos fatos. Quanto o senhor pediria, professor, quanto o senhor pediria – eu falo em milhões...

– Eu iria aos bilhões – disse Dobson.

– É melhor que fale um só – disse Monsenhor Piscatelli.

– Quanto o senhor pediria para... para... como direi?... ou melhor: já houve a... a desintegração?

Klepstein sorriu, enquanto uma pontada do lado o obrigava a uma careta.

– Não fizeram ainda há pouco uma pequena experiência?

– Sim... mas eu gostaria de saber se.. se os efeitos já são universais...

– Os senhores verão dentro em breve.

– Quer dizer – disse o Pastor Warren – que os chineses, os hindus, os africanos, eles também não morrem mais?

O velho professor assentiu com a cabeça.

– Eu não disse que era uma hecatombe universal? – afirmou Drugstone. – Nem os negros morrem mais!

Klepstein, que sentia bulir-lhe nas veias o sangue de uma raça milenarmente perseguida, pulou de indignação:

– E os negros não são gente, não são humanidade?

– Já recaímos na demagogia – disse Warren. – Vamos às coisas práticas. Fale você, Drugstone. Você perdeu o fio das ideias e acabou não formulando a proposta. Fale.

Drugstone passou o lenço de seda pela calva imensa onde borbulhavam gotas de suor, redondinhas e claras.

– Ouça, professor: quanto o senhor pediria para... para reintegrar?

Klepstein estava agora achando graça.

– Está querendo morrer, Mr. Drugstone?

E apoderando-se de uma metralhadora apontou-a para o maior fabricante de produtos medicinais do mundo inteiro.

Drugstone empalideceu. Os companheiros fugiram apavorados.

– Estão querendo morrer? – insistiu Klepstein.

185

– Não, não é isso, professor – disse Drugstone, trêmulo. – Queríamos que tudo ficasse normal, como antes...

– Ah! sim... Gente morrendo porque tomou tiro... gente morrendo porque tomou remédio... Olhem: vocês merecem mesmo é uma boa saraivada de balas...

E, dando mão à metralhadora, Klepstein retalhou o corpo de Drugstone, balas perdidas atingiram vários dos presentes, que desabaram aos gritos.

Um acesso de riso atacou o cientista. Atirou longe a metralhadora, deixou-se cair na cadeira, rindo e gargalhando como se tivesse enlouquecido. Novos tiros soaram. Monsenhor Piscatelli havia alcançado uma das armas e ameaçava outra vez o velho sábio.

– Não seja bobo, monsenhor. É inútil. Olhe: esta quase me varou o coração – disse Drugstone, com um trejeito de dor.

E voltando-se para os companheiros:

– Levantem-se. Ninguém morreu. Ninguém morre mais...

CAPÍTULO III

A noite continuava. Os debates também. Klepstein jamais havia previsto o "outro lado". Passara 35 anos preso àquela obsessão, verdadeira monomania que fora, em certa época, a maior fonte de inspiração para famosos *cartoons*. A desintegração da morte, por ele imaginada, era uma espécie de moto-contínuo. Mas ele acreditava na sua teoria e pesquisara e experimentara. Consideravam-no doido. Confinara-se na sua suposta loucura. E continuara buscando. Mas nunca pensara nas consequências. Estava certo, apenas, de estar combatendo o maior, o mais temido, o mais invencível dos males que afligiam a humanidade. Agora estava atordoado. Havia, só no seu país, quatro milhões de desempregados. Mr. Gladliver garantiu-lhe que, apenas no seu negócio, incluída a sua cadeia de *funeral homes* e seus concorrentes, o pessoal dos cemitérios e indústrias afins, mais de um milhão de desempregados se juntariam à primeira cifra.

– Sem falar nos fabricantes de coroas, nos floristas, cujos maiores clientes são proporcionados pela morte – acrescentou. – No mundo inteiro são mais cinco ou dez milhões.

– Pense nos meus duzentos mil – disse Dobson. – E eu falo apenas em operários, aliás, os elementos mais perigosos, trabalhados pela infiltração comunista. Não me refiro ao pessoal dos escritórios, aos agentes, aos vendedores, aos revendedores. E olhe que a minha Companhia é apenas uma entre muitas, não a maior. Eu calculo que pelo menos cinco milhões no mundo inteiro iriam para o olho da rua...

– E na indústria farmacêutica? – disse Drugstone. – E os médicos, já tão mal pagos, tão explorados?...

– Mas a doença continua – disse humildemente Klepstein, satisfeito pela primeira vez de haver sido incompleto na sua missão.

– Ora – disse Drugstone. – A doença! Os médicos e a indústria farmacêutica – uma das maiores do mundo! – no dia em que se souber que ninguém morre mais, terão de vender maçãs pelas ruas, não haja dúvida. Os negócios vão cair, no mínimo, em 95%. O homem é um animal imprevidente por excelência. Só se trata quando vê a possibilidade próxima de morrer. Na hora em que for afastado esse fantasma, ele pouco se incomodará com o sofrimento... Ponha mais de 20 milhões de desempregados, professor. No mínimo...

Monsenhor Piscatelli falou:

– Os meus amigos vão estranhar o paradoxo. Mas o inferno vinha sendo a salvação da humanidade. A...

– Oh, reverendo – disse escandalizado Mr. Drugstone, diácono de uma igreja batista.

– Eu sou realista – afirmou Piscatelli. – O homem é mau, mesquinho e vil por natureza. Ninguém desconhece esse fato. São Paulo já dizia...

– Sermão não resolve – disse o Pastor Warren.

– De acordo – apoiou Dobson.

– Está bem. Vou resumir. Eu queria dizer o seguinte: na hora em que se afastar a morte... e portanto o inferno...

– Não há maior inferno do que a própria Terra – aparteou Fordson, velho consumidor de pensamentos de almanaque.

– Nada de perder tempo com literatura barata – disse, cortante, a voz não mais untuosa de Monsenhor Piscatelli. – Não me interrompam. Na hora em que o homem se veja livre do temor do inferno, o mundo ficará intolerável, a religião deixará de ser um freio para as massas. E o crime...

– ... campeará por toda parte, atingirá proporções espantosas! – disse Warren, satisfeito de encontrar uma fórmula capaz de exprimir com mais elegância seus íntimos temores de ordem material.

– Sem falar – continuou Monsenhor Piscatelli envaidecido pelo achado e já de novo arrastado pelo vício antigo da eloquência – sem falar na minha tragédia, que será a tragédia de milhões de crentes. –... o desemprego – disse inabilmente Gladliver – Ah, o desemprego não seria nada – continuou Procatelli, embriagado pelas próprias palavras, um lento gesto de mão pálida sob a iluminação fluorescente da sala. – Nada de preocupações mesquinhas! Nossa tragédia seria muito maior!

Circunvagou o olhar, numa pausa dramática, pelos companheiros:

– Não morrendo mais, condenados à Terra, perderíamos também a esperança, a divina esperança de gozar um dia as bem-aventuranças do céu...

188

Warren tossiu. Piscatelli caiu em si. E vendo a inutilidade de toda máscara, voltou-se, num acesso brusco de raiva, para Klepstein:

– Cretino!

CAPÍTULO IV

Não havia outro assunto em Nova York. Nem em Salem, Oregon. Nem em Dallas, Texas. Nem em ponto algum dos Estados Unidos. E o telégrafo e o rádio se encarregavam de levar a todo o mundo a novidade, a grande, a perturbante novidade, destinada a sacudir os alicerces da Terra. Página inteira do *New York Times*, no *Daily News,* no *Herald Tribune*, páginas inteiras em Detroit, em S. Francisco, em Miami. Dezenas de *copywriters*, os mais hábeis do país, vinte vezes haviam escrito e reescrito o anúncio famoso. Cem vezes fora refeito o *layout*. A grande agência trabalhara durante cem horas seguidas exclusivamente em torno daquela mensagem. Graves *experts* haviam longamente discutido a escolha dos tipos.

– Deve ou não deve ter ilustração um anúncio destes? – propusera Bill Donovan, mergulhando seus companheiros num verdadeiro abismo de dúvidas atrozes.

Phil Morris, leviano e superficial, fora o primeiro a falar, cinco minutos depois de proposta a questão, com aquela irresponsabilidade de pensar depressa, característica dos mestiços (tinha um quarto de sangue italiano).

– *All type!*

Quatro vice-presidentes o olharam horrorizados. Não, propriamente, pela ideia, perfeitamente lógica e aceitável, mas por soltá-la assim, sem maior cerimônia e sem os respectivos considerandos, diante do cliente, como se a propaganda não fosse uma verdadeira ciência, que requer maturação de pensamento, decênios de experiência, longa preocupação com o melhor e mais eficiente aproveitamento das verbas.

– *Shocking!* – disse Donovan, sem conter a indignação, sabendo-se que, só para aquele primeiro anúncio, estava prevista uma *appropriation* de quatro milhões.

Após quatro horas de laboriosos debates chegava-se finalmente a uma conclusão: o anúncio devia ser, mesmo, *all type.* Quer isso dizer: não levaria ilustração, o que o tornaria ainda mais dramático com a severidade do seu texto em claro e generoso espaço, que sugeriria o amplo descortinar de novos horizontes para o mundo. Enquanto isso, os *layoutmen* eram distribuídos aos grupos para estudar a disposição da página. O título fora imposto pelo cliente: "Abandonamos a senda do crime." Seria a grande sensação do ano, um capítulo revolucionário na história da propaganda. Mas como o texto ainda estava por escrever, e havia controvérsia sobre o número de palavras que devia encerrar, cada grupo de desenhistas estudaria um *layout* diferente, uns prevendo 500 palavras, outros 600, outros 1.000, outros 2.000, maneira de ganhar tempo, enquanto os maiores redatores da agência porfiavam em melhor interpretar a fabulosa mensagem.

– Ainda não está bom. Rasgue! – disse o 3º vice-presidente, quando, algumas horas depois, o seu melhor redator lhe apareceu com o primeiro texto, de 500 palavras.

– Mas o senhor não leu – disse este.

– Rasgue. Comece outra vez. Esta é uma mensagem histórica. Pense um pouco mais.

Afinal, o anúncio ficou pronto. Era um *record*, um anúncio de página inteira colocado em 150 jornais 120 horas depois de encomendado pelo cliente. E de fato o anúncio mais lido e mais comentado sobre a face da Terra, desde que a serpente anunciara a Eva, no Paraíso, as qualidades da árvore da ciência do bem e do mal, como dizia Donovan. Nele, a Dobson Ammunitions, Inc., se penitenciava, diante do mundo, de suas atividades anteriores. Num fundo exame de consciência, cruel e desesperador, a Dobson reconhecia haver enriquecido criminosamente, haver dedicado suas atividades, durante anos, às indústrias do mal. Sabia-se culpada de milhões de mortes. Cada dólar seu era ferro em brasa sobre a carne viva da consciência de seus diretores. E estes, Mr. Dobson pessoalmente à cabeça de todos, estavam certos de que somente um resgate poderia haver para o seu crime: apresentar-se honestamente diante da humanidade e de Deus e proclamar: "Pecamos! Somos criminosos. Somos criminosos! Que a Humanidade... (Dr. Dobson insistira na maiúscula)... que a Humanidade nos perdoe! Que Deus nos perdoe!"

E a Dobson Ammunitions, Inc., reconhecendo e proclamando seus crimes passados, e penitenciando-se diante de toda a Terra, anunciava sua nova firma social: Dobson Foods, Inc. Dedicara-se antes às indústrias da morte. Dedicar-se-ia, agora, às indústrias da vida, a preços ultrabaixos, os mais baixos do mundo! Iria levar o alimento, rico de vitaminas garantidas, a preços superínfimos ao proletário teuto-americano de Milwaukee, ao humilde *colored* do Harlem e da Geórgia, aos selvagens do Brasil, ao poleá de Bombaim, aos cules de Xangai. Alimento bom, saboroso e completo estaria agora ao alcance de todos. As 156 fábricas da arrependida Dobson Ammunitions, Inc., seriam reconvertidas no mais curto prazo em indústrias de paz. Durante a trégua da reconversão, seus 200 mil operários seriam fielmente pagos (fora exigência de Klepstein). E esperando reabilitar-se no futuro, a Dobson dizia desejar contribuir para a felicidade humana, para o prolongamento da vida humana – o mais precioso e desejável dos dons!

Num box à parte, a Dobson informava ter grandes, fabulosos estoques dos mais modernos e eficientes aparelhos de destruição. Seu desejo seria fazê-los desaparecer para sempre. Esse lamentável estoque representava, porém, o empate de bilhões de dólares, e a sua destruição, representando prejuízo total, impediria a sua reconversão para a paz, deixando 200 mil desempregados. E como, apesar de tudo, a Dobson estava convencida de que o melhor meio de evitar a guerra é ainda a paz armada, preferia, honestamente, oferecer seus engenhos de guerra por preços especiais a todos os governos da Terra, para liquidação imediata do estoque.

– Povos da Terra, armai-vos a baixo preço em defesa da paz – terminava a mensagem.

CAPÍTULO V

Dois dias antes já outro acontecimento sensacional apaixonara a opinião pública. Em Nova York um feroz assassino fora levado à cadeira elétrica. Dada a tremenda descarga, o pobre corpo amarrado foi sacudido violentamente por milhões de volts. E, quando os assistentes mais excitáveis reabriram os olhos para ver o cadáver, verificaram, com assombro, que o homem punha neles o olhar esgazeado, numa tentativa estertorosa de pedir socorro. Os médicos, o sacerdote, o diretor da prisão, os advogados correram para o fatal instrumento.

– Está vivo!

Sons inarticulados vinham da boca imensa, de língua arroxeada.

– É questão de segundos – disse com serena e científica segurança o médico da prisão.

Mas os segundos passaram e o criminoso pouco a pouco se reanimava e, naquela reconquista de si mesmo, tomava uma expressão de pavor indescritível contrastante com o sorriso de cinismo com que olhava, minutos antes, a macabra assistência.

O diretor fez um gesto. Todos recuaram. Nova descarga, mais desumana e prolongada. E de novo o mísero corpo foi sacudido e projetado a distância, espalhando na sala o cheiro ou a ilusão do cheiro de carne queimada. Mas os olhos de Killer Joe continuavam a falar de pavor, de tal maneira arregalados e vivos, que duas ou três pessoas fugiram da câmara de execuções, como de um fantasma aparecido.

O representante da lei aproximou-se, trêmulo, do condenado. Fulminou com um olhar o engenheiro responsável.

– Há algum defeito! Alguma coisa está falhando...

O eletricista nem respondeu. Sabia que a "sua" cadeira estava em condições de eliminar meia Nova York. Era questão de paciência: um de cada vez...

Produziu-se um mal-estar generalizado. Técnicos correram para os aparelhos.

– Ele não teria algum isolante, algum neutralizador?

O médico e os eletricistas sorriam. Novo sinal do diretor. Nova descarga. Dessa vez romperam-se as amarras, à violência do choque, e Killer Joe foi atirado alguns metros à frente, "pela primeira vez na história da cadeira elétrica", diria um jornal.

– Meu Deus!

– Afinal!

Mas não era. Aproximando-se com toda a precaução, o médico repetia a sentença anterior:

– Vivo!

Na confusão estabelecida, o advogado de Killer Joe, embora de nervos esgotados, lembrou-se de salvar o constituinte. Estava legalmente morto. Protestava contra novas tentativas. Protestava em nome da humanidade. E por entre *technicalities*, incertezas, e falta de confiança nas "instalações" da casa, a execução foi adiada e a notícia sensacional voou para os jornais e para o rádio agitando a opinião americana.

Horas depois, novo incidente ia demandar manchetes espetaculares. Humilhado e desonrado profissionalmente, o eletricista-chefe, responsável pela cadeira elétrica, que pela primeira vez falhava nos últimos vinte anos, estourava os miolos com uma bala. Estourava, literalmente. Parte da abóbada craniana voara, projetara-se longe, em frangalhos. Parte do cérebro também. A cabeça estava horrivelmente deformada. Mas, para espanto do maior corpo de cirurgiões de Nova York, o coração continuava batendo, a vida se prolongava naquele corpo de crânio e cérebro estourados.

CAPÍTULO VI

Passara quase despercebida, porém, a liquidação, ou melhor, o traspasse de todos os bens, instalações e negócios do maior truste de empresas funerárias do país. Dois dias depois da agitada noite do laboratório Klepstein, numa tranquila e afastada colina em Pleasantville, Estado de Nova York, Gladliver, alegando cansaço e desejo de abandonar os negócios, para se dedicar com exclusividade ao seu velho *hobby*, a filatelia, vendera sua poderosa cadeia de *funeral homes*.

Para o grande público o fato pouco significava. Qualquer indústria de descascador de batatas ou qualquer fábrica de aparelhos para descaroçar azeitonas teria mais interesse que o negócio fúnebre de tratar com os mortos. Quem inventasse um processo para domesticar e ensinar os feijões saltadores mexicanos seria, positivamente, maior que a figura pouco fascinante de um milionário enriquecido pela indústria do enterro. E pouca gente havia lido o pequeno anúncio em que Gladliver procurava desembaraçar-se de suas empresas, obra-prima de discrição e bom gosto. Vendia, pela metade do seu valor comprovado, 5.500 *funeral homes* caprichosamente organizados, com pessoal longamente treinado, localizados nas cidades, bairros e ruas de maior mortalidade do país, "sempre ao alcance da sua distinta clientela". O negócio rendia milhões por mês, em tempos normais. Com rara habilidade, Gladliver dava a entender que em ocasiões excepcionais (epidemias, 4 de julho, festas nacionais em geral) o gráfico dos lucros subia a cifras verdadeiramente tentadoras. E foi sem dificuldade que conseguiu interessar um grupo de capitalistas – fabricantes de remédios, de automóveis, de bebidas – para fechar a transação rapidamente, complemento natural de seus próprios negócios.

Gladliver não confessava continuar a manter um negócio colateral, uma enorme cadeia de casas de flores, também espalhada por todo o país, estrategicamente colocada nas proximidades das casas funerárias tão oportunamente vendidas. E apenas quatro ou cinco pessoas compreenderiam o sentido e o alcance da campanha de propaganda – uma verba de três milhões – encomendada a Walter, Walter & Walter e a ser publicada nos jornais de todas as cidades onde tivesse mais de vinte estabelecimentos no gênero. "Reabilitemos as flores", seria o tema da campanha, a ser iniciada o mais cedo possível, com uma pressa que desnorteava os diretores da agência. Nessa campanha, sem responsável declarado, na aparência puramente educativa e institucional, Gladliver procurava demonstrar ser injustiça com as flores – encanto e doçura da Terra – ligá-las à morte. Deviam enfeitar a vida. Que por amor e respeito a esse presente poético da natureza, as flores fossem usadas apenas em festas, em momentos felizes –

ou como portadoras de boa fortuna. "As flores dão sorte", era o *slogan*. E milhões de leitores seriam persuadidos à compra diária de flores para enfeite do lar. "Uma casa sem flores" – dizia um dos textos já prontos – "é mais triste do que um lar sem filhos". Outro assegurava: "Um buquê de flores todo dia é saúde e alegria". Com isso, Gladliver contava alcançar o reajuste das suas *flower homes* antes mesmo que o escândalo estourasse.

O Pastor Warren, a princípio inquieto e até hostil, tomara-se subitamente de admiração e entusiasmo pela obra de Klepstein e escrevia-lhe, no segredo de seu gabinete, uma biografia romanceada e apaixonante com a qual, muito breve, em tempo que fatalmente viria, ergueria uma verdadeira fortuna com os direitos autorais.

Por outro lado, Piscatelli conseguira associar-se a Drugstone, em cuja organização ninguém compreendia os novos rumos adotados: abandonara a mais próspera indústria de infalíveis remédios contra a pneumonia, o câncer, a diabete, a tuberculose e outros males de mercado universal – para se dedicar exclusivamente à produção de entorpecentes, narcóticos e soporíferos.

Klepstein fora convencido a assumir a direção de seus laboratórios de pesquisas.

CAPÍTULO VII

Louis G. Ahearn, 56 anos, contador, residente na rua 49, 320, S. Francisco, deixou o escritório. Seis horas da tarde. Mascava tranquilamente a goma já mil vezes mastigada, que recolhera na beirada da mesa, ao sair.

– Um aperitivo, Lou? – perguntou H. G. Lewis, 45 anos, decorador, Rua 45, 122, que lhe dera um esbarrão inesperado ao deixar o edifício.

– OK, velho.

Entraram no primeiro bar.

– *Scotch and soda.*

– Para dois.

Uísque descendo, o tempo correndo.

– Calor – comentou Ahearn.

Lewis concordou em silêncio, bebendo.

– Acabou a greve dos trabalhadores no aço? – indagou Lewis, reingerindo o velho *scotch.*

Ahearn consultou lentamente o uísque e respondeu:

– Parece.

Era só depois da terceira dose que Ahearn via mulheres.

– Grandes joelhos – comentou.

Lewis, depois do terceiro, já não via mulheres.

– Onde?

– Na parte inferior daquela em marrom.

– An... han – concordou Lewis.

Passavam frases feitas e lugares-comuns, conduzidos por homens cansados e mulheres aflitas.

– Sul-americana... – disse Ahearn, acompanhando, de lábios entreabertos, uma jovem que entrava.

– Loura, assim? – perguntou o amigo, num esforço heroico por pensar a ver.

Mas Ahearn havia viajado. Fora contador da Atlantic no Rio, praticara um pequeno desfalque num frigorífico de Santa Catarina, "quase na Patagônia" – costumava dizer com espírito, sem se referir, naturalmente, ao pequeno desfalque. Além disso, era grande observador. E explicou:

– Veja as ancas: largas e ondulantes.

Lewis conseguira, a muito esforço, ver apenas os cabelos.

– Mas não é branca?

– Há também por lá – informou Ahearn, com erudição.

Era ideia tão nova para o cérebro de Lewis que ele precisou segurar a cabeça.

– Mais dois! – ordenou o antigo contador da Atlantic no *Rio office.*

O garção se apressou, gelo boiando e batendo nas paredes do copo, a bebida loura como raras mulheres do Sul.

– E além disso – continuou Ahearn, quase no fim do novo copo – lá também se tingem os cabelos.

– Ah, bem! – compreendeu Lewis, agora com uma ideia clara a reanimar-lhe o cérebro, erguendo novamente a cabeça, logo a seguir largada como peso morto sobre a mão esquerda, ao choque de inesperada brecha nas suas ideias normais. Reprocurou, transtornado, a loura das ancas amplas. Mas já estava na dose em que, mesmo num harém superlotado, não veria mulheres. *Via* apenas vozes. Os sons tinham vaga forma de coisas humanas, confusas e coloridas, se movendo incertas.

– Que é que há? – indagou Ahearn, sentindo que algum drama se processava no cérebro do amigo.

– Mas... mas negra de cabelo louro... não... não parece esquisito?

Ahearn quis explicar. Um amigo passava. Deu-lhe uma pancada no ombro:

– *Hello, South American!*

Reunindo todas as energias, Ahearn achou graça e ergueu a meia altura a mão direita numa saudação, esquecido já do que pretendia dizer.

– Mais dois!

Localizou, a poucas mesas, a sul-americana. De seus cinco anos de Brasil guardava ainda o nome do Rio de Janeiro, o da cidade em que dera o desfalque, "bom dia", "muito obrigado", "até logo", "como vai o senhor" e vários palavrões. A cabeça pendia, a voz engrolada, falando rumo à loura:

– Bom dia... Rio de Janeiro... até logo...

E toda a série de palavrões, felizmente em voz baixa, quase ininteligível.

– Hein? – perguntou Lewis.

– Estou falando sul-americano – informou L. G. Ahearn, 56 anos, contador, morador na Rua 49, 320, S. Francisco.

– Lá eles falam como nós?

– Não... falam sul-americano.

– Mas eu pergunto... assim como nós?

E, trazendo à flor dos lábios os dedos sem controle, parecia indagar se o instrumento de falar, entre os povos do Sul, era também a boca, como vulgarmente acontecia nos Estados Unidos.

CAPÍTULO VIII

Na tarde seguinte o jovem cirurgião H. P. Mathews, do City Hospital, era um homem célebre. Chegavam de avião médicos ilustres de Nova York, de Washington, dos maiores centros universitários do país, para ouvir-lhe a palavra, acompanhar o resultado de sua intervenção maravilhosa. Representantes de todas as grandes agências telegráficas tinham vindo à sua procura. Ele já estava preparando o comunicado para as revistas médicas mais importantes. Felizmente havia providencial e impressionante documentação fotográfica, para resposta e conversão dos mais incrédulos. Fotografia do tronco isolado, bem visível a cabeça e o peito nu. Foto em separado da esfacelada parte inferior do corpo em *close-up* quase escatológico. Uma terceira foto em que se viam lado a lado, facilmente reconhecíveis e identificáveis pelas anteriores, sem possibilidade nem receio de truque, aquelas duas metades de um só homem. E depois a radiografia e outros detalhes demonstravam, mesmo para os leigos, que houvera realmente a separação brutal do corpo em dois, e que este fora reconstituído pela mais espantosa intervenção cirúrgica de todos os tempos.

Por sua vez, Lewis, não menos bruscamente famoso, já fora longamente entrevistado e ia receber uma fortuna para contar, através da cadeia radiofônica da NBC, os incidentes e o acidente da véspera, em que fora parte saliente e testemunhal. Na realidade, não era capaz, a princípio, de reconstituir todos os detalhes. Recordava-se, vagamente, da saída do bar, alta madrugada, do ônibus que vinha de longe, numa velocidade alucinante.

– Olha o ônibus! – conseguira gritar para o amigo.

– Ele não me pega! – grugulejou Ahearn.

E Lewis tinha a confusa impressão de estar vendo o amigo, no meio da larga avenida, cambaleante, a querer "driblar" o ônibus, como nos brinquedos infantis.

– Não me pega! Não me pega!

E o desastre viera, "como um ladrão na noite", para usar a expressão bíblica sugerida por um correspondente do *Christian Science*, de Boston.

A entrevista que daria aquela noite ao microfone da emissora local, associada à NBC, fora imaginosamente escrita pelo melhor de seus redatores. Dizia: no bar, enquanto bebiam, ele muito pouco, Ahearn um pouco mais, por desgosto (divorciara-se recentemente, pela quinta vez, e amava a esposa, era homem do lar, sonhava com filhos, apesar de seus 56 anos), no bar, Ahearn só tinha uma preocupação: a idade. Sentia-se velho. Lamentava ter tido uma vida falha e improdutiva. Mesmo com otimismo, sabia ter poucos anos de vida. E só tinha um desejo: que a Providência lhe permitisse viver alguns anos mais, fecundos e dedicados à humanidade e à pátria, ao santuário do lar, nos quais se redimisse dos anos perdidos... Ahearn não bebera demais, explicava. Mas como não tinha o hábito, a bebida subira. Daí o acidente, que o redator da NBC descrevia de maneira a arrepiar os cabelos de um morto. E vinha por fim o elogio da ciência, na pessoa de H. P. Mathews, M.D., 32 anos, natural de San Antonio, Califórnia, filho de um dedicado pastor metodista.

CAPÍTULO IX

H. P. Mathews não fora menos fantasioso em suas declarações. Realizara um velho sonho. Desde o primeiro ano médico acreditara nos horizontes ilimitados da cirurgia. Ainda pretendia durante algum tempo, enquanto "completava as pesquisas", manter o segredo do processo adotado. Não por egoísmo, naturalmente. Mas aquilo fora apenas a primeira experiência, graças a Deus coroada do mais pleno êxito. Ainda faltava muito. Agora é que ia pesar e medir melhor a experiência; pretendia observar longamente o operado (ainda ignorava se ele continuaria vivo, se não sobreviria um traumatismo, se o pobre corpo do acidentado resistiria, de verdade, ao tremendo choque padecido). Agora é que ia, realmente, verificar... mas dava graças aos céus pela oportunidade. Confessava, modestamente, que fora menos a ciência do que o próprio Deus (e essa modéstia, característica dos verdadeiros sábios, repercutira favoravelmente), confessava que o êxito da operação tinha muito mais de providencial que de científico. Afinal, ainda estava muito no começo da verificação experimental de suas teorias. Cedo para generalizar. Não estava em condições de falar em termos rigorosamente científicos. Em ciência toda precipitação é um erro. Muito melhor, mais fecundo, mais útil à humanidade, esperar.

– Somente com a detida observação deste caso e novas experiências estarei em condições de falar – declarou.

CAPÍTULO X

Longe estava H. P. Mathews, M. D., 32, já cirurgião-chefe do City Hospital, de imaginar que, poucas horas depois da entrevista concedida ao *New York Times*, teria de enfrentar um novo "caso".

Empalideceu mortalmente quando viu duas macas entrarem no recinto das operações. Em cada uma, a metade de um homem.

– Mestre! Mestre! Uma nova oportunidade! – gritava com entusiasmo um jovem cirurgião.

Outros médicos o acompanhavam. Repórteres e fotógrafos invadiam a sala.

– Vai ser a reportagem mais sensacional de todos os tempos!

Mathews sorriu amarelo:

– Será uma epidemia?

E ficou hebetado no meio da sala, enquanto médicos e enfermeiros se multiplicavam em passos e providências para apressar a gravíssima intervenção, que o tempo urgia.

"Hoje eu me suicido", pensou Mathews. "Sou um homem liquidado..."

Mas teve uma inspiração.

– Os amigos vão me desculpar. Esta operação é da maior gravidade. Há, naturalmente, um mínimo de probabilidade...

– Claro! Claro! – concordaram todos.

– ... e se os meus amigos me permitirem, eu prefiro trabalhar só, como anteontem... Não é pelo segredo, propriamente. Não interpretem mal. Mas isto requer o máximo de concentração, quase de "inspiração". Confesso que todo e qualquer movimento ao meu lado, mesmo a cooperação mais inteligente, me perturbam. Este é um caso perdido em princípio. Se eu falhar, é humano... e o caso já estava perdido... De modo que prefiro estar só...

com os meus nervos, com a minha angústia, dentro da seriedade dramática do caso.

– Oh! Mas a reportagem! – disse alguém.

– Primeiro a ciência – murmurou Mathews, como um náufrago. – Depois o sensacionalismo.

Vários professores presentes compreenderam, concordavam.

– Mas antes queremos novas chapas.

E dezenas de lâmpadas explodiam, várias poses do cadáver, várias poses de Mathews, dentro da sua desarvorada perplexidade.

– Agora saiam, agora saiam.

A sala esvaziou-se rapidamente. Mathews passou a chave. Correu a uma prateleira branca, apanhou de um vidro uma dose cavalar de *ácido prússico*. Nisso...

– Homem... perdido por perdido, vou tentar.

Aproximou-se do "paciente". Estava habituado a espetáculos iguais. Não seria um amontoado de carne humana que lhe daria nos nervos. Mas H. P. Mathews tremia. Como na antevéspera, um ônibus, um caminhão, um trem – nem procurava saber – partira em dois um ser humano. Como na antevéspera, aqueles *leftovers* de vida lhe caíam sob os olhos. Na antevéspera, fora uma coisa simples, um gracejo piedoso.

– Por que não enterrar "inteiro" esse coitado? – pensara Mathews.

E juntando as duas partes esfaceladas, displicentemente, despreocupado, assobiando um velho *blue* de sua infância não distante, costurou-as, começando a achar divertido o trabalho. O susto fora meia hora depois, quando voltara com os enfermeiros a fim de enviar o cadáver para o necrotério. O cadáver tinha cores, o cadáver estava quente, o coração batia, os pulsos latejavam.

"Sou um homem liquidado", tornou a pensar, com pena da noiva.

Essa ideia, porém, lhe deu ânimo novo. Curioso... havia calor naqueles restos humanos. E como não fizera na antevéspera, com extremos cuidados de assepsia, com a preocupação de ligar anatomicamente as partes respectivas, num demorado trabalho, H. P. Mathews, como um sonâmbulo, suturou pacientemente aqueles frangalhos de carne.

Depois, pálido e corrido como um cão vadio, abriu a porta, junto à qual dezenas de médicos, estudantes, enfermeiros e jornalistas se acotovelavam.

– Podem passar.

Mas não chegou a ingerir o ácido prússico. Um clamor de assombro o salvou.

– Milagre! Milagre! Maravilhoso milagre! O coração bate! Ele está vivo!

CAPÍTULO XI

– A ser verdadeira a notícia – disse o Professor Einhorn – apenas se confirma a simultaneidade do progresso. Nas eras mais primitivas, povos que nunca tinham tido contato utilizaram o fogo, o ferro, o bronze, a roda, fundiram metais, descobriram os mesmos remédios. Muitos inventos tiveram diferentes autores pelo mundo. Quando os irmãos Wright conquistaram o espaço, um pouco antes deles um mulato brasileiro, em Paris, conseguia a mesma façanha.

E fazendo espírito:

– Muita gente descobriu a pólvora...

– Estamos realmente – prosseguiu o interlocutor – na véspera de um mundo novo. A verdadeira religião é, sem dúvida, a ciência... Os deuses e os semideuses modernos vestem aventais brancos, não habitam as nuvens, movem-se nos laboratórios de pesquisas.

Havia razão para o comentário. Praticamente na mesma hora em que H. P. Mathews realizava a sua segunda experiência vitoriosa, um médico, no Hospital do Pronto Socorro do Rio de Janeiro, trincava e delibava, aflito, o farto seio de uma nova enfermeira. Padioleiros e um jovem quintanista de Medicina abriram repentinamente a porta, que ele, na pressa amorosa de seus restos de mocidade, se esquecera de fechar devidamente. Na maca ensanguentada vinham o corpo e a cabeça de um operário decapitado num acidente trágico de fábrica.

Atarantado, coberto de vergonha, gaguejante e desmoralizado, o médico, para dizer alguma coisa, lembrou:

– E se repetíssemos a experiência de S. Francisco?

– Mas o processo é totalmente ignorado – afirmou o estudante, risonho, olhando a enfermeira e já cheio de planos. Cobraria caro pelo seu silêncio...

O médico, porém, precisava fazer alguma coisa. E quinze minutos depois operava a sutura. Complementou a intervenção, sem fé, apenas para continuar fazendo coisas, com aplicações de soro fisiológico e outras injeções reanimadoras de que tinha estoque. A enfermeira fazia o possível por ajudar, principalmente para fugir ao olhar do quintanista e dos portadores da maca, um dos quais não encobria o seu despeito, pois ainda aquela manhã fora por ela repelido num gesto de altiva dignidade. Súbito, gritou a moça e os outros ficaram estarrecidos de espanto:

– Veja o pulso, professor.

O pulso latejava. O médico auscultou o coração. O estudante repetiu-lhe o gesto. Os padioleiros fugiram apavorados. O morto vivia. Sensação. A notícia ganhou a cidade. A ativa reportagem dos jornais da tarde pôs-se em campo. Os prelos gemeram. O rádio e o telégrafo contaram o acontecimento ao mundo. O patriotismo nacional estuou pelas ruas. O Dr. Paiva foi convocado pelo telefone internacional, de S. Francisco e Nova York, para confirmar a notícia. Aliás, em Paris, uma perna levada por um velho táxi fora recolada e já se movia, dolorida e difícil, mas se movia. E os telegramas de Moscou relatavam que, naquela mesma semana, duas experiências de igual gênero, com pernas e braços cortados, haviam tido igual êxito.

– "Vê-se bem" – ironizava, logo em seguida, um vespertino carioca no seu editorial confuso e palavroso – "vê- -se bem que, procurando embair as massas escravizadas e mantê-las na terrível ilusão da superioridade de sua ditadura materialista e dissolvente, os moscovitas não hesitam em recorrer às maiores mentiras, a fim de dar a entender a sua ciência incipiente pode emparelhar com os centros médicos mais adiantados do mundo..."

CAPÍTULO XII

A bomba lançada por Dobson causara escândalo. Controlando completamente a sua empresa – apenas 10% das ações pertenciam a outros capitalistas – Dobson fora, sempre, um homem do seu *métier*. Trabalhava de comum acordo com os concorrentes. A irmandade dos fabricantes de armas tinha, nele, um competidor elegante e leal. Tanto na questão dos preços, como na distribuição dos mercados, fora sempre irreprochável, respeitador dos compromissos, fiel a todos os acordos, mesmo em risco de diminuir a sua percentagem de lucros. Quando se cogitava de incentivar uma guerra menor, apenas para incrementar as vendas, Dobson, conhecido como o fabricante que se contentava com as cotas que lhe haviam sido designadas, não procurava vender mais do que o previsto, com prejuízo das organizações congêneres. Chegava, algumas vezes, a aceitar pedidos superiores à sua cota de vendas, para não dar na vista, mas passava o excedente a quem de direito, num *fairplay* de verdadeiro esportista.

– A ética acima de tudo – costumava dizer Dobson aos seus agentes, quando os enviava pelo mundo a agitar questões de fronteira, a espicaçar brios nacionais, a levantar rivalidades, a pôr de sobreaviso povos pacíficos contra o imperialismo dos vizinhos.

– A ética acima de tudo...

Mas o grande hipócrita se revelava agora, segundo a palavra enraivecida do presidente do Sindicato Secreto dos Fabricantes de Armas. O grande miserável, afinal, se denunciava. Durante 20 anos viera conquistando confiança...

– ... e acumulando estoques! – esbravejou Mr. Fairchild, secretário.

– ... e acumulando estoque – repetiu Mr. Sweetboy – para nos atacar pelas costas com uma covardia francamente nipônica! Vocês podem estar certos de que essa pretendida conversão das fábricas em indústrias alimentícias é puro blefe! Ele apenas quer nos arrasar...

– Mas a reconversão já começou – disse desnorteado um terceiro.

– Ora, não seja tolo! Nada de ingenuidade! – afirmou Sweetboy. – Então vocês acreditam? Então vocês acham possível que alguém vá abandonar a produção de canhões, de explosivos, artigos que consomem o orçamento de países inteiros, para vender ervilhas e sopas enlatadas? Não sejam cretinos!

– Mas eu posso garantir... estou bem informado... a a menos que ele esteja representando a mais infame comédia de todos os tempos...

– Está! – garantiu o presidente. – Está! Disso tenho certeza!

– Mas por que não nos entendemos com ele? – perguntou Fairchild, esmagando com os dedos de unhas cintilantes a cinza do charuto, caída na mesa.

– Já tentei – garantiu Sweetboy.

– E ele?

– Se estou dizendo que é um miserável... um hipócrita! Vocês vão rir. Mas é a verdade. O patife teve o descaramento de me repetir tudo o que dissera o anúncio. Que realmente fora um grande criminoso, tinha a consciência em chamas, não podia dormir de remorsos... – Não faltava mais nada – riu um industrial especializado em bomba atômica. – Não faltava mais nada! Remorso... – Pois foi a palavra que empregou, com um cinismo revoltante... Só faltou rezar o *padre-nosso* na minha frente. E ainda digo mais... A mim... a mim... na minha lata... disse que, desde que vira um filme sobre os prisioneiros de Dachau, nunca mais tivera sossego.

– Francamente! – disse Fairchild.

Houve um longo silêncio.

– É possível acompanhar os preços dele? – perguntou uma voz, vinda de uma longa barba branca.

– Seria a nossa ruína! Ele está vendendo com 70% de desconto!

– Mas ainda há margem – disse a barba.

– Haveria... se tivéssemos uma guerra imediata para forçar o consumo e provocar, logo em seguida, a melhoria dos negócios... Mas não há. Os povos andam tomados de uma covardia universal.

– Mas só se fala em guerra...

– Falamos nós – disse Fairchild. – Falamos nós... Não se iluda com as manchetes, com o que dizem as agências telegráficas, os jornais. Você não ignora a fortuna que nos custa tudo isso. Espontaneamente, nenhum jornal falaria em guerra. Isso nos custa os olhos da cara. Cada dia que passa a covardia aumenta. Todos se armam, todos se espreitam, todos se odeiam... mas todos se temem...

208

E num gesto de desânimo:

– Foi o diabo aperfeiçoar demais os meios de destruição...

E um olhar de censura coletiva fez baixar a cabeça ao homem da bomba atômica.

CAPÍTULO XIII

Desencadeou-se imediatamente a ofensiva guerreira mais violenta da história. As agências telegráficas pareciam tomadas de furor bélico espantoso. Nunca haviam sido tão ativos os seus repórteres, nunca seu olhar penetrante vira tanta coisa. Pipocavam motins, explodiam contendas, consulados incendiavam-se, embaixadores eram desrespeitados, bandeiras estrangeiras rasgavam-se em toda parte pela patuleia enfebrecida. Voltavam-se as massas contra tudo que se passasse além-fronteira. Telegramas de Ajaccio, de Beirute, de Bajé, do Cairo, de Bizerta, de Oslo, de Suomisalmi, de Hong-Kong, de Tabatinga, de Alençon, de Leipzig, de Cobe, dos mais desencontrados lugares da Terra, disputavam-se a primeira página dos jornais de todo o mundo. Americanos eram massacrados em Cobe, um deputado egípcio insultava no Parlamento a progenitora do Mufti de Jerusalém, em Oslo era pisada a bandeira dinamarquesa, o secretário da embaixada brasileira em Santiago esbofeteava a esposa do cônsul argentino, estudantes de Córdova vingavam a Sra. Consulesa rasgando a bandeira do Brasil, a república de Santo Domingo armava-se para invadir o Haiti, o sindicato dos açougueiros de Lima condenava a carne argentina, uma lama no Tibete teria insultado os muçulmanos, um orador cearense teria acusado de plágio a bandeira chilena, provocando agitações antibrasileiras, inéditas na história do Chile, em Arica, Temuco e Puerto Monte, os bolivianos voltavam a reclamar o Chaco, o governo brasileiro teria exigido o pagamento da dívida paraguaia, a Itália começava a fabricar relógios à razão de 20 milhões por ano, numa cidade da Polônia a multidão exigia a devolução de uma aldeia anexada à Checoslováquia em 1919 e teria estuprado as filhas do inerme cônsul do país vizinho. Judeus massacravam árabes em Nova York. Um partido ultranacionalista fundava-se em Buenos Aires com o fim específico de exigir as Malvinas. Seu lema: "Ou nos devolvem as Malvinas, ou matamos a Inglaterra de fome". Em Madri um ministro de Estado teria feito uma conferência ridicularizando a padeira de Aljubarrota. No Minho já se formava um batalhão de panificadores para lavar a afronta feita à classe e à pátria. Nas fronteiras de Pernambuco o exército de Alagoas reclamava, sob pena de invasão imediata, a baixa nos preços do açúcar. Na Rússia pregava-se o morticínio dos padres. A Iugoslávia iniciava oficialmente a reabilitação de Princip, o assassino de Serajevo, e as multidões ululavam, nas ruas de Belgrado: "Acabemos de varrer a Áustria do mapa da Europa!".

Os telegramas iam e vinham. Os desmentidos também. Mas, nesse meio tempo, a loucura se alastrava pelo mundo em rastilho de pólvora.

Somente uma voz falava de paz: a Dobson Ammunitions, Inc. Conseguira encaixar, no serviço de todas as agências telegráficas e nas maiores emissoras da Terra, mensagens serenas, recomendando calma. Manobrava, sem que estes o percebessem, padres, pastores, líderes religiosos, que ocupavam os microfones, em todas as línguas, pregando a paz, aconselhando prudência, ensinando a fraternidade entre os povos. Piscatelli e Warren eram os líderes da campanha pacifista.

– Vocês compreendem – dizia Dobson aos dois amigos – se estala uma guerra antes de esgotado o meu estoque, fico a pão e laranja...

CAPÍTULO XIV

– Não é possível! – urrou Mack Sinnett. – Você está louco, rapaz!

Janakopoulos, administrador do Peace Graveyard, num sereno recanto de Long Island, se encolheu de medo. O patrão tinha desses repentes. Conhecia-o muito. Mack era um insatisfeito. Controlava com extremo rigor os gráficos laboriosamente organizados pela contabilidade, pondo-o a par do movimento de todos os campos-santos que mantinha pelo país. Tornara-se um verdadeiro técnico em demografia. E nada o irritava mais do que as campanhas de saneamento periodicamente organizadas pelo governo em zonas pestilenciais onde fora, muito de avisado, abrindo novos estabelecimentos.

– São esses parasitas do Health Department esbanjando o dinheiro do povo... Eu conheço bem os malandros...

E se na primeira semana de janeiro, por exemplo, um cemitério qualquer "produzia" menos que em período correspondente do ano anterior, eram longas as cartas e advertências ao administrador responsável pelos seus destinos. Chegava a provocar emulação entre os administradores, instituindo cotas e prêmios, cotas, aliás, estabelecidas com inegável senso de justiça, dentro do coeficiente de mortalidade na época e na região. Mas estabelecida e aceita a cota, era implacável na cobrança. Lançara-se no negócio num período áureo: a gripe espanhola. Voltava sempre a ele com saudade.

– Só tenho um desgosto: naquele tempo eu estava começando a carreira. Só tinha uma "casa". Hoje, que eu podia aproveitar, essas epidemias não se repetem mais...

E concluía, filosófico:

– A vida é assim... Em todo caso, não tenho razão de queixa: Deus é grande.

Mas bastava notar o mais ligeiro decréscimo, aqui ou ali, para perder a cabeça.

Por isso, Janakopoulos hesitara três dias. Sua cota estava completamente destroçada. Mesmo o superávit dos dois últimos meses já parecia perdido, na média geral, pois havia 12 dias que não lhe aparecia, nem para remédio, um mísero freguês. Algo de estranho, de grave, estava acontecendo. Janakopoulos olhava desesperado para os gráficos. Justamente aqueles 12 dias, em período igual do ano anterior, haviam sido estupendos: 12,7% de aumento sobre o mês que findara, 14,8% sobre igual época do ano precedente.

– Eu não sei como falar com Mr. Sinnett – dizia o grego à mulher. – É capaz de me despedir.

Por sorte, uma forte gripe o retivera no hospital. Mas quando Janakopoulos soube que naquela manhã Sinnett voltara ao escritório central, achou mais sábio enfrentar pessoalmente o perigo. E lá foi.

– Mas o que é que você tem feito? Você não trabalha? Você não toma providências?

O grego encolheu os ombros:

– Que é que eu posso fazer? Eu não tenho culpa.

Nisso, entrou o administrador da filial do Bronx. Sinnett nem respondeu ao assustado bom-dia do homem pálido.

– Você também não vai me dizer que não enterrou ninguém nos últimos 12 dias...

– Eu... eu... o senhor me desculpe.

– Fez algum negócio?

O homem gaguejou.

– Não fez? Nenhum?

A palidez do homem dispensava resposta. Mack Sinnett deixou-se cair na poltrona macia.

– É isso! É isso! Eu não tenho nem o direito de ficar doente! Tenho de fazer tudo sozinho!

CAPÍTULO XV

Teve início então a batalha dos cemitérios. Porque, alarmado com os relatórios de todas as suas "casas" em Nova York e o apelo desesperado de outras organizações *across the country*, imaginando que, por secretos e estranhos meios, a concorrência estava monopolizando toda a clientela, Mack Sinnett tratou de recorrer à propaganda. Por sua vez, dando com os anúncios, os demais concorrentes, em igual situação, julgaram encontrar a chave do chocante mistério. Suas pás repousavam, à beira das sepulturas viúvas, porque uma hábil propaganda do grupo Sinnett estava concentrando em suas mãos todos os negócios.

E enquanto Mack Sinnett falava da poesia e serenidade de seus campos-santos – "verdadeiros parques, onde o repouso eterno é mais doce e convidativo" – os outros comburiam os miolos na procura de argumentos novos e planos de promoção de venda mais produtivos.

Mack Sinnett tinha ideias românticas, era sentimental. Segundo os seus anúncios, cada cemitério seu, de calmo, tranquilo e convenientemente arborizado (dentro dos mais modernos princípios da jardinagem aplicada), quase se transformava em verdadeiro convite para a morte. Depois de uma vida de canseiras, de trabalhos, de angústias, de lutas, de desilusões, nada como baixar à campa num refúgio realmente sereno, à sombra de árvores amigas, de silêncio e de paz.

Já um concorrente preferia apelar não para o sentimentalismo – nem para o complexo de fadiga – mas para a "vaidade" que, segundo os tratadistas mais autorizados da propaganda, foi sempre a mais poderosa alavanca no terreno das vendas.

E seus anúncios tomavam dois rumos. Num, falavam ao *prospect*, ao futuro morto. Noutro, aos parentes e amigos. Claro que cada um preferia ser enterrado em cemitério condigno, de categoria, de reputação firmada, aquilo que, na indústria hoteleira, se chama de "um bom endereço". Isso, falando ao candidato. Em seguida, procurava falar aos sobreviventes. Um cemitério de fácil acesso para o culto da sua saudade, servido pelo *subway* e por linhas de ônibus e bondes, um cemitério onde se entrava sempre em "boa companhia".

Um terceiro preferia alegar à clientela já conquistada. E mostrava: exatamente "boa companhia" era o que podia oferecer a seus mortos. Já lá abrigava tantos presidentes da República, tantos estadistas, tantos escritores, tantos artistas de cinema. "Durma o seu sono eterno ao lado de Roosevelt, ou de Taft, ao lado de Walt Whitman", conforme os clientes ilustres já recolhidos.

Outro anunciante abandonara a agência que se recusava, a todo transe, a executar uma campanha na verdade chocante. Em resumo, o homem queria alegar os nomes dos vivos ilustres, de grandes famílias, que possuíam jazigos perpétuos em seus estabelecimentos e que mais cedo ou mais tarde neles viriam repousar afinal. "Nós esperamos Truman, Clark Gable, Marshall. Aguardamos, também, a honra da sua companhia."

Mas a propaganda pela primeira vez fracassava nos Estados Unidos.

CAPÍTULO XVI

Dentro de poucos dias a batalha assumia caráter de franco desespero. Sentia-se – e o particular, o homem da rua, não sabia por que nem como – que algo de estranho estava acontecendo no mundo.

A ausência da morte não fora ainda notada pela clientela. Individualmente ninguém tomara conhecimento da revolução operada. Todos temem a morte. Mas o homem é otimista por excelência e não há quem espere a morte para hoje ou para amanhã. Mesmo os mais pessimistas, ainda os mais enfermos, todos têm a impressão de que a própria morte é algo fatal, mas para daqui a vinte ou trinta anos. Claro que os milagres se repetiam. Dos desastres mais espetaculares escapavam todos. Pelo mundo inteiro a mesma frase se reproduzia:

– Eu nasci hoje outra vez.

Mas a ninguém ocorria imaginar a causa real de tudo. Os médicos, por seu lado, enchiam-se de explicável vaidade. Não perdiam um caso, mesmo os mais difíceis. Os comunicados às sociedades médicas, nos Estados Unidos, no Brasil, na Suíça, na França, no Japão, na Itália, sucediam-se diariamente, relatando inenarráveis prodígios, fabulosos triunfos da ciência. O caso Mathews já se banalizara. Repetia-se com variantes maiores ou menores por todos os países da Terra. Já a imprensa católica pedia a canonização de um novo santo, um missionário que posto a cozinhar por uma tribo africana enfurecida, resistira a horas de fervura e, levado depois à fogueira, ficara horrivelmente queimado, mas continuava com vida, o que lhe valeu chamar à fé a estarrecida e apavorada nação negra.

Em cada cidade, é certo, nos cartórios de óbitos, nas lojas de flores, e particularmente nos cemitérios, havia estranheza. Mas ninguém sabia ter o fenômeno proporções universais. Enquanto isso, a batalha prosseguia nos Estados Unidos. E era realmente desesperada. Um grande vespertino passou subitamente a fazer sensacionalismo em torno dos suicídios (que se reduziam, aliás, a tentativas), romanceando e romantizando cada caso. Era ideia e financiamento de empreiteiro fúnebre que conhecia, por leituras e observações, a influência da sugestão e do contágio no espírito mórbido dos suicidas em potencial.

Enquanto isso, multiplicavam-se as manifestações de desnorteio. Um cemitério de Chicago punha-se a vender sepulturas a prestações módicas. "Compre desde já o seu repouso futuro. Apenas 3 centavos por dia!"... "Escolha desde já um lugar poético para o seu descanso eterno, e pague-o em cômodas prestações semanais". Um terceiro: "Não faça de sua morte um peso para os seus amados. Adquira desde já a sua sepultura. Preços módicos. Facilidades de pagamento".

Em Boston, um interessado fora mais longe. Nenhuma outra organização local, afirmava, podia corresponder ao voto de todos os que lamentam a partida dos entes mais queridos: "... que a terra lhe seja leve". Tendo mandado analisar a terra do seu e dos cemitérios rivais, ficara provado que, graças à composição do terreno, a sua era 14,07% mais leve que a do concorrente mais próximo, e 18,3% mais que a média de todos os restantes.

Mas o *record* fora alcançado por Detroit: "Enterre-se em nosso cemitério e habilite-se a receber o seu dinheiro de volta. Sorteios semanais durante todo o primeiro ano..."

Nesse meio-tempo, a Coats-to-Coats Life Insurance Company realizava a sua mais espetacular e vitoriosa campanha. Colocava apólices de seguro de vida, sem exame médico, pela décima parte do prêmio, e desde que o seguro fosse superior a 10 mil dólares, contando que o segurado pagasse adiantadamente o prêmio de 5 anos. Apesar de haver diminuído a comissão dos agentes, pois o risco era muito maior, vendeu milhões de apólices, deixando perplexas e desarvoradas as demais companhias.

Piscatelli vendera caro o segredo.

CAPÍTULO XVII

Foi quando o escândalo esteve a pique de rebentar. Dois meses apenas haviam transcorrido. A Dobson já se desembaraçara de todo o estoque espantoso de engenhos de morte. Algumas de suas fábricas se viam, mesmo, obrigadas a produzir mais, tal o aumento de pedidos. Mas a reconversão avançava a passos gigantescos. Vários povos estavam à beira da guerra, apesar da campanha universal em que Warren e Piscatelli se empenhavam, agitando a bandeira da paz.

É que, numa clara manhã de sol ardente, um homem subia ao mais alto edifício de Nova York. Iludira a vigilância dos guardas e, num relâmpago, se atirou das alturas. Não lhe ficou um osso intacto. Era uma pobre massa informe, que os médicos ergueram, largada e frouxa, como um velho edredom. Mas permanecia vivo, embora em estado de coma. Nos bolsos da vítima, duas cartas. Um para a polícia, outra para Gladliver. Em ambas, dizia pôr termo à vida por estar completamente arruinado. Fora o incorporador da Companhia que adquirira os 5.500 *funeral homes* de Gladliver. Na última carta o desventurado milionário punha bem patente a má-fé, a desonestidade, o frio cinismo do empresário fúnebre. Todos os dados que apresentara deviam ser falsos. As estatísticas deviam ser mentirosas. A clientela, que dizia possuir, era puro blefe. Suas 5.500 arapucas, embora impecavelmente bem montadas, não possuíam a menor freguesia. E ele não devia ignorar que se tratava de um negócio sem futuro. Sabia, seguramente, que os progressos da medicina tinham arrasado completamente o mercado. Tanto assim que, em 5.500 estabelecimentos, "localizados", segundo expressa declaração de Gladliver, "nas ruas, bairros e cidades de maior mortalidade na República", não aparecera, em dois meses, um simples, um mísero cliente.

E era assim que, tendo empregado toda a sua fortuna e arrastado para a ruína alguns dos seus melhores amigos, Mr. L. H. Tombstone, 63 anos, capitalista, Rua 77, 3.584, Jackson Heights, L. I., N. Y. C., punha termo à vida, atirando a culpa de sua morte à consciência de Gladliver.

CAPÍTULO XVIII

As cartas de Tombstone, divulgadas pela imprensa, abriram os olhos do mundo e das autoridades. Observou-se então que o fenômeno era geral e o mistério também. Realmente, ninguém estava morrendo. A verificação fazia-se em toda parte e vinha confirmada dos extremos da Terra. Agora se compreendia. Mais ou menos simultaneamente, em todos os países, tinha parado a venda de caixões e coroas fúnebres, tinham ficado às moscas os cemitérios, multiplicavam-se os prodígios da medicina em casos ainda há pouco absolutamente perdidos.

Ainda não houvera, porém, uma coordenação das notícias nem se chegara a uma conclusão. Mas um vespertino de Nova York farejou a coisa. E de indagação em indagação sua reportagem foi a Klepstein e sua realização miraculosa. O rádio então; através de todas as redes de emissoras norte-americanas, anunciou que dentro de poucas horas o *Evening News* lançaria uma edição extraordinária e exclusiva, dando a notícia mais sensacional, o *furo* mais completo, anunciando o início de uma era nova para a humanidade.

A edição, porém, não chegou a ser posta na rua. Já trabalhavam as rotativas quando tanques cercaram a redação, forças armadas invadiram o prédio, empastelando as oficinas, pondo fogo aos primeiros exemplares, destruindo matrizes, impossibilitando as máquinas de funcionar, prendendo indistintamente redatores e gráficos.

Ao mesmo tempo, os demais jornais, as agências telegráficas, as estações de rádio eram ocupados militarmente e uma censura feroz se estabelecia, como nunca antes, em tempo de guerra, se verificara.

Por outro lado, o State Department comunicava-se com todas as embaixadas e consulados norte-americanos de todos os continentes. Homens alucinados moviam-se, em Washington, como diante de uma catástrofe universal.

A Casa Branca falava diretamente, de chefe de governo a chefe de governo, com os principais países da Terra.

Era preciso deter, quanto possível, impedir, até onde fosse possível e enquanto possível, a divulgação da tremenda notícia. O mundo tinha que se reajustar primeiro.

Mas já era tarde. A expectativa de uma grande revelação ganhara a Terra. Pior ainda: os boatos se multiplicavam, desencontrados, aterrorizantes. E as imaginações trabalhavam. Havia quem previsse, de um momento para outro, milhões de aviões russos de 300 metros de extensão, enchendo o espaço, despejando bombas superatômicas sobre todo o país. O alarma e o espanto se comunicavam a todos os pontos da Terra. Paris foi evacuada em poucas horas. Londres meteu-se nos subterrâneos. Na Rússia, milhões de operários ficavam estatelados diante das fábricas, numa paralisação de medo inédito. Multidões místicas nos Estados Unidos, na Itália, na Bahia cobriam-se de saco e de cinza, abandonavam os lares, iam aguardar a descida de Cristo para o estabelecimento do Milênio. Na Câmara brasileira deputados exigiam, aos gritos, a prisão e o fuzilamento imediato de todos os agentes de Moscou. As igrejas se enchiam. Os templos regurgitavam. Ninguém sabia de onde viria a morte, se do céu, do mar ou das entranhas da Terra.

Foi então que se viu: não havia outra solução. Melhor seria contar a verdade.

CAPÍTULO XIX

Ninguém acreditou, no primeiro minuto. Mas, bem examinadas as coisas, devia ser verdade. Em toda parte os médicos o reconheciam. A palavra das estatísticas era definitiva. Vinha de todos os lados a confirmação. E aquela foi a hora maior de toda a humanidade. Custava-se a compreender que os governos tivessem tentado obstar a divulgação de tão gloriosa descoberta. Por medo, talvez, de que as multidões enlouquecessem.

E, de fato, aquele foi o momento de delírio universal. À medida que os homens iam acreditando, as multidões se contagiavam de alegria desvairada.

– A morte acabou!

E pais e filhos e irmãos e amigos e inimigos beijavam-se em febre. Os enfermos abandonavam os leitos, na ilusão da cura, livres do espantalho milenar. De todos os lados subiam músicas festivas, as estações de rádio transmitiam hinos e *Te Deums*, crianças e velhos, particularmente velhos, pulavam de júbilo.

– A morte acabou!

E em Nova Orleans, na Cidade do Cabo, em Xangai, em Marselha, em Novgorod, em Pilsen, em Mukden, em Porto Alegre, em Londres e em Botucatu, em Leningrado e em Coimbra, em Nova York e em Pergamino, as fábricas eram abandonadas, os escritórios fechavam-se, as repartições deixadas de portas abertas, e dos palácios, dos casebres, dos altos edifícios e das casas de lata nos morros sombrios, saía gente cantando e chorando de gozo, num alalá de ressurreição universal!

– A morte acabou!

Nunca uma cidade, longamente pisada pelo invasor, teve alívio maior ao reconquistar a liberdade. Era a Terra inteira! O clamor de milhões, vindo de todos os quadrantes, parecia juntar-se no céu, numa confusa atoarda a reboar pelos espaços.

– A morte acabou!

Mendigos e reis se abraçavam, irmanados pela vida vitoriosa. Os paralíticos andavam, magnetizados pela força misteriosa que vencera a morte. E os moribundos afinal se erguiam, só agora libertos de prolongadas agonias, cantando e chorando.

– A morte acabou!

CAPÍTULO XX

Um primeiro festejou a vitória bebendo. Os outros logo após. E Amazonas inteiros foram descendo goela abaixo dos homens em todos os cantos da Terra. A alegria viera antes. A alegria continuava. Transbordaria logo. E homens e mulheres cambaleavam de festa e longas multidões colubreavam pelas ruas e praças (A morte acabou! A morte acabou!) e dentro em pouco a suprema conquista era celebrada pelo carnaval da Terra inteira, num crescendo de insânia coletiva. (A morte acabou! A morte acabou!) E já ninguém se entendia.

Um homem olhou uma farmácia. Atirou a primeira pedra. Aquilo aconteceu quase simultaneamente em milhares de cidades e aldeias. Um homem olhou. Um homem atirou a primeira pedra. Os outros também. E como prisioneiros afinal rebelados, numa onda crescente e tumultuosa, simultânea em milhares de pontos, as multidões depredavam. O inimigo estava na farmácia. A exploração estava na farmácia. O imperialismo estava na farmácia. O sangue dos pobres estava na farmácia. E os vidros e as caixas voavam em estilhaços e na loucura geral os homens pisavam com fúria botelhas e ampolas que antes eram a sua última esperança. Balcões e vitrinas, cartazes e anúncios eram quebrados, moídos, pulverizados com ódio.

Depois, um outro se lembrou dos hospitais, onde os enfermos, como cativos, haviam penado longamente. E lançou também a primeira pedra, que teve pedras irmãs, aos milhões, quase ao mesmo tempo, em todos os pontos do planeta. O saque e a destruição começaram. E os próprios enfermos, ainda há pouco gementes e moribundos, voltavam-se contra os leitos humildes, como se por estes houvessem sido injustamente escravizados. Noutros lugares, a fúria se traduzia em fogo. E os hospitais ardiam em labaredas de cidade bombardeada, e como fantasmas batidos de sombras e fogachos sinistros, vultos deslizavam e riam, cuspindo nas chamas, blasfemando febris, por entre as ruínas iluminadas.

– Olha um médico!

E o homem sentiu que tinha contra ele a multidão. Foi assim no Crato e em Moscou, em Garanhuns e em Harbin, em Cerqueira César e Estocolmo. E como inimigos públicos tradicionais, empreiteiros da morte, exploradores do sofrimento, os médicos fugiam, pisados e atropelados pela massa ululante.

CAPÍTULO XXI

Durou horas, ninguém soube quantas. Durou dias. Dias e noites. Não havia controle. Os soldados confundiam-se na massa. Os policiais haviam abandonado seus postos e gritavam também, roucos de bebidas baratas. Desnorteio em toda a Terra, bares invadidos, os tonéis de vinho dos depósitos avidamente sugados por homens e mulheres. E homens e mulheres rolavam pelas calçadas e o amor se espojava nas sarjetas. (A morte acabou! A morte acabou!) Os incêndios lavravam. E agora o incêndio arrastava consigo oficinas e fábricas e pela primeira vez se esboçava uma reação inesperada, ninguém compreendia como, em defesa de duras prisões onde os desprotegidos construíam cansados a riqueza de alguns. (A morte acabou! A morte acabou!).

E, como a morte acabara, alguém disso se lembrou, num gracejo sinistro, e puxou do revólver e o apontou contra o peito do amigo. Como fogo avançando e com a mesma simultaneidade e automatismo dos gestos anteriores, por toda parte os homens desgovernados pelo álcool tomavam das armas, gargalhando rouquenhos.

Tiros soavam, punhais penetravam, sangue tingia os peitos, empastava as ruas. Outros não visavam o amigo, não procuravam os indiferentes. A morte acabara. E baleando e tropeçando e rolando no solo (a morte acabara), era contra o próprio coração que voltavam as armas.

A morte acabara.

CAPÍTULO XXII

Depois a humanidade foi despertando. Com a morte, acabara o álcool. Todos os instrumentos de fuga ou de falsa alegria tinham sido esgotados. Das sarjetas, dos subterrâneos, dos porões, os gemidos subiam. Corações varados, crânios esfacelados, corpos largados na miséria do chão. Ruínas fumegavam ainda. E restos de homens, no meio das cinzas semiextintas, uivavam de dor, a carne tostada pela fúria das chamas. Os enfermos antigos choravam de novo. Vinha do bojo de todos os ventos, partida de todos os cantos, a queixa desesperada dos homens feridos. Crianças famintas procuravam pão. Navios desgovernados se perdiam no mar. Os homens não sabiam que caminho seguir. Na terra e no mar. Os senhores da Terra haviam perdido o comando das rédeas e as multidões vagavam como bestas sem freio, procurando rumo. Afinal, foi-se esboçando um começo de ordem, pouco a pouco, aqui, acolá e mais além. A autoridade foi-se refazendo. Os soldados voltavam a temer os oficiais e os governos enfrentavam a maior convulsão de toda a história. As prisões se enchiam. Nos poucos hospitais restantes, os enfermos se amontoavam e seus gemidos pareciam ultrapassar a atoarda de festa em poucos dias antes, pela Terra toda. Os médicos não bastavam. Formavam-se batalhões de voluntários para atenuar o irremediável. E os governos mal refeitos sentiam-se periclitar, mal firmes, diante da massa que se movimentava reclamando pão, pedindo trabalho.

– Antes, uma boa guerra daria solução a tudo isto – comentou Fairchild.

CAPÍTULO XXIII

Da alegria universal tinha participado, e com que infinita e particular exuberância, a veneranda senhora Dona Maria do Vale Pereira da Silveira Lobo. Não tinha queixas da vida. Nascera milionária, quase um século atrás. E a fortuna crescera com ela em fazendas de criação e de café, em fábricas de tecidos e terrenos que pouco valiam quando Maria nascera. Mas Dona Maria do Vale Pereira da Silveira Lobo vira os seus terrenos duplicarem de valor cada dez anos. E nos seus terrenos urbanos, de valorização progressivamente geométrica, primeiro as casas de jardim na frente, depois os apartamentos que se superpunham pejados de povo, vinham multiplicando a riqueza sem fim de Maria do Vale Pereira da Silveira Lobo, que protegera artistas e tivera amantes e fora estrela de brilho inconfundível na melhor sociedade.

Tinha 79 anos Maria do Vale Pereira da Silveira Lobo quando resolveu fechar os salões, recolher-se à meditação, preparar-se para a morte. Já vivera. Restava morrer. Mas apesar de sua riqueza imensa Maria do Vale Pereira da Silveira Lobo era pobre em parentes. Os filhos morreram cedo. O único sobrinho morrera, deixando-lhe apenas uma sobrinha-neta, já casada e com filhos. Não faltaria, porém, a Maria do Vale Pereira da Silveira Lobo o calor humano da solicitude em seus últimos dias. Quando anunciou que se aparelhava para a morte, encerrada na mansão senhorial onde sempre vivera, viu que seus poucos parentes não lhe permitiam, de maneira alguma, um triste fim, entregue às mãos mercenárias de enfermeiros profissionais. Comovida, Maria do Vale Pereira da Silveira Lobo acedeu. E mil vezes abençoou a hora em que deixou a imensa casa deserta para o abrigo dos sobrinhos-netos. Porque foi ao encontro da solicitude incansável. Seus 79 anos agitados de vida batiam agora a uma enseada tranquila de papinhas e beijos, de jeitinhos na coberta, de contínua arrumação do travesseiro, de médico toda hora chegando a cada suspiro mais fundo ou silêncio mais largo. Titia e vovó, queridinha da gente, Maria do Vale Pereira da Silveira Lobo via sobrinhos-netos morrerem, sobrinhos-bisnetos nascendo. E à sua volta o carinho crescia. Todas as manhãs chegavam, na ponta dos pés – e os anos passavam! – parentes de olhos longos e palavras doces.

– Está dormindo, avozinha?

Vinte anos tivera assim, de contínuos cuidados, de paciências à volta. De modo que Dona Maria do Vale Pereira da Silveira Lobo não conseguiu compreender a rudeza com que um dos sobrinhos-bisnetos mais amorosos a recebeu, quando se recolhia do primeiro passeio em vinte anos de leito tranquilo e papinhas em tempo:

– A senhora não tem vergonha de, nessa idade, andar se misturando com essa multidão de bêbados pela rua?

Atordoada, Dona Maria do Vale Pereira da Silveira Lobo quis explicar. Mas agora toda a família participava da indignação de seu jovem rebento. Velha sem compostura, indecência de cabelos brancos...

E pressentindo que, se não o fizesse logo, seria atirada pelas janelas, Dona Maria do Vale Pereira da Silveira Lobo, ainda sem entender, fez chamar o carro e voltou para a rica mansão onde ficaria, amarga e solitária, pelas idades sem fim.

CAPÍTULO XXIV

Com mão de ferro os governos afinal se reajustavam. Já não havia prisões. Os campos de concentração pululavam de gente. O espancamento impiedoso se tornara o único meio de manter a ordem, assim como a supressão da magra sopa servida aos operários que insistiam em reclamar trabalho e agitavam as ruas. Nas companhias ainda organizadas, ódios e ambições prudentemente silenciados no passado vinham à tona, agora, em explosões a todo instante. Já a morte não deixaria margem a promoções. E era assim nos exércitos. E nos postos de carreira, em toda parte. Os embaixadores não morreriam mais, e não havia esperança de que aumentasse o número de países onde fossem possíveis novas embaixadas. Em que idade se aposentariam agora os diplomatas, os funcionários, os professores? E como enfrentar, na humanidade desequilibrada demograficamente, o problema dos nascituros (Aliás, em Avaré, Estrada de Ferro Sorocabana, Estado de São Paulo, Brasil, Dona Laura Matoso, besuntando à noite a pele seca, diante do espelho, depois de haver empapelotado os cabelos tingidos, se perguntava alarmada: "Quando meu filho tiver 300 anos quem há de acreditar que ainda não passei dos 35?")

Mas os problemas se agravavam, multiplicados pelas alturas da astronomia. Só uma indústria parecia favorecida naquela primeira hora e convocava novos operários: a das bebidas. Mas para logo a mesma estacava, pois não adiantava fabricar, apesar da imensa demanda, bebidas para uma multidão sedenta e sem dinheiro que, tomada de audácias antigamente impossíveis, ia arrancar à viva força, em magotes inumeráveis, o seu copo de chope.

Mas a fome não fora desintegrada, como lembrava Fordson a Klepstein, na noite do Laboratório. Nem a pele fora insensibilizada. E, amparada nessas duas forças invencíveis, a autoridade, pouco a pouco, se restabelecia sobre as vagas humanas.

CAPÍTULO XXV

De repente, Jean Marie Dupont, em Marselha, encarou a mulher. E maior que todos os problemas da nova humanidade, ele compreendeu a sua tragédia. Fora marido tranquilo e ordeiro, praticamente irreprochável. Fizera os seus filhos. Sustentara a casa. Entregava à esposa, fielmente, o ordenado, recebendo todas as manhãs o necessário para as despesas pessoais, não muitas. Não era homem de amores volúveis, o vinho e o queijo que amava tinha sempre em casa, na toalha de uma brancura impecável. Saía à hora certa. Voltava à hora certa. Velara noites inteiras junto ao crupe de Clémentine aos seis anos e à pneumonia dos dez. Jean Paul, seu filho mais velho, tivera em Jean Marie seu melhor enfermeiro. E enfermeiro fora Jean Marie, durante 16 anos, de Madame Dupont, cuidados frequentes, corrida à farmácia de madrugada para atenuar-lhe as cólicas inesperadas, a *migraine* impiedosa. Nunca tivera gosto em ir ao teatro sem Madame Dupont. E se a dor de cabeça a retinha no leito, Jean Marie Dupont não achava gosto no vinho e o apetite passava se não lhe ouvia a voz serena insistindo com os filhos para que comessem.

Mas Jean Marie Dupont olhou a esposa, nesse dia de uma singular beleza na pele clara, que ele sabia de uma doçura aveludada. Nunca pensara antes na morte de Madame Dupont. Nem a desejara. Mas a ideia de que Paulette não morreria mais o encheu de um desespero sobre-humano. Jean Marie viu então a eternidade. Um caminho sem fim. E ao seu lado Paulette. Sempre se levantando à hora certa. Sempre espanando os móveis, arrumando os tapetes. Sempre dando brilho nos talheres. Sempre zelando pelas porcelanas. Sempre indo ao mercado. Sempre voltando do mercado. Sempre escolhendo o menu. Sempre o aconselhando a comer. Sempre servindo o vinho. Sempre cortando o queijo. Sempre partindo o pão. Sempre passando a manteiga. Sempre costurando as meias. Sempre acendendo a lareira. Sempre lhe estendendo o cinzeiro. Sempre lhe arrumando a gaveta. Sempre lhe perguntando as horas. Sempre lhe aconselhando prudência. Sempre indagando se ia chover. Sempre se queixando contra o preço das coisas. Sempre lhe recebendo o ordenado. Sempre discutindo com os fornecedores. Sempre zelando. Sempre limpando. Sempre cuidando. Sempre. Sempre. Sempre.

Jean Marie Dupont foi ao quarto, encheu duas malas de roupa e saiu, sem palavra. Já na porta, Paulette o chamou. Jean Marie deteve-se, trêmulo. Muito pálida, Paulette entregou-lhe o resto do ordenado do mês.

– Mas...

– Eu tenho o meu pé-de-meia – disse Paulette.

CAPÍTULO XXVI

Parece que o casamento – disse o Juiz Bermejo a Punta Y Arenas, seu velho amigo e um dos melhores advogados de Buenos Aires – como afinal toda a nossa organização social, estava fundado sobre a morte. Sem ela, o casamento não subsistiria...

– E eu que tinha a ilusão de o julgar fundado sobre o amor.

– Jamais tive essa ilusão – disse Bermejo, chupitando o cachimbo, em pequenos estalos e baforadas voluptuosas. – O casamento é uma armadilha que a natureza prepara contra o homem, como dizia o pobre Schopenhauer. O amor não passa da velha meditação do gênio da espécie, quando dois seres de sexos opostos se contemplam. É o amor, ou "a meditação do gênio da espécie", que nos leva ao casamento. Mas o que vinha mantendo a instituição e prolongando os casais não era o amor, nem mesmo o amor dos filhos, nem sequer o conformismo e a covardia das partes, mas a morte...

E apontando a pilha de papéis e documentos:

– Olhe. Essa foi a colheita de hoje. Mais de 300 casais que se separam. E esses são apenas os que ainda mantêm respeito pelas conveniências, os que se preocupam com as aparências, a opinião alheia. Porque a maioria simplesmente se separa, não pensa em divórcio, não fala em desquite. Não tem visto os telegramas? É de toda parte. Não há dez casais, em cem, que encarem sem pavor a perspectiva do futuro klepsteiniano... a eternidade em comum...

– Marido e mulher sempre se desejaram a morte...

– No plano consciente, não acredito que sempre. Os preconceitos, as convenções, a educação, os princípios religiosos, o temor do inferno, tudo isso vinha contribuindo para que pelo menos parte dos casados não formulasse, mesmo em seu foro íntimo, o tremendo desejo. Mas inconscientemente todos se refugiavam na esperança da morte... para o comparsa...

– Bem pensado, você não tem razão. A humanidade não é tão má – disse Punta y Arenas, corrigindo sua afirmação anterior, enquanto examinava as unhas cuidadosamente polidas. – Tenho visto muito marido chorar desamparado junto ao cadáver da esposa. Tenho visto sacrifícios espantosos de cônjuges pela salvação do companheiro...

– Acredito. Também tenho visto. Mas se um gênio chegar ao marido que está sacrificando toda a fortuna para prolongar a vida da esposa e lhe disser: ela escapará desta vez, mas com um preço: viverá mais 50 anos... eu não sei, não... Postas as cartas na mesa, se ele for honesto consigo mesmo... Não sei... Veja a prova... Todos os lares estão praticamente destruídos.

– O seu está? Não me consta... Ainda não soube de qualquer tentativa de divórcio de sua parte. Ou de madame...

– Pois eu vou ser franco: está.

– Não me diga!

– Está. Não requeri divórcio, não vou requerer. Fomos sempre muito amigos. Sinceramente fomos. Tive as minhas escapadas... Ela sofreu um pouco por minha causa. Mas mesmo quando me descobria as pequenas patifarias, Malu não tinha uma palavra de exaltação, foi sempre compreensiva e perdoadora. Venceu-me pela doçura, pela bondade, suavemente. Os anos me aplacaram e ela, em grande parte, foi quem me dominou, me enrodilhou, me envolveu com a sua serenidade inabalável, me quebrando as arestas, me chamando a si. Honestamente: eu não era um bom marido. Fiquei, com o tempo. Fiquei um marido exemplar. E confesso que nos tinha na conta de um casal feliz...

– Foi o que sempre pensei.

– Pois olhe: essa ilusão desapareceu, há semanas.

– Os anos da humanidade terão de ser marcados, agora, em antes e depois de Klepstein. 134 anos antes de Klepstein a Argentina se separou da Espanha. Constantinopla caiu em poder dos turcos não em 1453 depois de Cristo, mas 497 anos antes de Klepstein. (Como esses judeus dominam a humanidade, hein? Moisés, Cristo, Marx, Rothschild, Einstein, Klepstein...) E as coisas do futuro? Nós estamos apenas no ano primeiro da era klepsteiniana...

– É verdade. Casei-me 25 anos antes dessa era e durante eles tinha plena felicidade conjugal. Poucas semanas depois de Klepstein vi que tudo era ilusão...

– Mas o que tem havido, afinal?

– O diabo. Toda a serenidade, toda aquela doçura, tudo desapareceu. Malu agora é irritação permanente, impaciência intempestiva. Odeia os meus cachimbos, detesta os meus livros, tem asco pelas minhas gravatas, não me permite uma simples anedota. Já conhece todas! Já as ouviu demais. Olhe que nunca eu tinha ouvido, dela, a menor observação nesse terreno. E nem sequer havia notado que toda a vida contara os mesmos casos, fizera os mesmos chistes. Bem pensado, ela tem razão. Passei toda a vida dentro de um pequeno círculo de ideias e de reações. Malu ouvia e ria com os meus velhos chistes como quem os ouvia pela primeira vez. Com o mesmo interesse da coisa inédita, com o mesmo riso comunicativo e franco de todos. Agora, não. Ontem chegou a me interromper. "Não conte essa história. Essa eles já ouviram vinte vezes!" Baixou um pouco a voz e como falando consigo mesma: "E eu mais de mil..." Quando vou dar opinião sobre modas, sobre política, sobre as Malvinas, sobre os "Yacimientos Petrolíferos", sobre a questão agrária, sobre Sarmiento, sobre a batalha de Ituzaingo, sobre o comunismo, sobre Juan Manuel Rosas, sobre o "veranito de San Juan", sobre a conveniência de criar gado zebu na região correntina, sobre o cinema nacional, sobre Margarita Xirgu, e até sobre o *puchero* que tenho na mesa, ela me corta a palavra, agressiva: "Já sei! Já sei!" E diz exatamente o que eu ia dizer...

Gastou três fósforos reacendendo o cachimbo.

– Quer saber de uma coisa? Ela vinha me "suportando", entende? Vinha me suportando. Era a sua cruz. Vivia com elegância, com discrição, o seu papel, enquanto a morte não me levava...

– Oh!

– Sim. Eu estou convencido... A prova aí está. Quando se certificou de que eu não morreria mais, quando perdeu a esperança, explodiu...

Acariciou a barba:

– E vai piorar cada vez mais.

– E o que é que você pretende fazer? – perguntou Punta y Arenas.

– Para começar, nada mais de anedotas. E esperar, como cavalheiro, que ela tome a iniciativa. Mesmo porque, afinal de contas, há muito tempo...

CAPÍTULO XXVII

Realmente, só a Rússia parecia enfrentar, com calma, aquela enorme consequência, entre muitas, da tremenda façanha klepsteiniana. Os divórcios, os desquites e o simples abandono do lar se sucediam, de maneira alarmante, em todos os países, em geral precedidos de verdadeiras batalhas conjugais. ("Sorte teve Paquita que perdeu o marido pouco antes dessa descoberta", dizia Consuelo, em Sevilha, acertando, em cheio, com um prato barato na cabeça lustrosa do marido. "E ainda chorou, a estúpida...", acrescentava, já de vassoura na mão. "E pensar que eu gastei todas as economias para prolongar esse câncer", dizia outra voz, em Xangai ou Berlim...)

– Assassino!

– Assassina!

Era a menor acusação que se atiravam os cônjuges desesperados ao ver as explosões de ódio das respectivas metades. E por entre libelos terríveis, em detrimento dos filhos, homens e mulheres procuravam os tribunais, esquecendo todos os deveres familiares e reclamando a liberdade. Mas com a liberdade, reclamavam bens. E os juízes perdiam a cabeça lendo os arrazoados sem fim (as nomeações de juízes se multiplicavam diariamente, para enfrentar o caso e resolver, em parte, o problema dos desempregados). Partilha de bens, disputa de posses, tudo por entre manifestações de um ódio desarrazoado e sem controle, dividiam os sexos e arrastavam as partes. E empolgados pela contenda pessoal, tantos milhões de criaturas eram milhões de braços e energias que deixavam de participar na batalha do reajustamento geral.

Mas enquanto os povos de aquém e de além Rússia perdiam tempo – e a fome se agravava e os motins se repetiam – o Soviete Supremo, tranquilamente, decretava o Grande Divórcio, desligando de todos os compromissos conjugais todo e qualquer casal que o desejasse. E estimulava, mesmo com pequenas compensações, todos os que o fizessem. Ia mais longe. O Estado assumia a responsabilidade de alimentar e educar todas as crianças de menos de dez anos nascidas antes da assinatura do decreto. Todas as que nascessem depois seriam educadas e mantidas exclusivamente pelos pais. E o que era sintomático: o decreto não dizia "pais". Dizia "responsáveis". Constava mesmo em círculos bem informados, segundo correspondentes americanos em Moscou, que se pensava, a título de facilitar a esses "responsáveis" a manutenção de seus novos rebentos, em constrangê-los compulsoriamente a três horas adicionais de trabalho por dia...

CAPÍTULO XXVIII

A princípio, sacerdotes de várias religiões, que viam fugir-lhes o terreno e o ganha-pão, com o afastamento da morte, resolveram fazer uma derradeira demagogia. Mais uma vez se demonstrava a impiedade e o materialismo grosseiro da hidra moscovita. Mas já haviam perdido o prestígio. Piscatelli tinha razão. O inferno era o seu grande negócio. Templos desertos, os sacerdotes choravam de fome. Tinham cessado as contribuições, com o interesse dos crentes. Mas não era somente o desprestígio. É que a Igreja, pela primeira vez, pisava em falso. Abandonada pela morte, sua coluna mestra, como de toda a sociedade (todas as semanas a humanidade gargalhava à custa do comprador dos *funeral homes*, que teimava em suicidar-se), a Igreja perdera a sua clássica noção das realidades. Não via que a Rússia procurava atacar, de frente, de maneira objetiva, justamente o mais grave dos problemas futuros. O mal, agora, não era a morte. Era o nascimento. Somente sobreviveriam, ou melhor, somente subsistiriam econômica, social e politicamente, os povos que impedissem o agravamento dos males pelo nascimento de novas criaturas. A questão era limitar as bocas. A superpopulação era a miséria sem conserto. E como parecia provado que a descoberta de Klepstein apenas afastava a morte, mas não impedia a doença, e muito menos a velhice, os cientistas russos, mesmo sem ter novos filhos, eram obrigados a trabalhos excepcionais, em pesquisas exaustivas, a fim de prolongar quanto possível a maturidade do homem. Para longe a velhice, era o lema proposto. E, como decorrência da campanha, seus cientistas eram mobilizados para a descoberta de novos processos e remédios contra o câncer, a tuberculose e outras moléstias agora bem mais graves, porque não matavam...

Só agora Drugstone compreendia a sua precipitação. Mais do que nunca a medicina ia ser indispensável. Porque antes dez cânceres de dois anos que meio câncer para a eternidade.

– Não chegou a ser um erro – dizia consigo Piscatelli, agora sócio de Drugstone. – Os entorpecentes, os analgésicos, os soporíferos terão mercado cada vez maior. Mas eu hoje estou convencido de que o remédio ainda é o grande negócio.

E tratou de vender a ideia, a troco da participação na sociedade, a Fairchild, Sweetboy e outros competidores de Dobson.

Fairchild apanhou, no ar, a sugestão de Monsenhor. E como agora compreendia o que se passara com o antigo rival – conhecendo-o bem – não hesitou em procurá-lo. Propunha sociedade para a constituição de um grande truste de produtos medicinais (o mercado era imenso, depois do saque das farmácias). Dobson faria a reconversão (apenas começada) não para a indústria de alimentos, mas de remédios.

– Você tem razão – disse Dobson, fechando o negócio. – Se eles comerem, comprarão menos remédios. Quanto menos comerem, mais remédios comprarão...

– E há uma coisa mais: a capacidade de comer tem, em cada indivíduo, um ponto de saturação: a barriga cheia. O remédio tem horizontes quase ilimitados.

O comentário vinha de Sweetboy, sorrindo, com a mesma volúpia com que antigamente estudava os planos de uma nova bomba...

CAPÍTULO XXIX

Tão gerais, tão comuns eram os problemas, que, naquela primeira hora, os povos e governos se sentiam irmãos. Parecia realmente relegada para um plano perdido a indústria feroz em que Dobson e seus comparsas haviam multiplicado os seus haveres. Trocavam-se sugestões, organizava-se uma frente única para neutralizar a tragédia. Havia muito que resolver. Milhões de novos desempregados povoavam a Terra. Debalde se tentava a reconstrução de fábricas e casas devoradas pelo fogo. Os templos, antes alimentados pelo temor interesseiro da morte, eram agora albergues onde centenas de seres humanos se ajuntavam em promiscuidade. Os santos pareciam olhar com melancolia os indiferentes de agora, pouco antes humildes, de joelhos no chão, suplicando amparo, implorando consolo. Hoje eles cuspiam ou amavam sobre os degraus onde outrora choravam.

Os hospitais, por outro lado, tinham mais clientes que nunca. E distúrbios nervosos ainda não estudados se repetiam em toda parte, resultantes da certeza de não mais morrer. Antes, era o temor da morte que os esmagava. Agora, o futuro terrível. Os casos de loucura se multiplicavam, explodindo nos momentos mais agudos de dor. E a humanidade começava a povoar-se de novos fantasmas. Os médicos eram poucos. Os cirurgiões não tinham mãos a medir. Os acidentes continuavam. Nas fábricas, nas ruas. E homens sem pernas e braços, que não morreriam mais, mutilados de causar horror se arrastavam pelas sarjetas, e seu número prometia crescer. E cresceria sempre. Ninguém podia cuidar dos mutilados menores, de braços e pernas, abandonados ao seu destino. Somente os mais graves, os de cabeça decepada, conseguiam prioridade, porque o espetáculo da cabeça sozinha, gritando de horror, era de estarrecer.

Perdida a esperança de que a fome resolvesse o problema demográfico de certas regiões mais miseráveis, os casos de loucura se renovavam também, não somente entre a massa faminta, mas entre as classes privilegiadas. Porque era de apavorar o movimento das multidões ululantes, maltrapilhas ou nuas. Massas que não morriam nem matavam, mas agrediam, invadiam, insultavam, saqueavam com fúria.

Muito em breve a lição clarividente de Moscou foi compreendida. Era preciso combater, pelo menos nos próximos decênios, a multiplicação da espécie. Em Washington um senador chegou a afirmar que a natalidade era o inimigo nº 1.

– Coloquemos os pais fora da lei! – exclamava Sua Excelência, o punho vibrando na tensão do espaço.

Mobilizavam-se os caricaturistas, em muitos países, para ridicularizar mães e pais. A maternidade era apresentada em desenhos grotescos. As mulheres grávidas que saíam à rua eram apupadas com raiva. Os outros pais davam o exemplo. Estimulavam os filhos à vaia.

– Posso jogar também uma pedra? – perguntava um garoto, excitado com os novos horizontes abertos à perversidade infantil.

Podia. Valia tudo. Aquele ventre intumescido preparava uma nova boca.

– Abaixo a maternidade! – gritavam cartazes pelas ruas, proclamavam os locutores ao microfone.

Alguns países mais radicais estudavam já uma legislação drástica. Prisão para os pais cujos filhos fossem gerados de então por diante. Castigos correspondentes aos que antigamente atingiam os criminosos da morte. E prisão perpétua – agora seria perpétua mesmo – para as mães de gêmeos, trigêmeos ou quíntuplos.

CAPÍTULO XXX

A Conferência Internacional de Oslo chegava a conclusões práticas, inéditas em conferências no gênero. Havia que agir. Em várias direções. Em particular contra o amor. Um representante alemão chegara a propor a emasculação de todos os homens, no que fora energicamente combatido pelo bloco sul-americano. Graves cientistas apoiavam o ponto de vista superficial e maliciosamente defendido pelos sul-americanos, mas afinal acertado. A emasculação diminuiria a eficiência, a produtividade, a capacidade individual de cada operado. Seria um perigo. Seria preferível a esterilização das mulheres. Arriscada também. Afinal, ninguém poderia prever qual a marcha dos acontecimentos futuros. Com o envelhecimento fatal da humanidade, seriam necessários novos elementos para o trabalho. Era melhor manter a "possibilidade". Já um sociólogo de Harvard esboçava um plano para dentro de dez ou vinte anos. Escolher-se--iam os exemplares mais hígidos, em todos os países, para a necessária renovação de valores. O produto seria imediatamente socializado. Os nascituros pertenceriam ao Estado. Seriam educados como escravos, como bestas, tanto para o trabalho pesado como para a pesquisa científica. Mas ainda seria um problema do futuro. Por agora, o importante era combater o amor, ou suas consequências demográficas. E a Conferência recomendava:

a) socializar a produção de preservativos e antifecundantes;

b) vulgarizar métodos e práticas anticoncepcionais;

c) colocar a maternidade fora da lei, como contrária aos interesses do Estado;

d) proibir novos casamentos intersexuais, dando todo apoio aos matrimônios atuais que desejassem separação. (Inclusive advogado grátis, mesmo na defesa de interesses materiais.)

As medidas foram imediatamente postas em prática por todos os países. E uma resolução secreta, que um resto de respeito pelos antigos preconceitos não permitia divulgar devidamente, era também posta em ação. Escribas assalariados começavam a cultivar uma literatura nova, antes condenada, poetizando os vícios sexuais, as perversões do homossexualismo, dando-se-lhe, porém, um toque psicológico de coisa proibida e vergonhosa...

CAPÍTULO XXXI

Passava o tempo. O consórcio Dobson, Fairchild, Sweetboy, fazia fortunas. Sua indústria de drogas, distribuída pelo mundo inteiro, prosperava rapidamente. Rivalizava, já, em lucros fabulosos, com as melhores épocas da corrida armamentista. O trabalho fora-se normalizando. A vida se reajustava. Mas a miséria campeava, os desempregados vagavam, aos milhares, eram milhões, às muitas dezenas, pelas estradas da Terra. À aproximação das multidões maltrapilhas as cidades tremiam. Para evitar a invasão o comércio se cotizava, grupos de emergência se constituíam para recebê-los fora de portas com sacos de batatas, toneladas de carne, a fim de que se afastassem para outras regiões. Não adiantava recebê-los a bala. O grosso fugiria. Mas centenas ficariam no chão, feridos, gemendo, atroando os ares com seus lamentos infindáveis. Melhor seria capitular, alimentar, mesmo com prejuízo da riqueza local.

Por sua vez, Drugstone via que não errara de todo. Afinal de contas, a sua era uma indústria que, quanto mais passassem os anos, mais acolhimento encontraria. Pouco a pouco o que a humanidade mais desejava era o sono, imitação pálida da morte. E quanto mais garantido e prolongado o sono conseguido, maior a procura, preços maiores alcançava a droga. Já Tombstone se refizera do furor suicida. Encontrara novos caminhos. Convertera os antigos *funeral homes* em *sleeping homes,* em que, mediante entorpecentes de alto custo, proporcionava um "retrato da morte", agora mais desejável que as mulheres. Leitos de maciez voluptuosa, de amplitude oriental, convidavam a clientela. Serviço perfeito. Música. E a droga entorpecendo, pagamento adiantado. Sono para 48, 96, 120 horas. Até mais. E pelas paredes, sugestivas e excitantes, fotos de mortos de verdade, outrora servidos pela casa, em seus esquifes sombrios.

Uma empresa rival, não menos americana, estudava planos mais audaciosos. Não querendo perder os terrenos antes ocupados pelos cemitérios (agora transformados em museus e abertos à visitação pública, entrada paga), a Peaceful Churchyards, Inc. pensava em roubar aos *sleeping homes* de Tombstone o crescente mercado. Aderia as próprias sepulturas, convenientemente esvaziadas e higienizadas, para a sua morte de aluguel.

CAPÍTULO XXXII

Um acontecimento espantoso estarrecera a humanidade. Na Itália faminta um profeta surgira. E seus longos discursos, em que prometia a morte, como termo ao sofrimento atroz e às agruras da Terra, imantavam multidões. Falava em tom messiânico. A morte era o aniquilamento. E a beleza e majestade do não ser palpitavam no estilo bíblico do homem de barba longa e braços descarnados. O rosto macerado, olheiras fundas, olhos de um brilho e inquietação raiando pela insânia, Lucatelli anunciava, para um mundo desejoso de acreditar, a impossível bem-aventurança da morte, repouso final, termo de todas as agonias terrenas. Desciam de Veneza e subiam da Calábria – e já de outros países o buscavam – os novos crentes. O Vaticano se torturava de inveja. Como não havia ocorrido, ainda, aos seus ocupantes desalentados, a exploração daquela esperança? Afinal, a religião vivera sempre da profecia e do futuro. E de um futuro que nunca fora fácil comprovar. Por que não prometer a morte? Por menos que os homens morressem, por mais que os anos passassem, quanto menos esperada, mais capaz de inspirar misticismo a ideia, cada vez mais desejável, de acabar...

Mas Lucatelli tinha um poder de sedução irresistível. Tudo nele arrastava. E dez, vinte, cinquenta mil homens o ouviam. Já microfones o perseguiam, correspondentes jornalísticos acompanhavam-lhe a peregrinação, a massa faminta engrossando ao seu redor, mendigos, aleijados, enfermos, crianças e velhos seguindo o profeta que lhes acenava com o ponto-final para tantas misérias.

Marchemos para a morte! A morte vem! Marchemos para a morte!

E punha-se a caminho, e, atravessando as cidades, lares eram abandonados, o tear parava, as máquinas silenciavam e a multidão, cada vez maior, ondulava interminável pelos morros e vales, rezando e chorando.

Um dia, ele se aproximou de Nápoles. E, apontando para o Vesúvio os braços de árvore seca, disse para a multidão eletrizada:

– Eis a morte!

Disse e a vaga humana começou a repetir, em cantochão: *"Ecco la Morte!"*

Lucatelli, então, recomeçou a caminhada, o silêncio foi descendo sobre o imenso rebanho. O Vesúvio ao longe chamava. O Vesúvio estava cada vez mais perto. Já um estranho rumor parecia subir das profundas da terra. O solo comburia os pés descalços. Continuava a escalada. Do alto, Lucatelli ainda se voltou para o inumerável colubreio da massa alucinada. Disse palavras que já ninguém entendeu. Esboçou novos gestos. E a passo firme foi caminhando, até que repentinamente desapareceu na voragem. Houve um ligeiro estupor. Mas logo a seguir os fiéis mais próximos, lentamente e silenciosos, imitaram-lhe o exemplo. De repente, um verdadeiro delírio se apossou de todos. E trôpegos e tropeçando e aos encontrões, homens e mulheres se precipitavam no abismo, levando consigo locutores e microfones que o sensacionalismo universal fora colocar junto à sua loucura sem remédio.

A notícia eletrizou povos distantes. No Japão, diariamente, o Fujiyama recebia em seu bojo, aos magotes, netos de samurais e de bandidos. E a imprensa, movida por molas secretas, dava o máximo de publicidade àqueles gestos de desespero coletivo. Sabia-se que, nas profundas da terra, verdadeiras geenas infernais às quais ninguém, isoladamente, se lançaria, porque a vida *continuava lá embaixo* (era a opinião desalentadora dos sábios), sabia-se que, nas entranhas do globo maldito, a vida e o sofrimento continuavam. Mas sempre era uma solução para quem ficava...

CAPÍTULO XXXIII

Solução que, semanas ou meses depois, se viu não haver. Porque voltavam à superfície, pouco a pouco, quando não pela cratera, pelas encostas próximas – e nem Dante poderia imaginar como surgiam – monstros e mutilados de afugentar cidades. Restos de vulcão, restos do fogo interior da terra amaldiçoada, aqueles fantasmas se multiplicavam todos os dias. Diante deles as populações debandavam, como se remanescentes do inferno. E sabia-se que, mais cedo ou mais tarde, todos eles acabariam vindo à superfície e eram muitos os esperados. Estimavam-se em mais de quinhentos mil os que, ensandecidos pela palavra de Lucatelli e pelo sensacionalismo em torno dela, se haviam precipitado no Vesúvio, no Fujiyama e noutros abismos insondáveis. Muitos demorariam séculos a voltar, calculavam os técnicos. Mas era apenas questão de tempo, coisa agora imponderável, à qual ninguém mais fugiria, já não mais sob o controle dos homens ou dos deuses.

CAPÍTULO XXXIV

A indústria de bebidas alcoólicas, com o lento e difícil reajustamento da ordem social, contribuía de certa maneira para resolver a questão do desemprego. Prosperava em toda parte. Destilarias apareciam em todas as esquinas. E era das indústrias que melhor pagavam. Mesmo porque o dinheiro de seus operários voltava, em poucas horas, para os cofres-fortes dos patrões. Beber ainda era refúgio.

Desejo das autoridades seria combater, naturalmente, aquela fonte de males sem fim. Mas milhões de operários tinham conseguido trabalho, na América, na Europa, no Japão. Sob certo aspecto, o problema se resolvia, embora complicado por suas consequências naturais. Altos de bebida, os homens provocaram distúrbios, a onda de crimes crescia. Não havia o que temer. O inferno acabara, ou ficava na Terra. E os assaltos, as depredações, as correrias, o desassossego cresciam em número e gravidade. O roubo estava generalizado, a ponto de já não haver reação policial. Somente as grandes corporações, as fábricas, os grandes capitalistas se defendiam com exércitos próprios. Mas a pequena propriedade individual praticamente desaparecera. E simples tiro ou facada já não levava o autor à cadeia. Mas chegavam as autoridades para socorro das vítimas, singularmente incômodas naquele mundo de sofrimento sem porto amigo na morte.

Ainda assim, uma luz se erguia no horizonte. Atormentados pelos problemas internos, tendo de enfrentar a massa desvairada, aquela multidão de presença irremediável, esqueciam-se as grandes nações, e os grupos financeiros que as moviam, de pensar nos rivais. A tragédia era imediata. A fome *vivia*. De modo que pela primeira vez o governo se via realmente obrigado a alimentar. Para aplacar um pouco, pelo menos, o clamor das multidões. E os latifúndios desapareciam socializados, e para os mesmos se encaminhavam levas sem fim de trabalhadores. Trabalho forçado. Pagamento em comida. À volta, contribuição, também, para o combate ao desemprego, exércitos de guardas impedindo a fuga dos escravos. Com isso, a produção de alimentos crescia, encaminhada para os grandes centros. E crescia cada vez mais. Porque todos os crimes, inclusive a marcha errante dos desempregados, eram punidos com os novos campos de trabalho forçado em que homens e mulheres não conseguiam contato. Colônias masculinas. Colônias femininas. E bala – e portanto sofrimento físico – para quem procurasse fugir.

CAPÍTULO XXXV

A vida ardorosa de Safo vinha sendo um dos maiores êxitos de livraria. A censura condenara o volume e a imprensa agitara a questão. Graves desembargadores, políticos ilustres, sacerdotes desempregados apoiavam, em entrevistas e conferências, a medida. Espíritos emancipados combatiam a estreita mentalidade dos censores. Os debates se acaloravam. Literatos de vanguarda ridicularizam o falso puritanismo das autoridades. Warren ocupara toda a cadeia da NBC para verberar, em termos violentos, a grosseira obscenidade daquelas páginas de fancaria. A Liga Pró-Moralidade, de Londres, mandara colocar enormes cartazes pelas paredes. "Não leiam *A vida ardorosa de Safo*"... "Abaixo a má literatura!"

Enquanto isso, milhões de exemplares se vendiam e uma líder feminina lançava a ideia da formação dos Círculos Lésbicos, para combate à hipocrisia e à estupidez da sociedade. Os jornais desabavam todos contra Miss Parker, apontando-a ao escárnio e à condenação geral. O que enchia Miss Parker de redobrado ardor apostólico, pondo-lhe ao lado milhares, milhões de mulheres pelo mundo.

E revide, um poeta escreveu o elogio de Ganimedes, igualmente lançado ao *Index* por uma censura vigilante e nervosa.

Em Paris, também favorecido pela ampla publicidade da condenação policial, um pintor levantava a bandeira da guerra contra as mulheres, fundava as Casas de Sócrates, para o culto do amor desinteressado entre os homens.

Poucos se iludiam, naturalmente. A condenação, a censura, visavam apenas a fazer propaganda. Era um meio de interessar a grande massa, de aumentar a procura dos livros e o sucesso das peças teatrais, inspiradas nos mesmos. Porque a moral mudara.

CAPÍTULO XXXVI

— Mas ela é minha senhora! disse revoltado o Professor Veloso.

— Está preso!

— Mas eu protesto!

— Está preso!

— Mas eu estou no meu direito!

— Está preso!

CAPÍTULO XXXVII

Por aquela época uma notícia veio causar novo espanto, inteiramente inesperada. Chegou a provocar sonoras gargalhadas nos mais superficiais. A Alemanha se armava. Um antigo marceneiro, de gestos de serrote em punho, retomava a bandeira do antissemitismo e apontava de novo o perigo do judaísmo internacional. Klepstein era a coroa de uma longa série de crimes, de uma antiga assinatura tomada pelo inimigo tradicional contra os super-homens alemães. Ele escolhera, para desintegrar a morte, justamente a hora em que a Alemanha estava mais debilitada, com a sua população enfraquecida e limitada, seus melhores filhos devorados pela guerra anterior, mais mulheres que homens, incapaz o país, na aparência, de fazer frente aos povos inferiores, que tinham a seu favor a maior quantidade de animais humanos sob o seu comando.

No fundo, o que se observava era apenas uma conspiração internacional contra o gênio alemão. Os sub-homens das raças mestiças e os ratos infernais de Israel pretendiam dar o golpe definitivo contra a grande Alemanha.

E como se tratava de um simples marceneiro, de ignorância universal, pouco acima de analfabeto, aquela irresponsabilidade no afirmar exercia uma fascinação sobre a alma feminina dos sábios tedescos. Havia um sabor de pecado contra a ciência em todos os disparates do novo líder de gestos de serrote na madeira dura. E os estudiosos e eruditos, cansados de sua longa sabedoria, se deixavam arrastar por ele como as senhoras honestas pelos malandros e cínicos.

A população, recalcada e faminta, ouvia de novo com deslumbramento a voz que lhe trazia a consolação de falar no seu destino marcado, na sua superioridade em relação aos inimigos e vencedores de perto e de longe.

Mesmo porque o marceneiro não se limitava a palavras. Tinha um programa de ação. Apontava o futuro. Duas vezes a Alemanha caíra. Mas terceira vez não cairia. Passara pela suprema provação. Vencera a prova de fogo. Era digna de seu destino, seria digna de seu destino, se não se entregasse, se lutasse de novo, se reerguesse a cabeça. Como? Armando-se novamente! Aparelhando-se outra vez para a guerra, enquanto as raças inferiores, perturbadas pelo imediatismo dos problemas presentes, descuidavam da guerra. E a verdade é que, subitamente, os laboratórios de pesquisas, em toda a Alemanha, recomendavam a procura de novos engenhos de destruição. Fábricas de munições reabriam as portas.

CAPÍTULO XXXVIII

Logo se viu que a situação era séria. Da Rússia sempre silenciosa chegavam rumores de inquietar. Alarmado pelos comícios do marceneiro, o colosso de além-Polônia se agitava e se armava também. E o ex-Pastor Warren, cuja eloquência não perdera os velhos tropos bíblicos, alertava a pátria contra os dois inimigos que voltavam aos velhos sonhos de hegemonia universal.

Já senador, Warren tinha como auditório seu país inteiro. Um colega de Washington, pequeno idealista incorrigível, tentou mostrar-lhe a tolice daquela repreparação para a guerra. Lembrou-lhe, com um sorriso, que a morte acabara...

– Aí a gravidade suprema do perigo! – esbravejou Warren. – Os homens moram em casas. As casas são indestrutíveis? Não! Os homens sem casa são elementos de perturbação permanente da ordem interna. O povo come. Os alimentos estão imunes ao fogo, ao bombardeio? Não. E o povo não alimentado é perigo que até agora não conseguimos conjurar devidamente. Os homens são feitos de aço? O nosso homem da rua está blindado? Será impermeável às balas? Não poderá perder pernas, braços, quase o corpo inteiro? E a dor não continua? E os gemidos não continuam ressoando pela face da Terra?

E passeando o olhar pelo Senado:

– Já pensaste no que seria de nós se a Alemanha ou a Rússia, encontrando-nos desarmados, fizessem, sobre Nova York, uma reprise de Pearl Harbor?

– Mas V. Ex.ª deve estar lembrando de que foi um dos líderes do pacifismo, há poucos anos. Foi em resultado de sua campanha que destruímos todas as nossas armas, nossos depósitos de munições. Foi por iniciativa sua que fizemos a reconversão dos tanques e dos aviões de bombardeio.

O Senador Warren baixou a cabeça. E em tom soturno:

– *Mea culpa! Mea maxima culpa!*

E o seu ato de contrição ecoou pelo mundo. Erro fora, e gravíssimo! Erro de lamentáveis consequências! Mas sua consciência de patriota a obrigava a falar, não lhe permitia esconder no silêncio, covardemente, o erro cometido, que comprometia os destinos nacionais. Mais cedo ou mais tarde se compreenderia o engano fatal. Antes que outros o apontassem, preferível seria que o próprio culpado, honestamente, voltasse atrás e abrisse os olhos da República. Enquanto era tempo! Antes que o 7 de dezembro se repetisse. Antes que o patrimônio nacional fosse destruído e a sua população transformada em molambos de gente, vagando por entre ruínas flamejantes!

E para assombro geral o Senador Warren propunha o rearmamento imediato do país, sugerindo um orçamento ainda superior ao dos tempos de Marshall e fazia um apelo a todos os industriais, principalmente àqueles que já tinham experiência de produção bélica, para que se pusessem de novo a serviço da pátria.

CAPÍTULO XXXIX

As palavras do senador sacudiram a nação americana. O alarma ocorreu. Estava-se em véspera de guerra. O inimigo se aproximava. O Japão não estaria preparando um novo ataque? Por onde chegaria a União Soviética? Como fora possível tamanha cegueira? Onde estava Washington? Onde estava Roosevelt? Como se deixava assim um grande povo de mãos amarradas, ao sabor do inimigo? Como havia a estupidez dos governantes permitido que a mais poderosa indústria bélica do mundo, a mais perfeita, a mais avançada, a que poderia destruir a humanidade em poucas horas, desaparecesse de tal modo, se anulasse por completo, se acarneirasse, vilmente, transformada em produtora de conservas e drogas?

E onde estava, afinal, o patriotismo dos próprios fabricantes de armas que, visando apenas ao dinheiro, haviam abandonado uma indústria indispensável à vida nacional, desertando em busca da pecúnia imediata, fabricando sopas em vez de bombas, comprimidos contra resfriados em vez de canhões contra o inimigo?

Felizmente a acusação não procedia. Havia muito que, secretamente, novas fábricas localizadas em pontos perdidos do país trabalhavam febrilmente, prevenindo o perigo. Foi o que Fairchild revelou, dois dias após o discurso de Warren, para alívio geral.

Nesse dia, um banquete íntimo reunia Warren, Dobson, Fairchild, Sweetboy e outros magnatas do país e de fora. E mais um cheque de milhões era remetido ao marceneiro da Baviera.

CAPÍTULO XL

A corrida armamentista, desvairada e pânica, avassalou a Terra. Trouxe consigo o reemprego de milhões. Exércitos se convocavam. Alguns países já ordenavam a mobilização geral, mesmo sem razão aparente. Tropas marchavam para todas as fronteiras. Comissões de compras partiam do Brasil, do Paraguai, da Argentina, da Manchúria, da Índia, da Itália, cheques em branco para as encomendas mais fantásticas. Paralisavam-se obras de interesse público, interrompia-se a construção de hospitais, cortava-se o orçamento de educação, porque o dinheiro mal chegava para as obras indispensáveis de defesa. Os impostos subiam. Novas taxas se criavam. Havia multas para tudo. Era preciso dinheiro. A defesa custava dinheiro. A pátria tinha de sobreviver. E os países com petróleo, deixados em relativo sossego, e as terras onde o urânio e outras matérias-primas se escondiam tremiam nos alicerces, vendo as unhas e garras que lhes ameaçavam o dorso, famintas de sangue.

Cada novo dia trazia notícia de um inesperado engenho de destruição. Bombas arrasa-continentes, bombardeios de comando pela telepatia, aparelhos a um tempo aviões, tanques e submarinos. Um grupo de cientistas ultimava os estudos para a mais temível das armas da guerra. Tratava-se do aproveitamento, à distância, da eletricidade atmosférica. Por esse processo, de Nova York seria possível fazer Paris voar pelos ares pela simples captação e explosão da eletricidade que envolvia a cidade visada. Constava que na Rússia, no Japão, na Alemanha, experiências análogas eram levadas a termo. E o que mais alarmava: os estudos estavam sendo concluídos. Cumpria passar para o campo da experiência. O que fazia a guerra para muito breve, caso algum dos interessados não a preferisse experimentar mesmo em tempo de paz, sem a ingenuidade dos avisos prévios...

CAPÍTULO XLI

Claro que todos previam as consequências. Nunca espera de guerra foi de maior agonia. A destruição seria total, o estabelecimento definitivo do caos. Não sobrariam casas, não sobrariam cidades, somente a vida sobraria. E vida aos farrapos.

Os homens transidos voltavam de novo o pensamento para o céu. Morte não havia mais. Nem paraíso. Nem inferno. Mas havia a Terra. E havia outra vez a necessidade de um Deus. Um Deus que impedisse maior destruição, que evitasse a guerra. Um Deus para a vida. E joelhos se dobravam e preces subiam e os templos ouviam de novo a súplica torturada dos homens com medo.

Toda a Terra era arsenal em risco de voar pelos ares, 80% das receitas nacionais dedicadas às obras de defesa e de ataque. Em todos os ânimos lavrava, sombria, a certeza do perigo fatal. Os boatos enchiam o planeta. O pavor se contagiava. Todos se temiam. O aniquilamento sem esperança rondava todas as portas. (Ah, se o medo matasse!) Mais poderosos que nunca, ligados estreitamente a outros grupos internacionais, apenas em aparência competidores, os Dobson de sobrenome inglês, italiano ou alemão viam canalizados para suas arcas 80% das rendas de todos os países da Terra, barril de pólvora onde, à exceção das indústrias de guerra, que pagavam astronomicamente, e de outras igualmente privilegiadas, as de combustíveis, as de transportes, as de produtos farmacêuticos, tudo o mais parecia morto. Tinha-se a impressão de que os homens falavam mais baixo, pisavam de leve, temerosos de provocar explosões.

Entretanto, a furiosa publicidade, insistente e alarmista, em torno da progressiva conquista de engenhos cada vez mais trágicos de destruição, parecia prenunciar que se ficaria na expectativa, que jamais se cometeria a loucura de deflagrar a guerra. Os povos se armavam, as fábricas produziam num ritmo demoníaco, as vendas de armas se efetuavam num crescendo de pesadelo. E já não havia dúvida. Tais eram os engenhos, tão terríveis e tão desvairadamente distribuídos a quem desse mais dinheiro e mais depressa, que pequenos países outrora insignificantes passavam a ser tão temíveis quanto a Rússia, a Inglaterra ou os Estados Unidos. Já a Inglaterra não se atreveria a forçar a nota mesmo junto ao Paraguai. Porque se este quisesse antecipar os trabalhos, talvez de Assunção, moreno e enigmático, um tranquilo guarani de olhos imóveis pudesse fazer voar milhões de habitantes de Londres. Andorra e a Prússia quase que se falavam de igual para igual. O marceneiro alemão continuava a sua missão de agitador. Ele vivia e viveria da agitação. Mas somente ameaçava. Ninguém se atreveria a reagir. No fundo, tremiam todos. Os homens pávidos se entreolhavam. Os povos também.

Na verdade, os grandes consórcios da produção bélica apenas se interessavam em vender. Temiam tanto a guerra como o homem da rua. Por isso batiam caixa ao anunciar cada nova descoberta apavorante, logo vendida e por todos comprada, porque precisavam acumular ouro, porque precisavam ganhar cada vez mais e, com os bilhões semanalmente ganhos, iam açambarcando as demais indústrias e se apoderando de navios, estradas de ferro e fábricas e minas. A fortuna do mundo se concentrava, cada vez mais, em um número mínimo de mãos.

Essas mãos, ou os cérebros que lhes presidiam as garras, sabiam que a inconveniência prática da guerra acabaria saturando o mercado pelo não consumo das armas. Sempre que um novo engenho superava as conquistas anteriores, estas eram recebidas como parte do pagamento, com uma depreciação média de 80% e 90%, e cuidadosamente destruídas, quando não podiam ser recondicionadas para fins pacíficos, ou mesmo guerreiros.

Bem pensado, todo o alarma universal era apenas um hábil trabalho de *sales promotion*.

CAPÍTULO XLII

É quando se realiza em Santiago mais um campeonato sul-americano de futebol. Vibra todo o Sul do hemisfério. O céu é cortado por milhares de aviões. Repórteres, locutores e patriotas em geral utilizam as fabulosas facilidades de comunicação dos tempos novos. Por mar e terra outros milhares de homens morenos, negros e louros se movimentam para participar do empolgante torneio. Os heróis da cancha ocupam a primeira página dos jornais e revistas. Os técnicos falam. Os titulares também. Os reservas. Os juízes. As mães dos titulares. As mães dos reservas. As mães dos juízes. Os filhos. Os amigos. Os ministros de Estado. Biografias de centro-avantes e biografias de goleiros. Palpites. Previsões. Apostas. Brios nacionais espicaçados. Humaitá, Tacna e Arica, Monte Caseros, antigas batalhas e pendências agitam como símbolos o céu de muitas pátrias, inquieto com a futura atuação de seus bravos. As favelas, a tuberculose, o desemprego, tudo foi relegado para último plano. A própria guerra. Os telegramas alarmantes que pouco antes arrancavam manchetes perdem-se agora, apagadinhos, entre pequenos anúncios de médicos especialistas em doenças do reto e promessas de gratificação a quem desse notícias de objetos de estimação perdidos em passeios ou festas.

Mas na véspera do primeiro jogo, numa incontestável falta de disciplina, vários campeões de diferentes países se esgueiraram à noite, deixando as respectivas concentrações, e foram se distrair um pouco no "La Quintrala", um dos cabarés da capital superlotada de turistas, os preços subindo, o vinho rolando e o povo também. A certa altura um robusto meia-direita platino deseja uma débil cantorinha chilena. Faz um sinal de mão pesada, que ela acolhe sorrindo, valorizada pela preferência do herói. Mas essa noite Marucha, até então apagada (ainda na véspera o gerente lhe garantira que não renovaria o contrato), sente sua estrela a subir, afinal. Os heróis se interessam por ela. E um meia-esquerda, orgulho de dezenas de milhões de brasileiros, desce também o olhar complacente sobre a jovem cantora. Acontece que ele tinha a pele cor-das-asas-da-graúna. Ou quase. O exótico daquela complacência cor da noite atuou-lhe sobre o espírito ou sobre o coração da maneira fatal. E embora acomodada já sobre as coxas robustas do portenho, os dois seios abrangidos pela mesma carícia, a grossa mão do antigo torneiro procurando esmagar, Marucha sente o magnetismo do meia-esquerda alagoano. Já não ouve a *cueca* que um casal de avinhados está dançando entre palmas amigas. A *guaguita* já não tem olhos para o dono da mão. Seus olhos têm dono. E quando este lhe faz um sinal, ela afasta o *soutien* do argentino e se dirige para a nova mesa.

CAPÍTULO XLIII

No dia seguinte vem o encontro. O estádio apinhado. A torcida febril. As provocações. Insultos latinos de largo consumo. A partida começa. Fotógrafos e cinegrafistas se aporfiam. Súbito, no silêncio emocionado e geral dos primeiros instantes, quase todo o estádio ouve o palavrão com que o meia-direita, de bola no pé, saúda o meia-esquerda que o procura, com a inocência da fatalidade. Sente-se repentinamente haver um caso pessoal entre os dois. Aquela bola é uma questão de vida ou morte. Como duas feras, ambos a disputam. O meia-direita podia e devia ter passado. A ansiedade é geral. Ele tem dois companheiros livres. É só passar. Mas não passa. O brasileiro avança. Um drible. Um uivo de entusiasmo da torcida Argentina. Aguarda-se o passe. Ele não passa. Espera. Nova investida do brasileiro. Uma fuga para a esquerda. Mas, num bote de cobra, o nacional apanha a bola. Os companheiros já se colocaram de novo. Ele nada vê. Prende a bola. Espera. Há protestos e gritos. O jogo mal havia começado, mas fora rápido, de lances velozes, de bola mal tocando o pé e já partindo, certeira e precisa, para novo impulso, enquanto os campeões se deslocavam como balas. Mas agora tudo mudou. O brasileiro espera. Os dois se enfrentam. Bola vai, bola vem, bola muda de dono. Ora um, ora outro. Bola vai, bola vem. A assistência esgota dicionários escatológicos. Bola vai, bola vem, bola muda de dono. Súbito, o capitão argentino intervém, se apodera da bola. Os dois homens parecem dar acordo de si. O jogo recomeça. É quando volta o balão. Cai nos pés do meia-esquerda. Mal chega a cair. Porque um violento pontapé do argentino o precipita no solo. Apitos. Gritos. Palavrões. Jogo suspenso. O brasileiro se retorce de dor, tem a perna quebrada. Primeiro minuto de estupor. Logo a seguir, os jogadores se atraem. A assistência invade o campo. Há tropelia. Há desmaios. Já o embaixador brasileiro foi pisado. A embaixatriz argentina perdeu o chapéu, num bofetão anônimo. As duas bandeiras nacionais baixaram dos postes e estão sendo disputadas, cuspidas, rasgadas, tomadas e retomadas. Pontapés acertam. Gente cai, gente corre, gente foge. E os locutores, através do microfone, comandam massacres e insultos continente afora.

CAPÍTULO XLIV

Vinte e quatro horas depois a guerra acabara. Meio Rio de Janeiro não passava de um montão de ruínas. São Paulo reduzia-se a escombros. Buenos Aires, menos protegida pelos acidentes naturais, plana e entregue, estava praticamente destruída. Erros de cálculos, nunca se soube se argentinos ou brasileiros, tinham varrido do mapa a pequenina Assunção. Montevidéu sofrera horrivelmente. O fogo lavrava em Porto Alegre, Rosário, Córdoba, Florianópolis. Aquele furor de autodestruição, absolutamente inesperado, fora de todos os planos, produtos apenas da irresponsabilidade sul-americana, impensadamente armada pelos grandes, encheu de horror a humanidade. Sentiam-se os seus efeitos em toda parte. Mais 24 horas de luta e nada em pé restaria no continente sul. Talvez no mundo. Felizmente a exaustão e o terror recíprocos de contendores alucinados, assim como poderosas providências de povos ainda mais fortes, puseram termo à luta apenas começada. E agora chegavam de todos os pontos do continente, aos milhares, aviões de emergência, verdadeiros hospitais aéreos, para socorro das vítimas. O espetáculo jamais poderia ser descrito. Incêndios devoravam bairros inteiros. Do solo subia a irradiação maléfica de perigos sem conta. Milhões de seres humanos eram fragmentos dispersos, inidentificáveis, que as turmas de emergência recolhiam em carros, em caixões, em depósitos sanguinolentos. No macabro recolher de restos humanos palpitava, entretanto, o princípio trágico da vida. Que ninguém sabia dizer onde se concentrava. Porque tudo vivia. Médicos e enfermeiros chegavam a fugir de mãos largadas cujos dedos se contraíam e distendiam sob um comando misterioso. Vozes e gemidos pareciam de coxas ou braços destroçados. Das cabeças decepadas vinham palavras de maldição que abalavam a Terra. Alguém se lembrou, na impossibilidade de prestar socorro, na impossibilidade de reagrupar os fragmentos, dos depósitos de prisioneiros. Todos os países os possuíam. Fora ideia de um sobrevivente da epopeia nazista. Com a aniquilação da morte, as guerras futuras não seriam mais de matar, mas de prender. Os prisioneiros seriam milhões. E como não interessaria o povo nenhum aquela vitória de Pirro – ter de alimentar milhões de inimigos ferozes – imaginara o técnico nazista, um dos últimos sobreviventes dos antigos diretores de campos de concentração, uma diabólica saída: construir prisões subterrâneas, com capacidade para receber de vinte a cinquenta mil prisioneiros. Dezenas de metros de profundidade. Sólidas construções de cimento armado, quase que à prova de bombardeio. Lá seriam jogados os prisioneiros. Cheio o *reservoir* – fora o nome escolhido – fechava-se para sempre a imensa sepultura. E os séculos passariam sobre ela, a perspectiva aliás mais apavorante das iminentes guerras por chegar.

No desespero e confusão da hora, um médico alvitrou: seria a única solução para os restos dispersos. Tratar-se-ia de tudo o que fosse passível de reconstrução. O resto seria jogado nos *reservoirs*. Mas não foi possível prosseguir. Iniciados os trabalhos, os médicos, os enfermeiros, os técnicos, os soldados, os voluntários estrangeiros fugiam de horror. Milhares enlouqueciam. E dentro em pouco se iniciava o êxodo sem fim dos vivos de fora e dos vivos da Terra, para destinos ignorados, para longe, para, quanto possível, longe do pandemônio sem conserto.

CAPÍTULO XLV

Por um acordo tácito recomeçou o desarmamento. Inutilizavam-se todas as armas, bilhões e bilhões de milhões de dólares destruídos por todos os continentes. E a América do Sul era alguma coisa de onde ninguém se tornaria a aproximar no futuro, espécie de lepra da Terra, onde a vida apodrecia e clamava na voz de todos os ventos.

– Para onde, Senhor?

Agora as religiões se reorganizavam: Haveria um Deus. Haveria um Deus capaz de conceder novamente à humanidade o dom supremo da morte. E os profetas surgiam. Um romance vendia-se aos milhões de exemplares, traduzidos em todas as línguas: *No tempo em que os homens morriam.* O sucesso do autor dá lugar a novos livros. Todos os literatos, todos os artistas estão voltados para a morte. Já ninguém se interessa pelo amor. A cópula perdeu toda a capacidade de imantar os pensamentos humanos. É preciso morrer. O marceneiro alemão não fala mais em reconquista da Terra. Fez-se profeta. Fundou uma nova religião. Seu Cristo? Seu Maomé? Hitler! Mais do que Alexandre, mais do que César, mais do que Napoleão, mais do que a tuberculose ou a sífilis, foi ele o grande mágico da morte. Ele distribuía generosamente a morte por todos os quadrantes. De suas mãos divinas o luto descia. Seus dedos geniais dirigiam os cordéis da grande ceifadora! E, milagre supremo, brotavam das terras por ele pisadas as flores de sangue do jardim da morte. Fora ele o grande benfeitor incompreendido! Mais de cinquenta milhões de vidas haviam recebido de suas mãos dadivosas o dom maravilhoso do repouso final. Ele o concedera indistintamente a todos os povos da Terra. Todos, japoneses, brasileiros, alemães, ingleses, belgas, ucranianos, italianos, russos, noruegueses, todos haviam recebido o seu quinhão. Até os judeus! Mais de seis milhões haviam sido contemplados. E pensando repentinamente naquela injustiça (em quinze milhões de judeus cerca de seis milhões haviam açambarcado a morte, quanto esta fora distribuída apenas a cinquenta milhões numa população total do globo que superava a casa do bilhão), de novo o marceneiro da Baviera e seus sequazes se sentiram possuídos do antissemitismo feroz dos velhos idos.

CAPÍTULO XLVI

A religião e as promessas do marceneiro bávaro faziam prosélitos pela Terra, os semeadores de morte do passado erguidos à estatura de deuses e demiurgos. Santos eram derrubados dos altares. Em seus lugares novas entidades se instalavam: tiranos outrora caluniados, assassinos levados à guilhotina, à forca e à cadeira elétrica, afinal compreendidos e tomados como mártires, guerreiros grandes e pequenos, generais famosos. Um ex-sacerdote católico publica *Vida e morte dos mártires* em que descreve as duras penas, as perseguições policiais, os cárceres infectos onde os antigos benfeitores da espécie haviam sofrido a incompreensão dos seus irmãos. E Hitler e seus apóstolos – Goebbels, Goering e tantos outros – enterneciam o coração dos homens desvairados, ao lado de outros demiurgos qualificados no seu tempo como criminosos comuns. Cada país tinha os seus santos. Antônio Silvino e Lampião ocupavam agora, no Brasil, o lugar do Bom Jesus da Lapa ou do Senhor do Bonfim. Dillinger patrocinava seita própria, nos Estados Unidos. Jack, o Estripador, tinha os seus fiéis. José do Telhado tinha imagem em quase todas as casas portuguesas. E havia ainda divindades abstratas, o culto de vagas formas, a Fome, a Peste, a Guerra, entidades que no passado tinha feito milagres.

Para os novos deuses se erguia a prece de milhões de seres. Templos cheios, procissões intermináveis.

A morte! A morte! A morte!

CAPÍTULO XLVII

Os governos já não governavam. Já o dinheiro não comprava os homens. Acabara a iniciativa. Acabara a ambição. A vida era um cárcere.

Um dia, porém, constou que na União Soviética um grupo de cientistas trabalhava febrilmente na reintegração da morte. Dizia-se mesmo que Klepstein, durante muitos anos desaparecido e fugido dos homens, colaborava ardentemente na reconquista do supremo dom. Um clarão de esperança reanimou a humanidade. No altar de

Hitler, de Napoleão, de Goebbels, de Dillinger, de Antônio Silvino, de Alexandre e de César acendiam-se velas votivas, faziam-se promessas. Todos os dias a imprensa e o rádio punham a humanidade sedenta a par dos progressos realizados. A morte se aproximava. A morte estava para dentro em breve. Voluntários se apresentavam para cobaias. Claro que havia os céticos. Os céticos eram milhões, naturalmente. Os incrédulos enchiam a Terra. Mas as experiências prosseguiam. Havia mesmo mortes experimentais que davam aparência e esperança de morte definitiva, nos laboratórios do Cáucaso.

Foi quando a humanidade se alarmou. E como nos esquecidos tempos da luta pela bomba atômica, recomeçou a corrida internacional, já não mais pela reconquista, mas pelo monopólio da morte.

BIBLIOGRAFIA

DO AUTOR

1. *Contos*

O escritor proibido. São Paulo, 1929.

Garçon, garçonnette, garçonnière. São Paulo, menção honrosa da Academia Brasileira de Letras.

A cidade que o diabo esqueceu. São Paulo, 1931.

Passa-três. São Paulo, 1935.

Omelete em Bombaim. Rio de Janeiro, 1946.

A desintegração da morte (e outros contos). Rio de Janeiro, 1948. 4. ed., 1976.

Balbino, homem do mar. Rio de Janeiro, 1960. 2. ed., 1973.

Zona sul. Rio de Janeiro, 1963. 2. ed., 1964.

Nove mulheres. Rio de Janeiro, 1968.

Um rosto perdido. Belo Horizonte, 1975.

Histórias urbanas. Coletânea. São Paulo: Cultrix, 1963. *16 de Orígenes Lessa*, seleção e prefácio de Ivan Cavalcanti. Rio de Janeiro: Tecnoprint, 1977.

2. *Romances*

O joguete. Rio de Janeiro, 1937.

O feijão e o sonho. Rio de Janeiro, 1938. Prêmio Antônio de Alcântara Machado, 27. ed., 1977.

Rua do sol. Rio de Janeiro, 1955. Prêmio Carmen Dolores Barbosa, 3. ed., 1976.

João Simões continua. São Paulo, 1959. 7. ed., 1977.

A noite sem homem. Rio de Janeiro, 1968. Prêmio Fernando Chinaglia. 3. ed., 1976.

Beco da fome. Rio de Janeiro, 1972.

O evangelho de Lázaro. Prêmio Luiz Cláudio de Souza (Pen Clube), Rio de Janeiro, 1972. 2. ed., 1976.

3. Reportagens

Não há de ser nada. São Paulo, 1932. 2. ed., 1933. 3. ed., 1977.
Ilha Grande. São Paulo, 1933.
O.K. América. Rio de Janeiro, 1945.
São Paulo de 1868. São Paulo, 1952.
Propaganda eleitoral. Rio de Janeiro, s/ed., 1958.
Oásis da mata. São Paulo, 1956.
O índio cor de rosa. Rio de Janeiro, Codecri, 1978.

4. Infantojuvenis

Aventuras e desventuras de um cavalo de pau. São Paulo, 1932. 2. ed., 1933.
O sonho de Prequeté. São Paulo, 1934. 2. ed., 1942. 3. ed., 1978.
A cabeça de medusa. Rio de Janeiro, 1970. 3. ed., 1976.
O minotauro. Rio de Janeiro, 1970. 3. ed., 1976.
O palácio de Cirne. Rio de Janeiro, 1970. 3. ed., 1976.
O 13º trabalho de Hércules. Rio de Janeiro, 1970. 4. ed., 1976.
Memórias de um cabo de vassoura. Rio de Janeiro, 14. ed., 1978.
Napoleão em Parada de Lucas. Rio de Janeiro, 1971. 6. ed., 1976.
Napoleão ataca outra vez. Rio de Janeiro, 1972. 5. ed., 1977.
Dom Quixote. Rio de Janeiro, 1971. 3. ed., 1976.
Memórias de um fusca. Rio de Janeiro, 1972. 10. ed., 1977.
A escada de nuvens. Rio de Janeiro, 1972. 7. ed., 1977.
Confissões de um vira-lata. Rio de Janeiro, 1972. 4. ed., 1977.
Aventuras de moleque Jaboti. Rio de Janeiro, 1978. 4. ed., 1977.
Os homens de cavanhaque de fogo. Rio de Janeiro, 1972. 4. ed., 1976.
Floresta Azul. Rio de Janeiro, 1974. 4. ed., 1977.
Juca Jaboti, Dona Leôncia e Superonça. Rio de Janeiro, 1976.
As letras falantes. Rio de Janeiro, 1975. 13. ed., 1977.
Procura-se um rei. Rio de Janeiro, 1975. 3. ed., 1977.
As árvores aflitas. Rio de Janeiro, 1976.
Chore não, Taubaté. Rio de Janeiro, 1975. 2. ed., 1977.
O mundo é assim, Taubaté. Rio de Janeiro, 1976.
Cachorro sem nome. Rio de Janeiro, 1977.
O rei, o profeta e o canário. Rio de Janeiro, 1977.
Podem me chamar de Bacana. Rio de Janeiro, 1977.
Jasão e os centauros invisíveis. Rio de Janeiro, 1977.

5. Ensaios

Getúlio da literatura de cordel. Rio de Janeiro, 1973.
Presença do Português no papiamento. Rio de Janeiro, 1975.
Discursinho em Marília. Rio de Janeiro, 1975.

SOBRE O AUTOR

1. Em livros

ALVES, Henrique, L. *Roteiro de um escritor,* São Paulo: ed. Secretaria de Estado da Cultura, 1981.

BARBOSA, *Francisco de Assis. Discurso da saudação. A cadeira de Evaristo da Veiga.* Rio de Janeiro: Nórdica, 1982.

BRITO, Mario da Silva. *Conversa vai, conversa vem.* Rio de Janeiro: Civilização Brasileira, 1974.

BROWN, Brent W. *Novelistc commentary of brazilian sexuality.* Arizona State, 1974.

BRUNO, Haroldo. *Estudos de literatura brasileira* (2ª série). Rio de Janeiro, 1966.

———. *Novos estudos de literatura brasileira.* Rio de Janeiro: José Olympio, 1980.

CAVALCANTI, Rodolfo Coelho. *ABC de Orígenes Lessa.* Bahia, 1970.

COUTINHO, Afrânio. *Brasil e brasileiros de hoje.* Rio de Janeiro: Livraria São José, 1961.

COUTINHO, Edilberto. *Criaturas de papel.* Rio de Janeiro: Civilização Brasileira, 1980.

FUSCO, Rosário. *Vida literária.* São Paulo: SEP, 1940.

GOMES, Celuta Moreira. *O conto brasileiro e sua crítica.* v. 1. Rio de Janeiro: Biblioteca Nacional, 1977.

GUIMARÃES, Torrier. *Bilhetes.* São Paulo: Símbolo, 1976.

HOHLFELDT, Antonio. *Conto brasileiro contemporâneo.* Porto Alegre: Mercado Aberto, 1981.

JOSEF, Bella. *O jogo mágico.* Rio de Janeiro: José Olympio, 1980.

LEITE, Ascendino. *O vigia da torre.* Rio de Janeiro: Eda Editora, 1982.

LINHARES, Temístocles. *Diálogos sobre o romance brasileiro.* São Paulo: Melhoramentos, 1978.

LITRENTO, Oliveiros. *Apresentação da literatura brasileira.* Rio de Janeiro: Biblioteca do Exército Editora, 1974.

LOPES, Moacir C. *A situação do escrito e do livro no Brasil.* Rio de Janeiro: Cátedra, 1978.

LUCAS, Fábio. *O caráter social da literatura brasileira*. Rio de Janeiro: Paz e Terra, 1970.

————. *Fronteiras imaginárias*. Rio de Janeiro: Cátedra, 1971.

MARQUES, Oswaldino. *A seta e o alvo*. Rio de Janeiro: MEC, 1957.

MELO, Luiz Correa de. *Dicionário de autores paulistas*. 1954.

MENA BARRETO, Roberto. *Criatividade em propaganda*. Rio de Janeiro: Summus Editorial, 1978.

MENEZES, Raimundo de. *Dicionário literário brasileiro*. LTC., 1978.

MONTEIRO, Adolfo Casais. *O romance*. Rio de Janeiro: José Olympio, 1964.

PAPUS, Edgar. *Orígenes Lessa* (Prefácio à edição romena de *O feijão e o sonho*). Bucareste: Tineratului, 1961.

PEIXOTO, Silveira. *Falam os escritores*. São Paulo: Cultura Brasileira, 1940.

PEREZ, Renard. *Escritores brasileiros contemporâneos* (1ª série). Rio de Janeiro: Civilização Brasileira, 1980.

PONDÉ, Glória Maria Fialho. *Quem tem medo da onça pintada?*: liberdade e repressão na literatura infantil de Orígenes Lessa. Dissertação (Mestrado), 1978.

PROENÇA, Ivan Cavalcanti. *A ideologia do cordel*. Rio de Janeiro: Imago, 1976.

PROENÇA, M. Cavalcanti. *Estudos literários*. Rio de Janeiro: José Olympio, 1971.

REGO, José Lins do. *O vulcão e a fonte*. Rio de Janeiro: Cruzeiro, 1958.

SILVERMAN, Malcolm. A sátira social nos romances e novelas de Orígenes Lessa. In: *Moderna Ficção Brasileira*. Rio de Janeiro: Civilização Brasileira, 1981. p. 203, 232.

TELES, Gilberto Mendonça. Solidão e solidariedade nos caminhos de Orígenes Lessa. In: *Seleta* (3ª ed.). Rio de Janeiro: José Olympio, 1978.

VAN STEEN, Edla. *Viver e escrever*. Porto Alegre: L&PM, 1981.

2. *Em jornais e revistas*

ÁLVARO, José. O imortal O. L. *Jornal de Petrópolis*, 12 jul. 1981.

ALVES FILHO, Ernesto. *Rua do sol, um tiro de misericórdia*. Correio Popular, Campinas, 23 out. 1955.

AMADO, Genolino. Prefácio. *O escritor proibido*. 2. ed., Rio de Janeiro, 1980.

————. A cidade que o diabo esqueceu. *Diário da Noite*, São Paulo, 9 maio 1931.

ANDRADE, Jeferson Ribeiro de. Orígenes Lessa, 50 anos de vida literária. *Minas Gerais, Suplemento Literário*, Belo Horizonte, 10 fev. 1979.

BANDEIRA, Antonio Rangel. Um livro cruel. *Correio da Manhã*, Rio de Janeiro, 24 dez. 1955.

BANDEIRA, Manuel. Júlio Ribeiro (Conferência na Academia Brasileira de Letras). *Jornal do Comércio*, Rio de Janeiro, 29 abr. 1945.

BEZERRA, João Clímaco. Um romance de infância. *O Jornal*, Rio de Janeiro, 6 nov. 1955.

BLOCH, Pedro. Orígenes Lessa (entrevista). *Manchete*, Rio de Janeiro, 6 mar. 1965.

CAMPOMIZZI FILHO. Orígenes Lessa. *Folha do Povo*, cidade de Ubá, 19 jan. 1974.

CASTELO BRANCO, Renato. Mestre Lessa e o feijão. *Jornal de Notícias*, São Paulo, 1º maio 1949.

CÉSAR, Amândio. O romancista e a literatura de cordel. *O País*, Lisboa, 27 nov. 1981.

CONDE, Ronaldo. O melhor papo de Orígenes. *Jotacê – Jornal de Criação*, Rio de Janeiro, jul. 1980.

COUTINHO, Edilberto. Orígenes Lessa – 50 anos de luta entre o feijão e o sonho. *O Popular*, Goiânia, 11 nov. 1979.

CUNHA, Maria Antonieta A. Exploração da leitura: imposição ou opção? *Minas Gerais, Suplemento Pedagógico*, Belo Horizonte, 1979.

DANTAS, Raimundo de Sousa. Um ficcionista. *Leitura*, Rio de Janeiro, abr. 1940.

DIMMICK, R. E. Rua do sol. *Book Abroad*, Oklahoma: Norman, 1957.

DRUMMOND. Um escritor na Academia. *Jornal do Brasil*, 14 jul. 1981.

ELIA, Antonio d'. Ficção e crítica. *Anhembi*, n. 112, São Paulo, 1960.

ENEIDA. Rua do sol. *Diário de Notícias*, Rio de Janeiro, 11 set. 1955.

FERNANDES, Hélio. Orígenes Lessa e o seu omelete em Bombaim. *O Cruzeiro*, 30 maio 1940.

FERNANDES, Millôr. Mestre Orígenes. *O Cruzeiro*, 20 abr. 1946.

FODY, Michael. Orígenes Lessa. *Review*, N. York, 1980.

GUIMARÃES, Torrieri. Bilhete a Orígenes Lessa. *Folha da Tarde*, São Paulo, 26 abr. 1982.

JOBIM, Renato. Orígenes Lessa. *Diário Carioca*, Rio de Janeiro, 25 fev. 1961.

JOTA, Rui. História alegre de humor no Brasil. *Expressão e Cultura*, Rio de Janeiro, 1979.

LEÃO, Múcio. Rua do sol. *Jornal do Brasil*, Rio de Janeiro, 29 mar. 1956.

LINHARES, Temístocles. Três romances nordestinos. *O Estado de S. Paulo*, 11 dez. 1955.

LOPES, Álvaro Augusto. O feijão e o sonho. *Tribuna*, Santos, 24 abr. 1949.

LOPES, Moacir C. O jovem Orígenes Lessa e outros. *O Jornal*, Rio de Janeiro, 1º set. 1973.

LOUSADA, Wilson. O feijão e o sonho. *Dom Casmurro*, Rio de Janeiro, 20 ago. 1938.

LUDEMIR, Bernardo. Rua do sol. *Jornal do Comércio*, Recife, 19 set. 1955.

MARTINS, Wilson. Ficcionistas. *O Estado de S. Paulo*, São Paulo, 2 maio 1956.

MENESES, Carlos. Orígenes Lessa, 50 anos de literatura. *O Globo*, 25 out. 1979.

MENEZES, Raimundo de. Uma vida marcada de vicissitudes e aventuras, a de Orígenes Lessa. *Folha da Manhã*, São Paulo, 14 out. 1956.

MILLIET, Sérgio. Diário crítico, reportagens. *Diário de Notícias*, Rio de Janeiro, 13 maio 1954.

MONTELLO, Josué. Orígenes Lessa na Academia. *Marcheli*, n. 1.546, Rio de Janeiro, 1981.

———. O prêmio para D. Carolina. *Jornal do Brasil*, 6 jun. 1978.

MOREIRA, Virgílio Moretzsohn. O. L., o novo imortal da Academia Brasileira de Letras. *O Globo*, 19 fev. 1981.

MOTA FILHO. Discurso. O feijão e o sonho, 1958.

NATALE, Denise. Orígenes, 50 anos de histórias. *Folha de S.Paulo*, São Paulo, 11 out. 1979.

NUNES, Cassiano. O drama do intelectual brasileiro. *A Tribuna,* Santos, 10 abr. 1949.

OLINTO, Antonio. Porta de Livraria. *O Globo*, Rio de Janeiro, 10 out. 1968.

PAES, José Paulo. O Cachimbo de Orígenes Lessa. *Diário de São Paulo*, São Paulo, 18 mar. 1956.

PEDROSO, Bráulio. Um hábil contador de histórias. *O Estado de S. Paulo*, São Paulo, 24 fev. 1961.

PEREIRA DA SILVA, H. Orígenes Lessa. *Jornal do Comércio*, Rio de Janeiro, 18 ago. 1980.

PONDÉ, Glória Maria Fialho. Orígenes Lessa, o verdadeiro herói de nossas crianças. *Minas Gerais, Suplemento Pedagógico*, Belo Horizonte, jul. 1979.

————. A violência na literatura infantojuvenil. *Revista Vozes*, p. 33-43, Petrópolis, Rio de Janeiro, set. 1980.

QUEIROZ, Rachel de. Um livro de contos. *O Cruzeiro*, Rio de Janeiro, 1º jun. 1946.

————. A desintegração da morte. *Diário de Notícias*, Rio de Janeiro, 30 out. 1949.

RAJA GABAGLIA, Mariza. Orígenes Lessa, um apanhador no campo do feijão e dos sonhos. *Revista Última Hora*, Rio de Janeiro, 11 jul. 1978.

RAMOS, Ricardo. Orígenes Lessa, contista. *Histórias Urbanas*, São Paulo, 1963.

————. Um século de propaganda no Brasil. *O Estado de S. Paulo*, 20 dez. 1978.

REGO, José Lins do. O feijão e o sonho. *O Globo*, Rio de Janeiro, 21 jan. 1955.

REIS, Edgard Pereira dos. A vida continuada. *Minas Gerais, Suplemento Literário*, Belo Horizonte, 5 abr. 1975.

REY, Marcos. A desintegração da morte. *Folha da Manhã*, São Paulo, 24 out. 1948.

————. Orígenes realiza novas experiências. *O Tempo*, São Paulo, 25 dez. 1955.

RÓNAI, Paulo. Orígenes, hagiógrafo. *Visão*, São Paulo, 15 jun. 1978.

SALLES, Heráclio. Rua do sol. *Diário de Notícias*, Rio de Janeiro, 2 dez. 1955.

SANDRONI, Laura Constância. Mitos gregos, via Orígenes Lessa, para jovens. *O Globo*, Rio de Janeiro, 10 maio 1982.

SANTOS, Antonio Noronha. OK, América. *Correio da Manhã*, Rio de Janeiro, 22 jul. 1945.

SANTOS, Geraldo. Prefácio. *João Simões Continua*, 1. ed., 1959.

SCHNEIDER, Otto. Nem feijão nem sonho. *O Jornal*, Rio de Janeiro, 5 fev. 1954.

SILVEIRA, Alcântara. Lázaro, segundo Orígenes Lessa. *O Estado de S. Paulo*, 27 jan. 1974.

SODRÉ, Nelson Werneck. A tragédia do quotidiano. *O Globo*, Rio de Janeiro, 19 ago. 1946.

SUD MENNUCCI. O escritor proibido. *O Estado de S. Paulo*, Rio de Janeiro, 25 maio 1925.

————. Garçon, garçonnette, garçonnière. *O Estado de S. Paulo*, São Paulo, 15 jul. 1930.

TÁVOLA, Artur da. Quando o feijão rareia, o sonho só faz aumentar. *O Globo*, Rio de Janeiro, 11 out. 1976.

TELLES, Gilberto Mendonça. Camões e a poesia brasileira. Edições *Quiron*, 2. ed., p. 266-267, 1978.

VASCONCELOS MAIA. A desintegração da morte. *A Tarde, Bahia*, 14 maio 1949.

VEGAS NETO. De omelete em Bombaim ao beco da fome. *O Estado, Suplemento*, São Luís do Maranhão, jun. 1979.

VILLAÇA, Antonio Carlos. Orígenes. *Jornal do Brasil*, Rio de Janeiro, 9 fev. 1961.

ÍNDICE

O humor como denúncia 7

O FEMININO TRANSGRESSOR

A vida de José de Melo Simão 21

Valdomiro 26

A freira de Joinville 40

Nazareth, telefonista 49

O AUTORITARISMO E AS DESIGUALDADES SOCIAIS

Patrulha noturna 60

O incidente Ruffus 67

Antônio Firmino 83

Hoje, seu Ferreira não trabalha 95

O ARTISTA E A LINGUAGEM

Shonosuké 104

A aranha 112

O IMAGINÁRIO E AS PERSONAGENS POPULARES

Milhar seco 120

A herança 135

O FANTASMAGÓRICO COMO SUBVERSÃO DA REALIDADE

Um número de telefone 154

Roteiro de Fortaleza 161

A desintegração da morte 180

Bibliografia 261

GRÁFICA PAYM
Tel. (011) 4392-3344
paym@terra.com.br